Dalila Kerchouche est née en 1973 dans un camp de harkis, la dernière d'une grande fratrie. Elle est journaliste à *L'Express*.

DU MÊME AUTEUR

Destins de harkis
Aux racines d'un exil
(photographies Stéphan Gladieu)
Autrement, 2003

Leïla : avoir dix-sept ans dans un camp de harkis
Seuil, 2006

Dalila Kerchouche

MON PÈRE, CE HARKI

Préface de Jacques Duquesne

Éditions du Seuil

TEXTE INTÉGRAL

ISBN 978-2-02-068539-9
(ISBN 2-02-056339-8, 1ʳᵉ publication)

© Éditions du Seuil, septembre 2003

Le Code de la propriété intellectuelle interdit les copies ou reproductions destinées à une utilisation collective. Toute représentation ou reproduction intégrale ou partielle faite par quelque procédé que ce soit, sans le consentement de l'auteur ou de ses ayants cause, est illicite et constitue une contrefaçon sanctionnée par les articles L. 335-2 et suivants du Code de la propriété intellectuelle.

A mes parents
A mon frère Mohamed
A ma nièce Nedjma

Préface

« Au village, là-bas, chez nous, personne ne parle plus de lui. Comme s'il était mort. Non, même pas mort. Plus que mort. Comme s'il n'avait jamais été vivant, vous comprenez ? » Dans une petite maison de Tizi Ouzou, en 1960 je crois, un vieil instituteur kabyle me parlait ainsi de son fils, un dirigeant nationaliste local qui s'était fait une terrible réputation de tueur, terrorisant la contrée, avant de disparaître soudain. Assassiné peut-être. Ou enlevé. Ou parti vers un ailleurs inconnu. Mais les gens du village ne prononçaient même plus son nom. Ils l'avaient rayé des conversations comme pour le chasser des souvenirs, des mémoires. Donc de leur histoire commune. Et pour finir, de l'humanité.

J'ai compris, ce jour-là, que le silence tue parfois plus sûrement que les balles. Parce qu'il nie l'existence elle-même. La guerre d'Algérie a souffert de mille silences. Comme si l'on souhaitait, obscurément, qu'elle n'eût jamais existé. Que certains actes n'aient pas vraiment été commis. Que lâchetés, trahisons et folles violences n'aient pas été – en même temps que courage et générosité bien sûr – son lot quotidien.

Les principales victimes de ces silences sont sans doute, aujourd'hui encore, les harkis. Ces supplétifs de l'armée française portaient parfois d'autres noms : moghaznis, groupes d'autodéfense, etc. Ils furent environ 200 000 si l'on en croit une note établie en 1977 par le Service historique des armées. Une population bien plus importante si l'on y ajoute femmes et enfants. Car le dictionnaire le précise bien. Il donne du mot harki deux définitions. La première : supplétif. La seconde : « membre de la famille ou descendant d'un harki ». Je maintiens donc le mot : c'est de toute une population (je suis tenté d'écrire « tout un peuple ») qu'il s'agit. Tout un peuple assassiné, au mieux meurtri, traité en paria, gêneur, voire esclave.

Il existait bien des raisons de devenir harki. La volonté de rester lié à la France, parfois. Ou la solde, non négligeable. Ou la confiance mise en un homme, un gradé français exerçant des responsabilités dans la région. Ou la certitude que l'armée, mieux équipée, finirait par venir à bout des maquisards loqueteux du FLN. Ou la crainte d'être exécuté par ceux-ci parce que l'on a lâché, sous la torture, les noms de leurs frères et que l'on était, dès lors, passé dans l'autre camp, « retourné ». Ou encore des rivalités locales. Ou encore... Bref, de multiples motivations, trop nombreuses pour être énumérées toutes. Bonnes ou mauvaises, suivant l'instrument de mesure que l'on adopte. Mais pas toujours méprisables, loin de là. Même méprisables, d'ailleurs, elles ne justifient pas le sort qui accabla les harkis, leurs femmes, leurs enfants.

Le silence fut d'abord levé, avec précautions et imprécisions, sur le drame connu par ceux qui étaient restés dans l'Algérie indépendante. Quelques officiers le dénoncèrent dans l'été 1962. Puis, en novembre, deux hommes, Pierre Vidal-Naquet et Jean Lacouture, qui avaient auparavant mené campagne contre les exactions de l'armée française, et qui s'indignaient des massacres de harkis, donnant des chiffres variant entre 55 000 et 75 000 morts. La réalité était plus beaucoup plus sombre, on l'apprendrait peu à peu. Parce que le nombre des victimes était plus élevé, bien plus élevé. Et que les mises à mort avaient été souvent accompagnées d'humiliations et de tortures indicibles.

Du moins pensait-on que ceux qui avaient pu gagner

la France – une minorité – y avaient été bien accueillis. Puisqu'il eût été logique que les partisans de « l'Algérie française » se préoccupent du sort des Algériens qui avaient choisi la France. Puisqu'il eût été normal que les associations de rapatriés s'intéressent à ceux qui partageaient leur destin – avec moins de moyens, moins de relations, dans un monde qui leur était étranger. Et puisque, enfin, c'était le devoir du gouvernement de la République de prendre en charge ceux qui l'avaient servie, au risque de leur peau.

Il exista quelques exceptions, certes. Car il y a toujours des exceptions. Mais le sort qui fut réservé, en France, aux familles de harkis constitue un chapitre noir, un de plus, dans le livre noir de la guerre d'Algérie.

Bien des années après la guerre, nombre de familles étaient encore parquées dans des camps, au fin fond de campagnes isolées[1]. C'est dans l'un de ces camps qu'est née Dalila Kerchouche.

Au prix de rudes efforts et parce qu'elle a – quand même ! – rencontré en chemin quelques personnes qui avaient, tout simplement, le sens de l'honneur et de la fraternité, elle est devenue journaliste. Une journaliste de talent. Qui gardait au cœur cette plaie ouverte : les souffrances et l'humiliation de ses parents, de ses frères et sœurs. Et qui a décidé, en fin de compte, de refaire, camp après camp, le chemin qu'ils avaient parcouru. De traverser la mer ensuite, pour connaître enfin leur pays, qu'elle ignorait.

Qui lira ces pages sera attendri parfois, plus souvent stupéfait, horrifié. Ce que raconte, ce que décrit Dalila Kerchouche, est l'histoire cruelle d'un véritable aban-

---

[1]. C'est seulement le 20 mai 1987 qu'André Santini, nouveau secrétaire d'État aux rapatriés, proposa une série de mesures « pour hâter *[sic !]* l'insertion des harkis d'origine nord-africaine ». Un quart de siècle après leur arrivée en France…

don, né du mépris, né, il faut le dire, du racisme. Elle n'accuse guère. Elle se contente de dire. Sans haine mais sans crainte. Et le mot honte s'impose.

Jacques Duquesne

Un petit « h », comme « honte »

> Ce que le père a tu, le fils le proclame.
>
> NIETZSCHE

Je suis une fille de harkis. J'écris ce mot avec un petit « h », comme honte. Pendant la guerre d'Algérie, mon père, un Algérien, s'est battu dans les rangs de l'armée française contre le FLN, le Front de libération nationale du pays. Comment a-t-il pu soutenir la colonisation contre l'indépendance, préférer la soumission à la liberté ? Je ne comprends pas. Il ne m'en a jamais parlé.

Ce choix, il l'a payé. Chèrement. Considéré comme un renégat en Algérie, traité comme un paria en France, il a vécu en exclu, expiant toute sa vie une faute dont les deux camps l'ont accablé : la trahison.

J'ai 29 ans, je suis journaliste et je vis à Paris. A la fin de mes interviews, parfois, je me livre à une petite expérience. Lorsque des interlocuteurs curieux me questionnent, je leur avoue tout à trac mon identité. J'observe alors leur regard qui s'ébranle, puis se mue en une gravité compassée voilée de pitié. J'entends souvent : « Quelle terrible tragédie… », suivi d'un « Oh, ma pauvre ! », expression précédant un gros soupir de douleur qui, pour tout dire, me donne l'impression d'être frappée d'une maladie grave.

Il y a deux ans, un réalisateur algérien, croisé lors d'une soirée, m'a demandé si j'étais une fille d'immigrés. « Non, fille de harkis », ai-je corrigé spontanément.

« Pourquoi vous le revendiquez ? » me lance-t-il froidement. Moi, surprise : « Je ne le revendique pas. Vous me posez la question, je vous réponds, c'est tout. » « C'est le passé, il faut oublier. » Je l'ai regardé en silence. Ses mots m'ont giflée. Devrais-je donc oublier que je suis la fille de mon père ? Plus tard, un ami compatissant voulut me réconforter : « Ce n'est pas grave, tu sais, moi, je me fiche de ton passé… » Piquée au vif, je lui répliquai : « Moi aussi, je me fiche du tien, mon vieux. » J'ai tourné les talons. Une autre fois, l'un d'eux m'a agressée : « Tu es fière que ton père ait vendu son pays ? » Choquée, j'ai bafouillé quelques mots inaudibles avant d'aller pleurer dans les toilettes.

Au mieux, un harki suscite la pitié, au pis, le mépris. Et cela vaut pour moi, sa fille, que je le veuille ou non. D'autres me disent encore : « Ce n'est pas ta faute… » A qui est-ce la faute, alors ? ai-je envie de hurler. A mon père, coupable d'un choix vieux de quarante ans ? A cette guerre d'Algérie, qui s'est achevée bien avant ma naissance mais qui me poursuit encore aujourd'hui ? Mais rien ne sort de ma gorge nouée. Je ne sais que répondre, écrasée par le silence honteux et obstiné de mon père et le poids d'une histoire trop lourde à porter.

Depuis mon adolescence, j'occulte cette histoire, gênée par le passé trouble de mes parents. « Fille de harkis… » Le dire, le taire, je ne sais plus quelle attitude adopter. Honte, révolte, injustice, colère, larmes, désir de crier, de cogner… Je suis une fille de harkis, j'en pleure et j'enrage parce que je n'ai pas choisi de l'être. Je traîne une rancœur contre mon père, contre mon pays d'origine, contre celui dans lequel je vis… Et contre moi-même, d'éprouver tout cela. C'est ma fêlure intime, mon chagrin secret. Un jour humiliée, un autre révoltée, sûrement paumée, je me suis tue trop longtemps.

Ballottée par l'Histoire, la vie de mes parents serait très romanesque si elle n'était si douloureuse. C'est l'histoire d'un fellah et d'une bergère de l'Ouest algérien emportés, au milieu des années 1950, dans une guerre qui les dépasse. En porte-à-faux avec leur village, leur culture et leur religion, ils fuient, en 1962, une répression aveugle et impitoyable. Rapatriés en France en catastrophe, ils vivent parqués dans des camps pendant douze ans, trimbalés d'un département à un autre, isolés de la population française et privés de leurs droits. Cantonnés derrière des grillages et installés dans des baraques insalubres de 1962 à 1974, ils luttent contre le froid, la faim, l'enfermement, la peur des représailles du FLN, la folie qui les guette, l'assimilation forcée, le harcèlement moral des chefs de camp. Dans cet univers carcéral cerné de barbelés, ils luttent pour donner une éducation normale à leurs onze enfants. Je suis la dernière-née.

Rebelles, ils échappent, au bout d'un long combat, à cette tutelle administrative, militaro-coloniale et destructrice. A partir du milieu des années 1970, ils reconstruisent leur vie dans le village de Saint-Étienne-de-Fougères, près de Villeneuve-sur-Lot. Mais de profondes séquelles demeurent. Physiquement libérés, ils sont psychologiquement détruits. Fatigués, méfiants, déracinés, analphabètes, ils vivent aujourd'hui en reclus dans le Midi. Après quarante ans de présence en France, ils ne parlent toujours pas français. L'Algérie, ils ne l'ont jamais revue. C'est le drame de leur vie, et la trame de la mienne.

Quand j'ai parlé à ma mère de mon projet d'écrire un livre sur leur histoire, elle m'a dit, craintive : « Et s'*ils* nous le reprochent ? » Moi, scandalisée : « Si quelqu'un a des reproches à faire, c'est toi, pas eux. » Qui est ce *ils* mystérieux qui tourmente encore mes parents, quarante ans après la fin de la guerre ? Par peur de recevoir des coups, craignant le jugement de l'Histoire, les harkis hésitent à parler. Comme si parler, et écrire, était trahir encore…

J'ai mis dix ans avant de me décider. Dix ans d'atermoiements, de réflexion, de tentatives avortées, de brouillons déchirés, de renoncements. Partagée entre la honte et la fascination, je craignais de ne pas être à la hauteur de leur histoire, tout en me reprochant, dans le même temps, de fuir ce passé trop présent. Avais-je le choix ? Pas vraiment. De même que la guerre s'est imposée à mon père et la misère à ma mère, ce livre m'a envahie, m'obsédant comme un devoir à accomplir ou une injustice à réparer. Il ne s'agit pas d'une mission. Mais simplement d'une histoire à terminer.

Pourquoi maintenant ? Peut-être parce que j'ai atteint l'âge que ma mère avait en quittant l'Algérie, quand sa vie a basculé. J'entre donc dans cette bataille, effrayée par l'ampleur et par la difficulté de la tâche. Comment raconter la vie de mes parents en quelques pages ? Comment rendre l'horreur qu'ils ont vécue avec des mots justes ? Comment décrire leur calvaire sans tomber dans le pathos ou le misérabilisme ? Comment analyser l'histoire des harkis en évitant les pièges idéologiques ? Comment disséquer les tiraillements intimes de mes parents dont, souvent, ils n'ont pas conscience eux-mêmes ? Comment, enfin, rendre sa dignité à mon père sans le décrire en héros ? J'ai tellement peur de *trahir* leur vie…

Aujourd'hui, l'humilité et le fatalisme de mes parents me laissent perplexe. Je ne cesse de questionner ma mère : « Après toutes ces souffrances, tu n'éprouves même pas un peu de colère contre la France ? » « Non, me répond-elle invariablement. La France nous a sauvé la vie. Que veux-tu qu'on demande de plus ? » Je ne sais pas, un peu d'humanité, peut-être…

Les harkis n'ont jamais été traités comme des hommes. Mais comme des indigènes par les colons, des traîtres par les Algériens, des soldats fidèles dévoués corps et âme à leur patrie par la France, des marginaux par les sociologues, des dépressifs chroniques par les psychiatres... Jamais personne, au fond, n'a vu en eux des jeunes gens, des pères et des mères, avec leurs émotions, leurs peurs, leurs angoisses, leurs espoirs, leurs déceptions, leur résignation, leurs déchirements, leurs illusions et leur fatalisme... Voilà ce que je voudrais raconter d'eux, sans jugement ni polémique, sans militantisme ni misérabilisme. Raconter une histoire de harkis dans l'histoire de la guerre d'Algérie, celle que mon père, bâillonné par la culpabilité, ne m'a jamais racontée. La voici.

1
FRANCE
La traversée des camps

MIDI

Triste anniversaire

Le bonheur… Personne ne l'attendait, celui-là. Même si ce sentiment est resté plutôt discret dans la vie de ma famille, il s'est invité sans crier gare dans notre maison du Midi, ce 30 juin 2002. Aujourd'hui, mes parents fêtent le quarantième anniversaire de leur arrivée en France. Un peu contre leur gré, à vrai dire. Cette date, ils auraient préféré l'oublier, l'effacer, la rayer du calendrier : j'ai dû batailler pour organiser un simple repas de famille. Ma mère me l'a dit, ce matin, les yeux larmoyants en épluchant ses oignons pour son taboulé géant, un peu boudeuse au fond : « Je n'ai pas envie de fêter le jour où j'ai perdu mon pays. »

Avec sa voix d'asthmatique que la langue arabe rend plus rauque encore, sa respiration de papier froissé, son foulard à fleurs noué sur la tête d'où s'échappent des frisottis teints au henné et son durillon au front, stigmate de nombreuses années à s'incliner sur le tapis de prière, ma mère mène son petit monde avec une fermeté que démentent son mètre cinquante et ses rondeurs de mamma. Et pourtant, aujourd'hui, cette cheftaine en jupons oublie de crier. Détendue, elle prend des fous rires qui s'achèvent en toux et en bouffées de Ventoline. Mon père, toujours solitaire, bêche son jardin.

Venue de toute la France, la famille s'est réunie tant bien que mal, pas au grand complet mais suffisamment nombreuse pour emplir la maison d'une smala bruyante et chahuteuse. Pour l'occasion, j'ai invité Stéphan, un ami photographe descendu de Paris. Son tablier taché enserrant avec difficulté sa taille ronde comme un plat à couscous, ma mère pose devant l'objectif avec une joie de gamine. Affairée dans la cuisine, elle place un grand récipient en inox sur le rebord de la fenêtre pour le faire refroidir et touille avec vigueur la semoule rosie par le jus de tomate, dans le joyeux tintement de ses bracelets d'argent. Dangereusement incliné dans le vide, Stéphan la mitraille. « Attention qu'il ne tombe pas, lance-t-elle à ma sœur Kheira. On va encore dire que ce sont les Arabes qui l'ont poussé ! » Tout le monde éclate de rire, sauf Stéphan, qui ne comprend pas un mot... J'ai oublié de traduire la phrase en français !

A la maison, le sourire de ma mère m'a surprise. Elle m'a plus habituée à fredonner de vieilles mélodies arabes mélancoliques, avec un timbre humide et rocailleux, qui semblent charrier tous les oueds d'Algérie. Mais non, aucune tristesse aujourd'hui. Dans le jardin, sous le soleil déjà chaud de ce début juillet, mes frères jouent au foot et ma sœur Nacera, 30 ans, pose en star de ciné sur le canapé en cuir du salon, devant l'appareil de Stéphan. Elle ne voit pas, juste au-dessus de ses boucles châtain clair et de ses yeux verts, le tableau de La Mecque accroché au mur. Quand, un long moment après, fumant sa clope sur le balcon, elle s'en aperçoit, elle tance gentiment Stéphan en feignant l'indignation : « T'aurais dû me prendre en photo dans une belle voiture, ça me correspond plus ! »

Tout à la joie d'être ensemble en ce début d'été méditerranéen, personne ne parle du prétexte de cette « fête ». Pour eux, la page est tournée, il n'y a plus rien à dire sur le passé. « *Li fat met* », me dit souvent mon père : le passé est mort. Ils veulent tous oublier. Sauf moi. Je suis la plus jeune, et pourtant la seule à y penser. Accoudée à la rambarde du balcon comme au bastingage d'un navire, j'observe, un peu absente, toutes ces scènes empreintes d'un bonheur inopiné. Dans ma tête, je vois la mer.

Elle devait être d'un bleu éclatant, le 30 juin 1962, quand mon père, ma mère et leurs cinq enfants, éblouis par le cagnard de Marseille et hébétés d'avoir la vie sauve, sont sortis des cales d'un cargo de marchandises. Ils arrivent d'Alger. Ils fuient la guerre. Ils sont harkis. Ils viennent de passer trois jours dans l'obscurité moite des entrailles du *Sidi Brahim*, allongés sur des matelas au milieu des ballots, mangeant du pain et des sardines offerts par les soldats. Ce matin-là, lorsqu'ils ont posé le pied sur l'asphalte marseillais, leur vie a basculé. Mes parents ont survécu, mais ils ont abandonné une partie d'eux-mêmes, là-bas, en Algérie. C'était il y a quarante ans. Ils sont sortis du bateau, mais leur histoire, elle, croupit toujours à fond de cale, rejetée par les deux rives de la Méditerranée.

Sait-on ce qu'est un harki? Aujourd'hui, quand je pose la question autour de moi, je souris des réponses et m'en désole à la fois. On me dit parfois, dans un éclair de compréhension : « Ah, c'est un Kabyle ! » Raté... Non, malgré la relative proximité phonétique des deux mots, mon père n'est pas kabyle. Il est harki parce qu'il s'est engagé aux côtés de l'armée française pendant la guerre d'Algérie. Il n'était pas militaire, mais supplétif. Combien étaient-ils dans son cas ? Difficile à dire. Précaires de l'armée française, ils signaient un contrat de plusieurs mois renouvelable. Selon un rapport de l'ONU daté de 1962, il y aurait eu « 263 000 musulmans pro-français » sur toute la durée de la guerre. Seulement 20 000 d'entre eux environ furent rapatriés par les voies officielles et ils furent nombreux à fuir clandestinement. Parce qu'il a « choisi » la France, mon père est considéré, depuis, comme un traître par les Algériens, et suspecté de le devenir par les Français.

Je me penche sur la balustrade pour apercevoir sa longue silhouette dans le jardin. Comme souvent, il sarcle son potager, courbé sur ses pieds de tomates. Depuis quelques mois, alors que les journaux ne cessent d'évoquer la torture en Algérie, je m'interroge. Qui est-il, au fond ? Un soldat qui a juré fidélité à la France et prêt à verser son sang pour elle ? Un traître à la nation algérienne qui a collaboré avec l'ennemi ? Ça ne lui ressemble pas. Mais qu'a-t-il fait exactement pendant la guerre ? Était-il pour l'Algérie française ? A-t-il soutenu les colons, tué des Algériens, torturé des fellagas, violé des femmes, pillé des mechtas, détruit des gourbis ? Je l'ignore. Voilà les clichés qui courent sur les harkis, ici et là-bas. On affirme aussi que ces mercenaires abattaient le sale boulot de l'armée française et terrorisaient la population civile algérienne. La torture, c'est eux. L'OAS, ils l'ont soutenue. « Collabos », « kapos », j'ai tout entendu sur les harkis. Voilà ce que l'Histoire m'a appris : à détester mon père. Toutes ces questions, je n'ai jamais osé les lui poser… Incliné sur ses plants de légumes avec sa peau tannée, sa chéchia blanche brodée, son nez minuscule rongé par un bouton quand il avait 10 ans et ses lunettes à double foyer, il ressemble plus à un grand-père qu'à un tueur. C'est dans ses bras que je me réfugiais quand j'avais fait une bêtise. Sur ses genoux qu'enfant, au petit matin, je finissais ma nuit pendant que mes frères et sœurs prenaient leur café au lait. Enfant, je l'ai adoré. Adolescente, je l'ai détesté.

J'ai longtemps cru que mon père était un traître. Harki, pour moi, valait la pire des infamies. Adolescente, je le lui ai souvent reproché, hélas, avec une violence verbale qui me fait mal aujourd'hui. Il me regardait tristement en hochant la tête, sans répondre, sans me contredire. Pourquoi ne réagissait-il pas ? Quelle histoire a fait de mon père cet homme soumis et résigné, incapable de se défendre ? A l'école, mes copines, des filles d'immigrés, se pavanaient devant moi, si fières de leurs pères moudjahidin (combattants du FLN) que je mourais de honte de parler du mien. D'un côté les héros, de l'autre les traîtres. D'emblée, je faisais partie du camp des vaincus, des humiliés. Mon avenir m'en paraissait d'autant plus sombre. Muette, je ravalais ma colère. Comme mon père, j'étais incapable de me défendre.

Aujourd'hui, quand je viens en week-end chez mes parents, je lui parle à peine. Je lui dis « bonjour » en arrivant, « au revoir » en repartant. C'est ainsi depuis des années. Je l'ai peu à peu rejeté, exclu de ma vie, banni, à mon tour. Et puis, un mois avant de commencer ce livre, une de mes meilleures amies, Marie, m'a invitée en week-end en Normandie. Là-bas, j'ai rencontré son père. Affectueux, intéressé, attentif, il l'a interrogée sur son travail, ses sorties, ses amis. En écoutant leurs discussions, en observant la complicité qui les unissait, tout d'un coup, j'ai réalisé ce que j'avais perdu : l'amour de mon père. Je me suis sentie soudain très triste. L'Histoire, à laquelle se sont ajoutés des problèmes familiaux personnels, m'a séparée de lui. Je refusais de le regarder comme je refusais d'affronter *mon* histoire. Lui, encore une fois, s'est résigné.

Je suis née dans un camp. Une ancienne prison cernée de barbelés, condamnée par un haut portail aveugle. Pas en Algérie, mais en France, dans le Lot-et-Garonne, en 1973. J'ai, moi aussi, du mal à l'imaginer, car je n'en garde aucun souvenir. J'avais un an quand mes parents ont quitté ce lieu de relégation, pour s'installer dans un village de la vallée du Lot. J'ai grandi là, à Saint-Étienne-de-Fougères, parlant arabe à la maison et français à l'école, persuadée longtemps que tous les enfants venaient, eux aussi, des camps.

Si mon père se livrait peu, ma mère, elle, avide de confier ses tourments et dépourvue de cette culpabilité qui a étouffé les harkis, me racontait souvent sa vie de bergère en Algérie et les brimades quotidiennes dans les camps. Certains noms de lieux revenaient fréquemment, « Bias », « Bourg-Lastic », « Rivesaltes », et cet univers, lointain pour moi, m'effrayait. Je savais que mes parents avaient souffert, mais j'ignorais pourquoi. J'ai grandi dans cette mythologie familiale, partagée entre la nostalgie de l'Algérie et la souffrance des camps, qui représentaient, dans mon imaginaire d'enfant, le paradis et l'enfer.

Amers et moqueurs, mes frères et sœurs plus âgés me traitent souvent de « privilégiée ». Eux ont connu les « camps ». Pas moi. Eux ont souffert. Pas moi. Cette existence très dure leur a trempé le caractère. J'en ai été préservée. J'aimerais pourtant, à travers ce livre, abolir cette frontière avec les miens, toucher du doigt ce passé que je n'ai pas vécu. Pour me sentir, enfin, membre de ma famille à part entière.

En arrivant en France, ma famille est restée pratiquement douze ans parquée derrière des barbelés. C'est long, douze ans, c'est le temps d'une enfance. Ils ont traversé six camps disséminés en France, en un trajet qui forme comme une étoile sur la carte de France : Bourg-Lastic, près de Clermont-Ferrand ; Rivesaltes, dans les Pyrénées-Orientales ; Bagnols-les-Bains, en Lozère ; Roussillon-en-Morvan, en Saône-et-Loire ; Mouans-Sartoux, près de Cannes ; Bias, enfin, dans le Lot-et-Garonne.

Cette errance a transformé mes parents. Mon père a 76 ans, et ma mère, 66. En ville, ils rasent les murs, Français sans histoire, polis à l'excès, discrets jusqu'à l'effacement, préférant se laisser doubler au supermarché plutôt que de hausser la voix. Ils font tout pour être acceptés. Trop, même. Toute leur vie, ils ont vécu dans la culpabilité, craignant d'être accusés, de nouveau, au moindre faux pas et d'être renvoyés en Algérie. Sur les routes du Midi, quand ils croisent des gendarmes ou des policiers, ma mère se raidit instantanément et récite une sourate du Coran. Un jour, je devais avoir 22 ou 23 ans, j'étais en voiture avec mon père et on tournait autour d'un rond-point. Un véhicule de police a débouché par la droite. Mon père, pourtant prioritaire, a pilé en plein milieu du sens giratoire pour laisser passer la voiture bleu marine. Les policiers, eux, ne bougeaient pas, attendant que notre véhicule se décide à avancer. Très embarrassée, je donnais des coups de coude à mon père pour qu'il bouge. Je lui en voulais terriblement, je ne comprenais pas son comportement. Je le jugeais faible. Il se courbait devant l'autorité. J'avais honte. J'en ai gardé un souvenir cuisant. Qu'est-ce qui a traumatisé mon père au point qu'il s'imagine encore que les policiers ont tous les droits sur lui ? D'où lui vient cette peur de l'uniforme ?

En ce dimanche radieux, rien ne transparaît de mes déchirements intimes. Les miens ressemblent à n'importe quelle famille immigrée parfaitement intégrée. Chez nous, l'ascenseur social a grillé les étages. Ma mère, ancienne bergère en Algérie, et mon père, ouvrier agricole, tous deux illettrés, ont fait de nous des citoyens français presque tous diplômés : électricien, fonctionnaire aux impôts, aide-soignante, chefs d'entreprise, ingénieurs informaticiens, comptable, assistante commerciale, journaliste… Jolie vitrine de l'intégration. En apparence, oui.

Sur le balcon, derrière la vitre de la porte-fenêtre, je vois mon frère Kader assis sur le canapé. Il mange des figues, devant la télé au son coupé qui diffuse les images d'une chaîne marocaine où des cavaliers arabes galopent dans les dunes avec leur turban et leur cimeterre. Kader, le teint pâle, les yeux tombants et des rides de quadragénaire creusées davantage, depuis quatre ans, par la naissance de ses jumelles, porte l'amertume sur son visage.

Il est, depuis longtemps, notre locomotive à nous, notre chef de famille à la place de mon père démissionnaire. Ce brillant chef d'entreprise a quitté Paris, il y a deux ans, pour vivre dans le Sud, à Montpellier, où il a délocalisé sa société d'informatique, une belle affaire qui a pignon sur rue et qu'il gère avec mon frère Djill. Un modèle d'intégration en somme. Mais depuis plus d'un an, il cherche à se loger en centre-ville. Pas simple : « Dès que je donne mon prénom, je ne peux même pas visiter l'appartement ! » Kerchouche, passe encore, ça fait breton. Mais impossible de cacher longtemps ses origines quand on s'appelle Abdelkader… Il a tout essayé : cautions béton, soutien bancaire total, assurances multiples données aux propriétaires et aux agences. « Ça va pas être possible », chantaient les Toulousains de Zebda. C'est à peu près la réponse qu'il a obtenue à chaque demande. Il ne s'en remet pas : « J'aurais quitté le pays depuis longtemps si mes parents ne me retenaient pas ici. Les enfants de harkis ne sont pas considérés comme Français. On est sortis des camps mais on est restés derrière la grille. » Terrible constat… Pour contourner le problème, il a entamé une procédure en vue de changer de prénom. Abdelkader est devenu Paul Yann Gaétan. Quarante ans d'intégration pour en arriver là… La première fois qu'il m'en a parlé, j'ai été choquée. J'ai pensé, je l'avoue, à une deuxième trahison. Après celle du père, celle du fils. L'un a trahi son pays, l'autre ses origines. Maintenant, avec le recul, je me rends compte que tous les deux n'ont peut-être pas eu le choix. « Évidemment, je n'ai pas entamé cette démarche de gaieté de cœur, conclut mon frère. Mais c'est le système qui est ainsi. Si j'avais pu l'éviter, je ne l'aurais pas faite. »

Zappés, les cavaliers. Sur l'écran, ils ont laissé la place aux footballeurs allemands et brésiliens, pour la finale de la Coupe du Monde 2002. Dans le salon, la table est dressée sur la nappe provençale. Assis en rang d'oignons, mes frères occupent les endroits stratégiques, face à la télé. Mes sœurs se tordent le cou pour ne pas rater les buts de Ronaldo. C'est une constante dans la famille : les garçons ont toujours occupé les meilleures places. En gros, les pieds sous la table quand nous, les filles, trimions dans la cuisine. A eux les grasses matinées, à nous le balai et la serpillière. Le même schéma qu'au bled. Juste avant le début du repas, je tente d'extirper ma mère et ma tante de la cuisine pour qu'elles partagent avec nous la semoule qu'elles ont roulée. Peine perdue, elles se retranchent sur la table basse du salon, regardant le monde des hommes par en dessous. Assises tout près de la porte, elles chuchotent comme deux souris prêtes à s'échapper.

Je me rends compte, en décrivant cette scène, à quel point le mode de vie des harkis est resté typiquement algérien. J'y pense aussi en lavant la vaisselle, penchée au-dessus de l'évier plein de mousse, les mains dans les assiettes collantes du gras des merguez. A ce moment précis, rageuse mais résignée, j'aurais préféré que mon père choisisse la France jusqu'au bout. Jusqu'à nous élever comme des Françaises, à l'égal de mes frères.

Dans le salon, la télé diffuse des images d'Algerian TV. Images d'hier, images d'aujourd'hui, toujours la guerre. L'écran est branché sur le passé. Ma mère pleure à chaque annonce de nouveaux massacres. Cette semaine, une bombe a explosé dans un bus, tuant vingt personnes. A l'heure des infos, sur la Une ou la Deux, toute la famille se tait religieusement dès que le présentateur prononce le mot « Algérie ». Mes parents sont scotchés devant leur poste. Si l'Algérie les a rejetés, eux ont persisté à l'aimer, à l'adorer même. Déracinés, ils n'ont pas revu leur pays depuis quarante ans. Mais ils continuent de vivre au rythme de là-bas. Projetés dans un monde étranger, hostile, violent, ils ont érigé leur identité algérienne et musulmane comme un rempart. Cette certitude, celle d'être algériens, ne les a jamais quittés. Des Algériens bannis, humiliés, détestés, mais des Algériens quand même. Mieux vaut cela que de n'être rien.

Algérie… Dès que j'ai su parler, mes parents m'ont vrillé dans le crâne, jusqu'à l'obsession, l'idée que j'étais algérienne. Française, pour moi, représentait la pire offense. Parce que je baragouinais l'arabe avec un accent français, mes frères se moquaient de moi, *Gaouria*, *Roumia*, à m'en faire pleurer. Algérienne, mes parents m'ont voulue ainsi… Sans se douter que cette identité me pousserait à rejeter mon père.

Quand j'ai commencé à fréquenter des Algériens, à Paris, j'ai déchanté. « Espèce de plouc, harki, va ! » a dit un jour l'un d'eux en s'énervant, oubliant ma présence. J'ai piqué une colère et l'ai injurié à mon tour. Devant moi, ces exilés utilisaient le mot « harki » comme une insulte. Lors de ces échanges houleux, je tremblais, je m'énervais, j'encaissais, je rendais les coups, mais peu à peu j'ai compris à quel point j'étais différente d'eux, à quel point mes parents m'avaient transmis une identité illusoire, factice. Je comprenais, alors, à quel point j'étais définitivement française.

Atypique dans ma famille, je le suis aussi par mon métier : journaliste. J'écris dans l'hebdomadaire *L'Express*. Moi, craintive, réservée, j'ai opté, par défi, pour un métier d'ouverture sur le monde, tout le contraire de ce que je suis. Un peu comme mon père, les choix extrêmes m'attirent… J'ai choisi cette voie en 1994, sur le tournage d'un documentaire sur les harkis. Mon frère Djill témoignait, dans un film pour France 3. Sur le tournage, je n'ai pas lâché un mot, mais j'ai écouté avidement cette espèce d'hommes que j'approchais pour la première fois : les journalistes. Ils questionnaient, creusaient une mémoire enfouie, ravivaient des souvenirs effacés avec une justesse et une clarté qui m'ont foudroyée. Jusque-là, je tenais les professeurs pour les gens les plus intelligents de la terre. Désormais, j'avais trouvé mieux. Je n'avais qu'une idée : leur ressembler pour, à mon tour, ressusciter le passé.

Discrète, je parle peu, écoute beaucoup, spectatrice, jamais actrice. Un peu perdue, toujours à l'écart, je transite entre le balcon, la chambre et le salon, sans réussir à me poser. Je me sens gauche, déplacée, maladroite, je ne sais pas où est ma vraie place, dans une pièce ou dans une autre, ici ou là-bas. Je sens que je flotte, entre un passé imprécis, une personnalité floue et une identité incertaine. Suis-je française, suis-je algérienne, je ne sais pas, je passe d'une langue à l'autre sans distinction, parlant arabe avec mes parents, français à l'extérieur. Algérienne qui déteste les harkis et Française sans racines, j'oscille entre ces deux parties de mon être qui se battent, se déchirent, comme si une grenade avait explosé dans ma tête, comme si la guerre d'Algérie, en moi, n'en finissait pas.

Dans le jardin, à côté d'un vieux zodiaque, il y a une petite cabane en parpaings, avec un toit en tôle ondulée, dans laquelle mon père entasse ses outils. J'évite autant que je peux d'y aller. Aujourd'hui, pourtant, je dois y entrer. Mon voyage, sinon, n'aurait pas de sens. Je pousse la porte et lève les yeux, instinctivement, vers une longue poutre en bois qui traverse le plafond. C'est là que mon frère s'est pendu, il y a six ans, à l'âge de 35 ans, après une longue dépression. C'est de là que mes parents l'ont décroché. Je n'essaierai pas de décrire le chagrin qui a frappé ma famille. Le chagrin, et l'incompréhension. Depuis ce drame, le passé s'est mis à remonter, par bribes, par questions. D'où venait le mal-être de mon frère ? J'y ai songé pendant des nuits entières, ressassant mes rares souvenirs et les récits de ma mère, sans comprendre… Moha a passé son enfance dans les camps. Il a commencé et terminé sa vie dans un baraquement. Enfermé. Quand il est sorti des camps, il ne s'est jamais adapté à la société et n'a pas supporté le racisme dont il était victime, comme nombre d'enfants de harkis et de fils d'immigrés. Il a quitté son travail, à Bordeaux, et s'est cloîtré dans sa chambre, fumant cigarette sur cigarette, avalant des litres de café. A quoi pensait-il, entre ses quatre murs ? Je l'ignore. Quarante ans… Je réalise soudain que ce chiffre qui me poursuit toute la journée, c'est l'âge que mon frère Mohamed n'atteindra jamais. « Regarde ce qu'*ils* nous ont fait », m'avait-il dit, quelques jours avant de se donner la mort, le visage mangé par une barbe aussi noire que son regard. Toujours ce *ils* mystérieux… Je l'entends encore prononcer cette phrase, je vois encore ses yeux rougis et brillants. Je regarde cette poutre. Tout est là. Oui, je regarde, Moha, et je vais même le dire, l'écrire, le graver, le crier. Hurler ce qu'*ils* m'ont fait.

Tout le monde s'est endormi. Triste, fébrile, angoissée, je ne sais plus, je griffonne mes impressions sur des feuilles volantes, dans mon lit, sans parvenir à trouver le sommeil. J'envie la respiration régulière de ma sœur à côté de moi. Dans quelle aventure me suis-je lancée ? J'ai pris un congé sans solde de sept mois pour écrire ce livre. Hier, j'ai quitté mon bureau, mon appartement à Paris, mes amis. Ma vie est bouleversée. J'ai 29 ans depuis une semaine, à peu près l'âge que ma mère avait quand elle a franchi la Méditerranée, en 1962. Comme elle, je vais entamer un long périple. Je calquerai mes pas sur les siens et sillonnerai les camps, du moins ce qu'il en reste, de l'Auvergne au Lot-et-Garonne, en passant par la Lozère et le Morvan. Comme elle, je vais franchir la Méditerranée... Pour découvrir l'Algérie, ce pays haï et adoré que je ne connais pas. De la même manière qu'elle m'a raconté son voyage, je veux, moi aussi, en écrivant, transmettre mon aventure, mon retour aux sources et ma quête identitaire. Au bout du parcours, j'ai l'espoir, ténu, de retrouver ce père, qu'enfant j'ai tant aimé, et dont ce passé trouble m'a séparée.

Pendant plusieurs semaines, au cours d'un voyage géographique et temporel, je vais marcher virtuellement auprès des miens. Je ne sais absolument pas ce qui m'attend. Je risque de me confronter aux démons de mon enfance et de réveiller les souffrances enfouies de mes parents. En sortirai-je indemne ? Je l'ignore... « On m'a volé mon enfance », m'a dit un jour ma grande sœur Fatima. « Et moi, mon passé », lui ai-je répondu. Si elle ne peut guère rattraper le temps perdu, moi, je peux le remonter. Demain, le 1er juillet 2002, je me rends à Marseille, première étape de mon périple. Demain, le 1er juillet 1962, ma famille est arrivée en France et j'ai rendez-vous avec elle. Demain, je me dissous dans le temps, demain, je ne suis plus née. Bondissant quarante ans en arrière, mon âme va errer autour des miens, invisible, omnisciente, cheminer auprès d'eux comme un fantôme du futur. La tête sur l'oreiller et les yeux ensommeillés, une remarque de ma mère me revient à l'esprit avant de sombrer : « A quoi bon remuer le passé ? C'est fini, maintenant. » Pour moi, au contraire, tout commence...

MARSEILLE

La galette oubliée

Je marche dans les rues de Marseille en souriant toute seule, le cœur léger, transportée par cette nouvelle aventure qui rompt ma routine quotidienne au journal. En attendant mon premier rendez-vous, je déambule dans le Vieux Port, admire les voiliers qui tanguent doucement dans le mistral et les mouettes qui piaillent au-dessus du fort Saint-Jean. J'aime cette ville, son parfum de vacances, ses pagnolades et ses clichés auxquels je suis sensible malgré moi.

Avant de démarrer mon enquête, j'ai demandé à ma mère dans quel port ils sont arrivés en 1962 – c'est dire mes lacunes... Elle a hésité. « Port-Vendres ? Non, je ne crois pas. » Elle a réfléchi quelques minutes : « C'est Marseille, je m'en rappelle maintenant », m'a-t-elle affirmé enfin. Muette, je me suis enfoncée d'un cran dans le canapé. C'est comme si elle m'avait giflée... Tant de séjours insouciants à Marseille et jamais je n'ai pensé une seule seconde que mes parents avaient débarqué ici, qu'ils avaient posé le pied pour la première fois en France sur ces trottoirs que je foule maintenant.

Brusquement, je vois Marseille autrement. A quarante ans d'intervalle, cette ville sert de décor à deux changements de vie. Ici, mes parents se sont coupés de l'Algérie avec la promesse d'une existence nouvelle en France. Ici, je dis adieu à la jeune femme insouciante que j'étais avec la promesse d'une identité neuve à redessiner.

Dans un café du Vieux Port, je rejoins un ami historien, Jean-Jacques Jordi, qui me conduit en voiture dans l'enclave militaire où mes parents sont arrivés. La route longe le port commercial, où, m'explique Jean-Jacques, les pieds-noirs ont débarqué. « Mes parents sont rentrés en France le 29 juin 1962, j'avais 7 ans. » Je sursaute : « Les miens sont arrivés le lendemain ! » La coïncidence nous enchante, même si nous gardons conscience que ces deux destins, très différents, se rejoignent et se séparent ici. Posté dans une guérite, un militaire contrôle les voitures. Comment passer sans autorisation ? Le barrage me décourage : « Ils ne nous laisseront jamais entrer. » Jean-Jacques hésite un instant. « Allez, on essaie quand même. » A ma stupéfaction, le policier nous regarde à peine et ouvre la barrière. Je soupire.

La mer approche. Le cœur battant, je m'agite sur mon siège. Je serre la poignée de la porte, regarde à droite et à gauche, avide et paniquée à la fois. A côté, Jean-Jacques respecte mon silence. Je fixe mon attention sur l'extérieur. La voiture cahote sur des rails de chemin de fer rouillés qui lacèrent le ciment. Il s'arrête enfin. Je descends du véhicule, heureuse de sentir la fraîcheur du grand large sur mon visage. Sur la jetée, le vent marin s'engouffre entre les pattes des grues Hercules. C'est ici que, avec quarante ans de retard, j'ai rendez-vous avec ma famille. Ici que la France a raté le sien avec les harkis.

A notre arrivée, le ciel se voile. Je pense à ma mère. Je l'attends sur ce quai désert, devant des hangars désaffectés. Immobile face à la mer, je scrute les flots et fouille l'horizon, guettant un cargo de marchandises parmi les paquebots blancs de la SNCM qui voguent vers la Corse. Rien encore. Je m'assois sur un plot.

Je la sens plus que je ne la vois, dans l'obscurité étouffante des cales du *Sidi Brahim*. Je hume son odeur de henné, surtout sur la nuque, à la naissance des cheveux.

Sa peau est moite et salée. Je caresse sa callosité naissante au front, touche le nœud de son foulard au sommet du crâne. Ma mère a la plante des pieds dure comme des semelles à force de courir derrière ses chèvres dans le djebel. Allongée sur une paillasse, l'estomac soulevé de haut-le-cœur, elle ferme les yeux, lutte contre une nouvelle envie de vomir. Elle touche son ventre, le moteur du bateau semble résonner à l'intérieur. Elle se lève sur un coude, appelle ma grand-mère d'une voix faible. « *Yemma…* » Juste un regard, et celle-ci a compris. Elle s'éloigne et revient quelques minutes plus tard avec une rondelle de citron qu'elle presse dans un verre d'eau. Ma mère boit d'une traite et se rallonge, soulagée. Elle ferme les yeux à nouveau. Et revit, pour la centième fois depuis que le bateau a quitté la baie d'Alger, le jour de leur départ, les dernières heures passées dans son pays qu'elle ne reverra plus jamais.

C'était il y a trois jours déjà, le matin du 27 juin 1962. A 200 kilomètres entre Alger et Oran, dans les montagnes de l'Ouarsenis, habite la tribu des Beni Boudouane. C'est le fief du bachaga Boualem, un célèbre notable musulman qui a été vice-président de l'Assemblée nationale et a milité pour l'Algérie française. A quelques dizaines de kilomètres d'Orléansville, dans une minuscule mechta, ma mère pétrit une galette, accroupie devant son gourbi. Les mains triturant la pâte avec force, elle bénit ma grand-mère de lui avoir donné un peu de farine de glands. Elle jette des brindilles pour attiser la *coucha*, un four en terre séchée en forme de pain de sucre. Elle soupire. Aujourd'hui, elle a un peu de galette pour nourrir ses enfants, mais demain ? La jeune bergère de 28 ans vit dans la misère.

Depuis que les colons ont occupé les terres arables de la vallée, après la conquête, la tribu des Beni Boudouane s'est exilée sur des plateaux arides où rien ne pousse. En quelques générations, cette famille de paysans, légalement expropriée, s'est clochardisée. Le lopin de mes parents ne charrie que des cailloux et leurs quatre chèvres sont trop maigres pour donner du lait. Dans la forêt, ma mère ramasse des glands de chêne qu'elle moud pour faire de la farine. Elle énumère mentalement ses biens : un petit pécule de 300 francs, un sac de graines, un bidon de beurre rance, de l'huile d'olive dans une jarre en terre que lui a donnée ma grand-mère, deux *halhals*, des bracelets de pied en fer – objets qu'elle m'a montrés plus tard et qui m'évoquent plus des chaînes que des bijoux.

Fille aînée de sa famille, elle n'est jamais allée à l'école. Elle gardait les chèvres de son père avant que celui-ci l'ait mariée de force, à l'âge de 15 ans. Elle a mis au monde cinq enfants, Ahmed, Aïcha, Fatima, Kader et Mohamed. Le plus âgé a 9 ans et le plus jeune, 1 an. Ma mère partage le sort de toutes les femmes du djebel. Les femmes sont des bêtes de somme et les hommes, de rudes montagnards analphabètes.

Elle sort du gourbi et scrute le ciel, la main devant les yeux. Inquiète, elle rentre dans la cabane en terre séchée, sans fenêtres. Elle décide de ne pas réveiller Fatima, 5 ans, qui dort encore sur sa natte d'alfa posée à même la terre. Mue par un pressentiment, elle ne l'envoie pas à l'école aujourd'hui. Les autres enfants sommeillent aussi dans l'obscurité fraîche de la cahute. Mon père est absent depuis l'aube. Comme d'autres harkis revenus à la vie civile, il a été convoqué par les fellagas pour une réunion à la ville de Lamartine. « N'y va pas, lui a dit ma mère, c'est un piège. » Méfiante, elle redoute des représailles contre les supplétifs. L'armée française en repli stationne toujours dans les environs, mais pour combien de temps ? Que se passera-t-il quand elle quittera le pays ? Ma mère repense à l'avertissement de ma grand-mère. Elle l'a prévenue quelques jours auparavant : « Ton oncle Ali s'est inscrit sur les listes de départ. Toute la famille risque de partir en France. Si tu vois les avions de reconnaissance tourner dans le ciel, prends tes enfants et rejoins-nous chez lui. » Contre l'avis de mon père, qui ne veut pas partir, ma mère a décidé de suivre les siens. « Rester, c'est mourir », lui a-t-elle dit.

Comme nombre de supplétifs, mon père a été démobilisé en mars 1962. Il a rendu son fusil puis est rentré chez lui. Depuis, malgré les promesses de réconciliation du FLN, mes parents vivent dans la peur. La nuit, les moudjahidin emmènent Ahmed, qui a à peine 9 ans, patrouiller dans la forêt. Le soir, anxieuse, ma mère regarde partir son fils en se demandant s'il va rentrer vivant. Les anciens du FLN espèrent ainsi former la future armée du pays, tout en mettant la pression sur les harkis.

Quelques jours après le cessez-le-feu, ma mère est invitée à un mariage. Deux femmes du douar, dont les maris ont été tués par des harkis, dansent en frappant leur bendir de la paume de la main. Assise par terre à côté de sa cousine, ma mère, soudain livide, lui pince discrètement la hanche : « Écoute, écoute ce qu'elles chantent. » Celle-ci tend l'oreille et entend : « Harki, harki, sa femme met des bas en nylon et lui vend sa chair au kilo. » Ma mère rentre chez elle, de plus en plus inquiète.

Elle a entendu tellement d'atrocités sur les fellagas qu'elle n'en dort plus. Depuis plusieurs jours, la rumeur, l'unique moyen pour s'informer dans le djebel, affole les fellahs : on massacre les harkis dans le hameau, on les habille en femmes sur la place du village, on les promène nus, on les humilie en public... On murmure les pires horreurs dans l'obscurité des gourbis.

Le soleil avance, la galette de ma mère crépite doucement sur les braises. Vers 11 heures du matin, brusquement, un bruit de moteurs d'avions résonne dans le ciel. Ma mère s'immobilise : l'armée française quitte l'Algérie. Qui les protégera désormais ? Elle se précipite dans le gourbi, réveille les enfants. Fatima se frotte les yeux pour chasser le sommeil et la poussière. Elle enfile ses sandalettes en plastique et la petite robe rose que ma mère lui a cousue. La bergère tend le bidon de beurre rance à sa fille, denrée précieuse. Fatima saisit le récipient et Aïcha prend Kader par la main. Ma mère soulève Mohamed, le cale sur sa hanche gauche et attrape sa petite valise verte : « Allez, on s'en va. » Ils quittent le gourbi, grimpent sur la colline et se précipitent vers la maison de mon grand-oncle Ali.

Quelques minutes plus tard, celui-ci arrive en tête d'un immense convoi militaire, chars, blindés, jeep, half-tracks, pour récupérer sa femme et ses enfants. Deux tanks se garent à l'entrée de la maison. Ali descend d'un char et entre dans la cour. Il s'arrête, sidéré : une trentaine de personnes, presque toute la famille, se sont réfugiées chez lui avec enfants, poules et ballots, prêtes à partir. A la vue du convoi, tout le monde se rue sur les camions. Mais aucun n'est inscrit sur les listes du départ. Les militaires sont débordés. Ma mère grimpe dans un véhicule et fait monter ses petits, mais un soldat les prend et les repose sur le sol. Elle ne se démonte pas et recommence. Ce manège dure plusieurs minutes. Quelques militaires renoncent, déchirés : que dire à ces gens, comment abandonner ces femmes et ces enfants, et les condamner à une mort certaine ? Entouré par des femmes paniquées et des grappes de gamins en pleurs, le lieutenant s'entête : « Pas question de prendre tout le monde. » « Si vous n'emmenez pas ces gens, ils vont mourir », plaide patiemment mon grand-oncle Ali. Le lieutenant ne veut rien entendre. Excédé, le harki contacte le colonel par radio et lui explique la situation. Il tend l'appareil au lieutenant : « Si vous ne les embarquez pas immédiatement, je vous fusille ! » aboie le colonel dans le combiné. Tout le monde soupire et la smala prend enfin place dans les camions.

Le convoi passe à Lamartine et récupère des harkis, dont mon père, sur la place du village. Puis il traverse les hameaux de la région. Les villageois insultent les supplétifs, leur jettent des pierres et des tessons de bouteilles. Dans le camion, les harkis se couchent pour les éviter, transpirant sous la bâche. La peur les tenaille. Tandis que les camions brinquebalent sur les pistes cailloutteuses, ils franchissent des villages en liesse qui fêtent la libération du pays, lancent des youyous et chantent l'hymne national. Soulevant un coin de la bâche, les harkis regardent, terrorisés, cette explosion de joie devant des corps de supplétifs pendus aux poteaux électriques. Les heures défilent, le convoi franchit les 200 kilomètres qui le séparent d'Alger. Il arrive en fin d'après-midi à la caserne militaire de Tefechount, près de la capitale. Les militaires installent les harkis pour la nuit. Ils se douchent, se désaltèrent, mangent du pain et des sardines. Mes parents s'allongent sur des paillasses et s'endorment rapidement, rompus par le voyage. C'est la dernière nuit qu'ils passent en Algérie.

Le matin, ils remontent dans les camions. Direction : le port d'Alger. Là, pour la première fois de leur vie, ils entrent dans une grande ville : Alger, immense, bruyante, les aspire comme des grains de poussière. Ébahis, ils découvrent la mer, qu'ils n'ont jamais vue, les grands paquebots, la cohue d'une foule sur le départ, les appelés en partance avec leur ballot sur l'épaule, les pieds-noirs avec leurs nombreuses valises, les grues qui chargent des meubles et des chèvres dans les bateaux... Le camion s'arrête à un barrage. Sous la bâche, c'est la panique. Mes parents, terrorisés, se terrent au fond du véhicule : « Les fellagas vont nous égorger ! » murmurent des femmes au bord de l'hystérie. Fausse alerte : les harkis reconnaissent des soldats français.

Sur le quai, les familles sortent enfin à l'air libre. Le *Sidi Brahim*, immense cargo de marchandises accosté le long de la jetée, se dévoile dans la lumière tranchante du soleil de midi. Des harkis encore en treillis et des femmes en robes traditionnelles bigarrées grimpent sur la passerelle. Certaines trébuchent sur les marches : elles n'ont jamais vu d'escalier de leur vie. A bord du cargo, l'Algérie coloniale prend ses quartiers : les pieds-noirs s'installent dans les cabines tandis que les harkis s'entassent dans les cales.

Sous le pont, dans l'obscurité moite des soutes, mes parents s'assoient sur des paillasses jetées à même les planches. Beaucoup savent qu'ils quittent leur pays définitivement. Mais ils ont la vie sauve. Effrayé, Ahmed regarde, à travers les interstices du plancher, l'eau sombre et menaçante, proche d'à peine quelques centimètres de son visage. Il recule. Ma mère, elle, lève les yeux. Au-dessus de sa tête, elle distingue, par une trappe, un carré de ciel bleu. Son esprit est vide. Elle ne pense à rien. Ils suivent les soldats les yeux fermés. S'ils les avaient jetés à la mer, personne n'aurait rien dit. Elle s'endort.

Je ne le vois pas mais je le devine, immense, lourd, effilé, tel que je l'ai retrouvé dans les archives de la chambre de commerce de Marseille. J'imagine le *Sidi Brahim* qui se profile sous un ciel éclatant, le 30 juin 1962 vers 9 heures du matin, glissant sur une mer aussi étincelante qu'elle est terne aujourd'hui. Il s'approche des plots d'amarrage qui se dressent sur la jetée, tels des petits soldats bien alignés. Le bateau accoste lentement. Sortis de l'obscurité des cales, des milliers d'yeux éblouis clignotent en haut des escaliers. Près de 900 harkis descendent sur la terre ferme, hésitants, inquiets, s'agrippant à la rambarde. Sur le quai, le photographe Pierre Domenech saisit quelques scènes d'arrivée. Dénichés il y a peu par Jean-Jacques Jordi, ces clichés montrent des harkis encore en uniformes, des femmes non voilées mais au front ceint d'un foulard, vêtues de robes traditionnelles kabyles, chaouies ou oranaises, que je devine multicolores malgré les photos en noir et blanc. Pudiques, elles baissent les yeux devant l'objectif. Les mères portent des bébés, des ballots et ont des cernes sous les yeux. Des fillettes aux cheveux ébouriffés s'accrochent aux bras des soldats.

Je colorise mentalement les photos. Soudain, je distingue, dans la foule, une silhouette jaune, noir et rouge, portant une valise verte à la main et un bébé calé sur la hanche gauche. Est-ce elle, cette jeune femme au visage blêmi par le mal de mer ? Je la reconnais à peine avec ses 28 ans, sa taille fine, sa robe poussiéreuse, son teint brun et lisse. Le bébé chétif qui gigote dans ses bras, c'est mon frère Mohamed. Mon cœur se serre un instant en le regardant. Accrochés à sa jupe, quatre bouilles hirsutes, Ahmed, Aïcha, Kader et Fatima, qui tient toujours son bidon de beurre rance, jettent des regards curieux autour d'eux. J'aimerais tant leur ouvrir mes bras et les emmener avec moi... Devant eux marche mon père, habillé en civil. Grand, mince, les pommettes saillantes, ses traits durs me heurtent. Je ne lui connais pas cette expression fermée. Une fine moustache sombre rend son visage plus austère encore, aussi anguleux que ma mère annonce déjà des rondeurs généreuses. Aucun des deux ne parle français. En Algérie, ils vivaient au Moyen Age. En France, ils débarquent au XXe siècle. Ils ont fait un bond culturel de plusieurs siècles en avant. Vulnérables, désemparés, arrivés dans un pays dont ils ne connaissent ni la langue ni les mœurs, ils accueillent la tutelle de l'armée avec soulagement.

Les soldats les installent dans un hangar. Ils y restent plusieurs heures, puis marchent jusqu'à un dépôt de marchandises. Il fait chaud, mes parents, exténués, s'assoient sur des troncs d'arbres et des billots de bois, au milieu de la sciure. Pourquoi attendent-ils ici ? Ils ne le savent pas. Les enfants pleurent, réclament à boire. Ma mère allaite mon frère Mohamed. Comme elle n'a rien mangé depuis trois jours, elle lui tend un sein vide. Elle palpe le ventre creux de l'enfant et sa main touche quasiment les reins tellement il est vide. La Croix-Rouge arrive enfin et distribue de l'eau, du lait, des sardines et du chocolat. Devant les harkis, les dockers déchargent des régimes de bananes. Une femme en a pris quelques-unes avec elle. Au camp de Bourg-Lastic, plus tard, elle a coupé ces bananes en petits morceaux et les a fait bouillir avec de la sauce tomate ! Elle a cru que c'était un légume...

Escortés par l'armée, les harkis arrivent dans une gare déserte et montent dans des trains de marchandises. Un sifflet résonne, c'est le signal du départ. Dans les wagons, les familles s'assoient par terre. Un adolescent s'installe sur le rebord et balance ses jambes dans le vide. Le train glisse le long des rails. La nuit tombe. Les harkis entament leur nouvelle vie en France. Ils n'ont aucune idée de ce qui les attend. Je m'éloigne à mon tour et file sur l'autoroute qui me ramène à la maison. Moi aussi j'ignore ce qui m'attend. Comme ma mère, j'ai l'esprit vide, exténuée par ce trop-plein d'émotions nouvelles. Il fait sombre, je suis fourbue, j'ai sommeil. J'entends presque le bruit du train dans ma tête. Un détail me revient, absurde, dérisoire, mais qui me donne brusquement envie de pleurer : ma mère a oublié sa galette en Algérie.

BOURG-LASTIC
Les larmes de mon grand-père

Après la cohue de la Canebière, le calme oppressant des grands sapins sombres du Puy-de-Dôme. Je roule sur le ruban goudronné jalonné de panneaux rouges « Terrain militaire, défense d'entrer, danger de mort », avec le sentiment de violer un sanctuaire. A ma gauche, un terrain d'entraînement à la grenade explosive, anormalement silencieux. A ma droite, un parcours du combattant déroule des poutres, des filets et des pneus.

La caserne se profile derrière les arbres. Une autorisation spéciale m'a été accordée par le 92e régiment d'infanterie de Clermont-Ferrand pour visiter ce champ de manœuvres de 40 hectares, situé à la lisière du parc des volcans d'Auvergne. Mon aventure démarre donc ici. Ironie du sort ou fait du hasard, de gros chars de combat aux chenilles carrées dans l'herbe pointent leurs gros canons vers moi. Plus étrange encore, j'apprends plus tard que ces modèles ont officié en Algérie. J'en frissonne. Mes parents, fuyant la guerre, ont dû être moins dépaysés que je ne le suis en passant devant ces monstres d'acier assoupis dans la campagne auvergnate.

Je gare ma voiture devant la caserne de briques rouges et grimpe dans la jeep du caporal Chaban, l'un des militaires en poste dans le camp. Tandis que le véhicule toutterrain cahote dans les nids-de-poule du chemin de terre, rejetant de grandes gerbes d'eau sale sur les bas-côtés, je m'accroche à la portière, nauséeuse, l'estomac noué, appréhendant de voir le premier camp de mon parcours. Combien de fois ai-je essayé vainement d'imaginer ce lieu dont le nom a résonné si souvent dans mon enfance ? Brinquebalée sur plusieurs centaines de mètres, je vois la forêt de chênes et de bouleaux s'éclaircir au détour d'un virage. Je saute de voiture et découvre enfin *la* clairière.

Dans cette trouée de verdure cachée aux regards et cernée par les arbres que, seule, je n'aurais jamais trouvée, mes parents ont donc passé ici leurs premiers jours en France. Pas une habitation alentour, pas une âme, pas un bruit. Au-dessus de moi, une légère brise chasse les nuages. Plantée dans l'herbe rase devant la jeep, je tourne la tête de tous les côtés, un peu désorientée, prête à remuer chaque caillou pour y trouver un signe du passage des harkis. N'importe quoi, des lettres gravées sur l'écorce d'un arbre, des empreintes de pas dans la boue, des signes humains dans cette nature sauvage qui m'aident à imaginer que 5 000 harkis et leurs familles, dont plus de 2 000 enfants, ont vécu ici pendant trois mois. Sous les sapins, un cercle de cendres noires rallume une lueur d'espoir en moi. Peine perdue : il témoigne seulement du passage de militaires venus en bivouac. Il ne reste donc rien, dans ce morne coin de forêt invisible de l'extérieur, du passage des harkis, pas même une plaque. Rien à quoi me raccrocher.

Dépitée, je glane mes informations dans la presse locale de l'époque et pioche dans les souvenirs de mes parents. J'ai du mal à comprendre que les autorités aient pu installer des familles dans un endroit aussi isolé. Les élus locaux et les militaires, réunis le 15 juin 1962, à la préfecture de Clermont-Ferrand, doivent trouver dans l'urgence une solution : les grands camps du sud de la France sont saturés et des milliers de harkis débarquent encore d'Algérie.

Une semaine plus tard, le 21 juin 1962, dès l'aube, le cliquetis des barres de fer et le bruit des pataugas couvrent le chant des criquets. En quelques jours, 600 tentes kaki poussent dans la clairière comme de gros champignons, montées à la hâte par les soldats du 92ᵉ RI. Pas le temps d'apprêter le terrain, on dresse les guitounes sur les chardons et les cailloux. A peine trois jours plus tard, le 24 juin, en début d'après-midi, un premier convoi de 900 personnes débarque à la gare de Laqueuille. En une semaine, un immense camp de transit s'improvise dans la lande auvergnate. Sur place, le désordre règne. Quinze jours après les premières arrivées, l'administration commande en catastrophe 500 sanitaires rudimentaires à un menuisier de Bourg-Lastic. Personne ne s'était soucié de ce « détail » ! Pas plus que des lavabos ou des douches, jamais installés. On accueille 5 000 personnes dans la panique la plus totale.

Les yeux cernés et fourbus par de longues heures de voyage, mes parents descendent du camion du 505ᵉ groupe de transport, le 1ᵉʳ juillet, en fin de matinée. Ironie de l'Histoire, ils arrivent le jour du vote de l'autodétermination en Algérie. Déconnectés de l'actualité politique, ils l'ignorent complètement. Ils ne pensent à rien, attendent seulement de connaître le sort qui leur est réservé. Au détour d'un virage, le même que j'ai emprunté, ils découvrent la même clairière, mais défigurée par un vaste village de toiles tendues au milieu de la forêt. Des soldats pressés montent encore des tentes marabouts tirées au cordeau. Mes parents, qui ne connaissent rien d'autre que leur mechta isolée du djebel algérien, contemplent cette agitation avec stupeur. Déboussolés, assommés, ils s'assoient dans l'herbe, en attendant que les soldats leur attribuent une tente.

Debout au milieu de la clairière, mon grand-père découvre, lui aussi, ce terrain caillouteux mal préparé où la France installe les harkis. Brusquement, le digne quinquagénaire coiffé du turban traditionnel des cheiks se met trembler. Titubant, il s'effondre au pied d'un arbre.

« Notre âme ne vaut donc rien pour que l'on nous enterre dans un endroit pareil ! » s'écrie-t-il en arabe, invectivant la lande silencieuse. Cet ancien, qui a combattu trois guerres sous le drapeau français – la guerre du Rif, au Maroc, dans les années 1930, la Seconde Guerre mondiale et la guerre d'Algérie –, se met alors à pleurer et une forte fièvre s'empare de lui. Les soldats l'allongent sous une tente. Délirant, il parle de ce qu'il a laissé là-bas, le travail d'une vie entière, sa ferme... Il a tout perdu. Dans son délire, un visage lui revient en mémoire. Celui d'une « gueule cassée » de la Seconde Guerre mondiale, qui a travaillé en France dans les années 1950 puis a décidé de rentrer en Algérie. Au moment du rapatriement, en 1962, ce harki blessé a refusé de monter dans le camion militaire : « Je n'échangerais pas mon fumier contre une vie en France ! » avait-il lancé aux soldats venus le chercher. Mon grand-père vient de comprendre.

Durant les premières heures qu'ils passent dans la guitoune, mes cinq frères et sœurs se recroquevillent sur les lits picots, désemparés, prostrés. Leur monde est bouleversé, ils ont perdu leurs repères. Où est leur gourbi ? Où sont les figuiers de Barbarie ? Où sont le sable, le soleil, le djebel ? Les grands sapins sombres et denses les effraient. Ma mère ne prête pas attention à leur désarroi. Atterrée, elle découvre son nouveau « foyer ». Sur le sol, des touffes d'herbe et des cailloux. Des bandes de tissu tendues sur deux planches en bois servent de lit. Au milieu de la tente, un énorme chardon d'un mètre de hauteur pointe son bulbe hérissé et menaçant, qui dépasse du cadre des lits. Elle va chercher un bout de bois, creuse la terre et arrache la plante à mains nues. Dans sa tête, elle a gardé ce chardon comme le symbole de leur accueil en France. « On nous accueille au milieu des chardons », constate-t-elle, amère.

Elle déballe ses maigres affaires, méthodiquement,

sans se poser de questions. Comme un animal pris au piège, elle ne pense à rien, ne dit rien, ignore combien de temps elle va rester ici. Que peut-elle dire ? Pourquoi les a-t-on ramenés dans cet endroit ? « C'est nous qui l'avons voulu », se dit-elle en soupirant. Les heures passent, monotones. Soudain, le pan de sa tente se soulève : un veuf et ses cinq enfants hagards viennent s'installer avec eux. Surprise, elle attrape son foulard et se couvre vivement la tête. « Il n'y a pas assez de place », plaide-t-elle auprès du militaire qui les accompagne. Impossible, pour ma mère, une musulmane très pudique, de partager l'intimité de son foyer avec un inconnu. En vain : pour remplir ces canadiennes de dix personnes, les familles doivent cohabiter. Mon père s'énerve : « Si c'est comme ça, on couchera dehors. » Il obtient gain de cause. Ma mère respire : malgré tout, elle a une tente pour elle seule. Ses voisines, elles, dorment aux côtés d'hommes qu'elles ne connaissent pas.

En Algérie, ma mère vivait dans un gourbi isolé, avec, pour uniques voisins, des membres de sa famille. Elle connaissait toute la mechta. Dans le camp, au contraire, les régions d'Algérie se mélangent dans une promiscuité inhabituelle. Chaouis, Oranais, Kabyles et fellahs de l'Ouarsenis cachent leurs épouses et se toisent avec méfiance. Ma mère reste confinée dans sa tente toute la journée. A l'instar des autres femmes, elle subit un double enfermement : dans le camp, d'où elles ne sortent jamais, et dans leurs tentes, où la pression sociale les cloître. Elle demeure assise sur son lit, regardant les heures passer lentement. Elle s'occupe comme elle peut, lave et relave ses hardes qu'elle étend devant la tente. Pour se rendre aux toilettes, elle s'enroule dans un grand voile blanc anonyme. Ses seules visites se limitent à son père, à sa mère et à ses cousines, installés dans des tentes proches. La petite bergère qui crapahutait du matin au soir derrière ses chèvres, dans les plateaux de l'Ouarsenis, est morte en elle. La femme de harki a enterré son pays et sa liberté.

Passé le désordre des premières heures, la vie quotidienne s'organise doucement dans ce village de bric et de broc. Faute d'évier, des lits de camp retournés servent à laver les assiettes et de bac à linge. Ma mère creuse un trou devant sa tente, jette des branchages et y pose sa marmite, l'unique ustensile que lui ont donné les militaires. Comme elle ne sort pas, mon père se charge du ravitaillement. Tous les jours, il se rend dans une grande tente plantée au centre du camp. A la distribution des repas, les harkis se mettent en file indienne et chacun reçoit sa ration quotidienne. Il prend des pois cassés, du café, du sucre, du pain. Le jour où les soldats proposent des steaks de bœuf, il écarquille les yeux : il n'a jamais vu d'aussi gros morceaux de viande rouge ! « C'est sûrement du porc », murmurent ses voisins. Aucun n'y touche. Mon père regarde aussi d'un drôle d'œil ces légumes aux formes bizarres, que les soldats appellent « artichauts » ou « aubergines ». La satisfaction des commerçants de la région, qui défilent au camp pour vendre leurs produits, contraste avec le désarroi des harkis. Les prix flambent brusquement. Chaque jour, les soldats achètent 18 moutons aux éleveurs. Des forains campent carrément aux abords du camp, pour vendre des ustensiles de cuisine ou des fripes à ces gens qui n'ont plus rien. Des camions-citernes acheminent l'eau potable. Tous les jours, ma mère envoie les enfants remplir des seaux aussi grands qu'eux qu'ils traînent jusqu'à la guitoune. Chacun remplit sa besogne : les garçons s'occupent des corvées d'eau et de bois, les filles, des tâches ménagères.

Au camp, malgré le traumatisme de la guerre, le déracinement et le dénuement, l'ambiance reste bon enfant entre les harkis et les soldats. Ma sœur Fatima, fillette malingre aux cheveux noirs tout emmêlés, a eu 6 ans le 22 juillet. Un matin, mon père ramène un sac de toile rempli de fripes données par les militaires. Elle fouille, et trouve un bout de tissu blanc avec deux trous. « Ça ressemble à une chéchia trouée », décrète-t-elle. Elle se l'enfonce sur la tête et parade dans le camp, petite reine aux pieds sales couronnée de blanc... Elle vient de mettre une culotte pour la première fois de sa vie !

Vive et curieuse, devenue presque grande du haut de ses 6 ans, elle s'enhardit et explore ces hauts arbres sombres qui ont remplacé les figuiers d'Algérie sur lesquels elle grimpait. La morve lui coulant du nez et le visage noirci de poussière, cette pipelette qui babille en arabe sympathise avec l'éboueur. Tous les matins, quand le soldat klaxonne, elle sort de la tente en courant et grimpe dans le camion pour la tournée des poubelles. Il passe devant les forains, lui achète des bonbons et des pêches. La fillette est aux anges. A défaut de parler français, elle lui griffe le visage comme un petit chat sauvage, agacée qu'il ne comprenne pas ce qu'elle lui dit. Il s'esclaffe, les joues en sang. Tout heureux, il la redépose ensuite devant sa tente.

L'été s'étire dans l'indolence. A midi, la température dépasse les 40 degrés sous la tente. Habillés à l'européenne ou en djellabas, les harkis vivotent dans la clairière, désœuvrés, sans savoir s'ils vont rester une semaine, un an ou dix ans dans cette forêt. Ils ignorent ce qu'ils vont devenir dans ce pays inconnu. Faute de travail, les hommes jouent aux boules, aux cartes ou aux dominos. Certains se baladent encore avec leur treillis militaire et leurs pataugas, portant sur leurs poitrines une collection de médailles comme autant de trophées désormais inutiles. Ils sortent peu du camp et n'ont aucun contact avec les paysans des environs. Sous leur tente commune, les célibataires, que l'urgence du départ a séparés de leurs familles, trompent leur ennui et leur chagrin en écoutant de la musique orientale sur une radio égyptienne.

Les femmes, elles, se mettent à la poterie traditionnelle, activité qui leur vaudra un article élogieux dans le quotidien régional *La Montagne* pour leurs dons artistiques. Une exposition leur sera même consacrée en septembre à Clermont-Ferrand, dans les locaux du journal. Les visiteurs s'extasient devant l'artisanat pittoresque des femmes arabes sans toujours s'interroger sur leurs conditions de vie.

Aucun cours d'alphabétisation n'est mis en place. « Que voulez-vous, ils ne parlaient que le "gharki" entre eux », m'a expliqué doctement un ancien conseiller municipal de Bourg-Lastic qui les a côtoyés. L'expression m'a fait sourire. La langue « harkie » – qui n'existe pas ! – devait paraître bien exotique aux gens du coin qui n'avaient jamais vu de Maghrébins de leur vie… Pourtant, peu d'entre eux pensent à rentrer au pays. Ils ne demandent qu'à travailler, nourrir leur famille et reconstruire leur vie. Retenu à Mostaganem, le délégué du ministère des Rapatriés arrive tardivement au camp, mais promet de les reclasser et de donner à ces fellahs des terres à cultiver dans les régions vidées par l'exode rural. Les harkis s'accrochent à cet espoir.

Personne ne sait combien de temps ils camperont ici, ni ce qu'il adviendra d'eux. Aucune information ne filtre, ils ne posent aucune question. Loin de leur djebel aride, les harkis se heurtent aux caprices d'un climat tempéré. Le soir, des orages d'été tonnent sur les collines auvergnates. La pluie tombe, les harkis s'embourbent, leurs djellabas ruissellent. Les enfants marchent pieds nus dans la boue froide. L'automne approche, ils n'ont que des habits légers. Dépêché sur place, un journaliste de *La Montagne* décrit « un effarant dénuement » tandis que *La Liberté* lance un appel à la générosité pour récolter les vêtements chauds et les couvertures qui leur manquent : « Ils vont avoir froid. Pensez que, parmi eux, il y a des centaines d'enfants et des nouveau-nés. » Dans leurs procès-verbaux, les gendarmes relèvent deux vols de bois, probablement des femmes qui ont brûlé trop vite leurs fagots. Les nuits d'août se rafraîchissent vite à 800 mètres d'altitude. Dans sa tente, ma mère dort en serrant contre elle son petit garçon d'un an, mon frère Mohamed, pour le réchauffer.

Allongé près d'elle, mon père ne ferme pas l'œil de la nuit. Énervé, angoissé, il se tourne dans son lit et souffre d'insomnies depuis leur arrivée à Bourg-Lastic. Il s'interroge sans cesse : « Comment ai-je pu quitter mon pays pour vivre dans cette forêt avec mes enfants ? » Il ne comprend pas. Il pensait qu'en France il serait logé dans un gourbi comme celui qu'il a laissé en Algérie et qu'il travaillerait un lopin de terre, comme tous les Français, s'imagine-t-il. « Et je me retrouve dans une tente envahie de chardons et secouée par le vent », constate-t-il, amer. Non, il ne comprend vraiment pas. Plusieurs fois par nuit, les barres de soutien se décrochent. Il se lève, les remboîte, se recouche.

Début septembre, une nouvelle secoue les toiles alanguies par l'ennui. « Un harki égorgé à Clermont-Ferrand », titre *La Montagne*. Les gendarmes ont découvert son corps décapité dans une décharge publique. L'affaire a été révélée par un deuxième harki qui, lui, a réussi à échapper aux bourreaux et s'est réfugié au camp. Une fois en sécurité, il a raconté le meurtre aux gendarmes. Ils étaient deux anciens supplétifs arrivés d'Algérie par leurs propres moyens. En traînant dans les cafés clermontois, ces nouveaux venus suscitent la suspicion. Deux militants du FLN s'informent sur eux, découvrent leur passé et les séquestrent. Ils égorgent le premier mais le second prisonnier s'enfuit et se rend directement à Bourg-Lastic. L'article parle de réseaux FLN implantés dans le milieu de l'immigration, de tribunal parallèle et d'exécutions sommaires.

La rumeur court de tente en tente. Les harkis, terrorisés, ne parlent que de cet assassinat, murmurent que d'autres supplétifs ont été tués par cette justice souterraine. La vengeance du FLN les poursuit donc jusque dans leur exil auvergnat. Certains affirment même que le camp est entouré de cadavres… En tout cas, le meurtre sordide décourage ceux qui veulent sortir du camp. Amers, ils réalisent qu'en France non plus ils ne sont pas à l'abri, malgré les cinq gendarmes affectés en permanence au camp pour y assurer l'ordre et la sécurité.

En consultant les archives départementales, j'ai découvert des informations édifiantes et peu connues sur cette période. Selon les rapports des Renseignements généraux, les harkis ont eu raison de craindre le pire : les militants du FLN fomentaient des raids contre les supplétifs installés à Bourg-Lastic. A la suite de ce rapport, daté de fin août, un renforcement de la sécurité du camp a été décidé. Avertis, les harkis ont voulu, à leur tour, monter une opération punitive à Clermont-Ferrand… Ils voulaient assurer leur sécurité et se venger. La guerre d'Algérie a failli se poursuivre dans l'Hexagone…

Des cadavres reposent effectivement dans la terre de Bourg-Lastic. Une dizaine même. Des décès dus non pas à un quelconque règlement de comptes, mais à des causes naturelles. Est-ce le froid ? Le voyage pénible ? Cet été-là, quelques-unes des vingt-huit femmes enceintes n'ont pas supporté les cinq jours de trajet, entre camions brinquebalants, cales de bateau et trains de marchandises. Parmi la centaine de naissances enregistrées à la mairie de Briffons, qui ouvre un cahier d'état civil spécial « harkis », onze nourrissons sont déclarés mort-nés ou sont décédés après deux ou trois semaines de vie. Depuis 1962, à quelques centaines de mètres de la clairière, ils sont enterrés dans un petit cimetière anonyme perdu dans la nature.

Le caporal Chaban m'y conduit dans sa jeep. Il m'ouvre une barrière grillagée. Je me fraie un chemin parmi les herbes hautes qui m'arrivent à la taille. Soudain, devant moi, surgissent onze petites tombes parfaitement alignées, au milieu des genêts et des fougères. La blancheur du bois peint tranche sur le vert sombre des grands sapins. La peinture immaculée s'écaille doucement et dessine des stries sombres sur le bois. Je suis frappée par la beauté morbide et silencieuse du lieu. Des billes d'argile recouvrent les sépultures de ces enfants de harkis emportés par l'exil. Il n'y a aucune plaque, aucune indication, aucun nom sur les stèles. Pas la moindre date de naissance ni la moindre épitaphe. Le néant. Au-dessus des tombes, le vent agite les branches qui, seules, veillent ces morts. Tout le destin des harkis m'apparaît dans la solitude de ce petit cimetière égaré au milieu d'une nature sauvage. A peine venu au monde, il s'est effacé, mort et oublié.

A Paris, quelques élus tirent pourtant la sonnette d'alarme. Dès le 1er juillet 1962, le député Brocas interpelle l'Assemblée nationale sur le sort réservé aux harkis. « L'État s'occupe des pieds-noirs mais se désintéresse du sort des harkis », lance-t-il à Louis Joxe, ministre du général de Gaulle. Un appel prémonitoire… Devant l'afflux des supplétifs, les élus locaux sont désorganisés et méfiants. Du coup, le ministre des Rapatriés, Alain Peyrefitte, et l'État-major préfèrent isoler les harkis de la population française plutôt que d'accueillir ces familles déracinées avec un peu d'humanité.

Dans le camp, traversé par un vent de psychose, l'annonce du départ est accueillie avec soulagement. Mes parents reprennent confiance. « Rassemblez vos affaires, leur dit le chef de l'îlot 3. Dans quelques jours, on vous emmène ailleurs. » Ailleurs, mais où ? Dans un autre camp ? Ils l'ignorent, mais ils gardent l'espoir de trouver du travail et de s'installer dans un « douar » français.

Le 22 septembre, les militaires organisent un méchoui pour fêter la fermeture du camp. Mais dans les îlots s'opère une douloureuse sélection. Choisis en fonction de leur grade ou de leur statut, 200 harkis, gardes forestiers ou anciens fonctionnaires, sont acheminés vers un camp plus petit et plus humain, près de Poitiers. Les autres, moins chanceux, sont conduits vers les grands camps du sud de la France. Mon père, simple garde mobile de protection rurale, suit le gros du bataillon. Ma mère, déchirée, regarde partir ses parents, ses deux oncles et leurs familles qui, grâce à leur passé d'anciens militaires, montent dans le convoi poitevin. Elle se retrouve seule avec son mari et ses enfants, dans un pays inconnu, alors qu'elle a suivi sa famille en France pour, justement, ne pas rester seule en Algérie. Elle pleure pendant tout le trajet en train, devant le paysage qui défile. Elle ne sait pas, ma mère, que l'administration du camp met tout en place pour briser les grandes familles originaires du même village et éviter que les douars ne se reconstituent comme en Algérie. Sous prétexte de favoriser l'intégration, il s'agit, en réalité, de briser les solidarités.

Troublée, angoissée par toutes ces découvertes, je quitte à mon tour le terrain de l'armée. Je pense à ces hommes, à ces femmes, à ces enfants. En quelques jours, leur monde s'est écroulé. Ils devaient se sentir bien seuls, dans ce coin de forêt, oubliés de tous. Seuls, face à un avenir incertain, dans un pays inconnu dont ils ne parlent pas la langue, avec leur vie à reconstruire.

Le camp s'efface derrière moi, avec son parcours du combattant et ses blindés impassibles. Le monde militaire cède la place aux allées fleuries du village. A l'entrée de Bourg-Lastic, je repère, près du cimetière communal, une stèle érigée l'année dernière à la mémoire des harkis. Je lis : « Ils ont bien servi la France. » Dans ma tête, j'inverse les mots : « La France s'est bien servie d'eux », phrase qui me paraît plus juste.

Je retourne à Clermont-Ferrand. Quelques jours plus tard, hélas, j'apprends une terrible nouvelle : la mort de mon grand-père. C'est mon frère Djill qui m'a appelée : « Il était serein, presque souriant. » Pourtant, il savait que ses reins ne fonctionnaient plus et que son infection pulmonaire gagnait du terrain. Mais il était soulagé de partir. La veille, à l'hôpital, il a hurlé pour que les médecins le laissent rentrer chez lui et mourir au milieu des siens. « Je veux voir le soleil une dernière fois », disait-il. Le soleil était au rendez-vous. Pas moi.

Avec lui, tout un pan de la mémoire familiale disparaît. Sans lui, tout un chapitre de mon livre ne sera pas écrit. Mon grand-père a combattu trois guerres sous le drapeau tricolore. Hélas, j'arrive trop tard pour lui dire au revoir et trop tard, dans sa vie, pour connaître son histoire. Il part alors que je termine mon premier chapitre. Lui, clôt son dernier paragraphe. Voilà ce qui attend les harkis : la mort et l'oubli, si, nous, les enfants, ne témoignons pas, si nous les laissons partir sans les écouter, sans leur parler, sans essayer de les comprendre. J'enrage contre moi-même de m'y être prise trop tard, et sa mort me rappelle avec plus d'acuité encore l'urgence d'écrire.

Je ravale mon chagrin et pars, à mon tour, vers le Midi, sur les traces de mes parents. Le cœur lourd, je monte dans le train. Un soir de septembre 1962, vers 19 heures, les miens roulent vers un camp du sud de la France pour y passer l'hiver. Aussi aride que les Aurès ou le Cheliff, ce Sud les rapproche un peu, et moi avec, de l'Algérie.

RIVESALTES
Les ruines de mon passé

Rivesaltes… Ce nom revenait souvent dans mon enfance. J'écoutais mes parents d'une oreille distraite et j'imaginais une île terrifiante, couverte d'un immense camp de tentes et perdue au milieu de la Méditerranée. Je n'ai su que très récemment que cet endroit se situait en France. Je l'avoue, je suis tombée des nues. C'était il y a cinq ans, lors d'une petite fête à *L'Express*. Au milieu des bouteilles posées sur la table, j'ai découvert le muscat de Rivesaltes. Le choc ! Le cœur battant, j'ai lu l'étiquette avec avidité. Ainsi, Rivesaltes existe vraiment, et c'est même un bourg viticole du Roussillon ! J'eus du mal à cacher l'émotion que mes collègues ont mise sur le compte de l'alcool.

Quelques mois plus tard, j'ai entendu parler de l'affaire du « fichier juif », retrouvé dans une décharge publique de Perpignan. Dans la presse, j'ai lu que 2 000 Juifs ont été internés au camp de Rivesaltes pendant la Seconde Guerre mondiale, avant d'être envoyés à Auschwitz. Serge Klarsfeld l'a surnommé le « Drancy de la zone libre ». L'horreur absolue… Aujourd'hui, j'apprends qu'entre 1962 et 1963 près de 10 000 harkis et leurs familles ont vécu dans ce site chargé d'Histoire, qui fut le plus grand lieu d'accueil des supplétifs en France.

Toutes ces images s'entrechoquent dans ma tête pendant que je roule dans la plaine catalane roussie par le soleil et rabotée par la tramontane. J'ai quitté les hauts sapins verts et humides de l'Auvergne pour un paysage sec et plat de garrigue, de ronces et de caillasse, qui s'étale jusqu'au pied des Corbières. En cette fin d'après-midi de juillet, à une dizaine de kilomètres au nord de Perpignan, une plaque indique sur le bord de la départementale : « Camp militaire Joffre de Rivesaltes. » A quelques mètres de là, trois stèles commémorent en silence le funeste destin de ce camp. La première est dédiée aux réfugiés espagnols de la Retirada, en 1939. La deuxième rend hommage aux Juifs internés en 1942. « Honneur aux harkis » annonce la troisième pierre. « Honneur » n'est pas précisément le terme qui me vient à l'esprit en garant ma voiture sur les graviers, près de l'enceinte grillagée.

Je me plante devant deux cyprès au garde-à-vous. Face à moi, un immense portique d'une dizaine de mètres de haut carre ses jambes de béton et ses gonds usés dans l'espace laissé vacant d'un portail disparu. Sur les côtés, des barbelés n'en finissent pas de rouiller en étranglant des buissons d'aubépines. A nouveau l'isolement, le silence oppressant et une nature ingrate. Un malaise grandit en moi. Pourquoi installer les harkis dans des endroits si rudes, si isolés ? En arpentant ces lieux sordides et inhabités, je ressens à quel point les harkis étaient indésirables. La France, ce pays où je suis née et que j'aime, ne voulait donc pas de mes parents. Ils ont été écartés de la société, sciemment relégués dans des zones inhospitalières. Au fond de moi, je commence à douter : si cette terre a rejeté mes proches, pourquoi voudrait-elle de moi ?

Je chasse ces idées noires. J'enjambe le filin d'acier qui barre l'entrée du camp. Le silence inquiétant me donne la chair de poule. A pas lents, presque à contrecœur, je pénètre dans une cité fantôme. Tétanisée, j'ai envie de fuir et de rester. Autour de moi, c'est la désolation. Parmi les agaves et les mûriers, des dizaines de baraques cassées se dressent comme les vestiges d'une ville bombardée. Voilà le fameux camp de Rivesaltes dont mes parents gardent un si terrible souvenir. A ma droite, le Bureau central, qui enregistrait les entrées et les sorties, tient toujours debout malgré son toit défoncé. Je marche au milieu des gravats, des poutres et des tuiles brisées, errant, bouleversée, sur les décombres de mon passé. Voici donc ce qu'il reste de mon histoire : des baraques en ruine et des lambeaux de souvenirs. A l'image de cette cité en décomposition, l'existence des harkis s'est lentement désagrégée dans l'oubli. A l'intérieur des préfabriqués, je sens leur âme qui flotte encore autour d'un bout de tapisserie fleurie, d'un tuyau de cheminée ou d'un morceau de carrelage fendu. Dans quelle maison ont vécu mes parents ? Est-elle encore debout, d'ailleurs ? A travers le jean, les épines des chardons s'enfoncent dans ma chair comme une piqûre du passé.

En descendant du wagon, ce jour de la mi-septembre 1962, ma mère espère trouver mieux que le champ de chardons et de caillasse de Bourg-Lastic. Sur le quai de la petite gare de Rivesaltes, une foule de harkis débarque des vallons auvergnats ou du camp du Larzac, après un éprouvant trajet de plusieurs dizaines d'heures. Les femmes patientent, assises sur leurs ballots, tandis que les hommes discutent avec les militaires venus les chercher. Mes parents montent dans les camions qui, nuit et jour, font la noria de la gare au camp. Ils ne savent ni où ils sont ni où ils vont. Ici, au moins, se consolent-ils, le climat semble plus clément que dans le Massif central. L'armée les a rapatriés vers le Sud pour l'hiver. L'automne s'annonce très doux en pays catalan.

Mes parents pénètrent dans le Bureau central, où un soldat enregistre leur arrivée et les inscrit dans l'îlot 3. Le camion les dépose ensuite à l'autre bout du camp, à plusieurs kilomètres des baraquements réservés aux notables. La piste s'achève, ils continuent à pied. Quand ils découvrent les tentes plantées sur un nouveau champ de chardons, dans un terrain désolé cerné de barbelés, ils sont consternés. « Pourquoi nous met-on en prison ? Quel crime a-t-on commis ? » Ils ne comprennent pas. Terrifiés à l'idée que les soldats ne les renvoient en Algérie, ils déballent leurs affaires en silence, sans se plaindre.

Ma mère regarde ces milliers de tentes marabouts qui s'étendent à perte de vue dans la garrigue catalane. C'est deux fois plus grand qu'à Bourg-Lastic. Pendant que les soldats de la IXe Région militaire montent les guitounes, elle s'assoit sur le sol hérissé de cailloux et couvert de poussière blanche. Les hommes s'affairent, visiblement dépassés par cette marée humaine. Au bout de quelques heures, ma mère s'installe enfin dans sa tente. Le scénario se répète. Excédée, elle arrache avec rage les chardons qui dépassent à nouveau des lits picots, puis dépose ses ballots sur la caillasse. Mauvais présage... Son installation est succincte : comme à Bourg-Lastic, elle n'a rien. Elle allume un feu devant sa tente et regarde la ville-champignon s'organiser autour d'elle. Un harki s'improvise barbier et transforme sa tente en salon de coiffure ; un autre, qui s'est procuré une épave, devient chauffeur de taxi et conduit les familles à Perpignan ; un troisième vend des bonbons et des denrées alimentaires. Un semblant de vie sociale se reconstitue peu à peu. Les femmes vaquent aux travaux ménagers, les enfants jouent entre les tentes. Les harkis s'efforcent de mener une existence normale dans un environnement qui ne l'est pas. Rien n'a vraiment changé depuis Bourg-Lastic. Rien n'a vraiment changé, mais ma mère est seule. Au déracinement se greffe le chagrin d'être séparée de sa famille. Elle qui a toujours vécu en communauté découvre la solitude. Dans sa tente, elle pleure pendant des jours.

A sa tristesse s'ajoute celle du climat. Une semaine après leur arrivée, le 28 septembre 1962, une première tornade ravage le Roussillon. Au camp, les guitounes claquent sous les assauts répétés du vent. Le soir, à l'intérieur des tentes, les rafales éteignent les flammèches des lampes à huile. Secouées par les bourrasques, les barres de soutènement s'entrechoquent dangereusement, s'écroulent sur les harkis et blessent les enfants endormis. Effrayée par cette tempête, ma mère allonge ses petits sous les lits, à même la terre, pour les protéger de la chute des barres de fer. Une nuit, brusquement, vers 2 heures du matin, le vent arrache la toile comme un mouchoir. Terrifiée, ma mère prend ses enfants par la main et court, sous la pluie battante, se réfugier chez les voisins.

A Paris, ce n'est qu'au mois d'octobre que le gouvernement commence à prendre conscience de l'approche de l'hiver et de la nécessité de construire des baraques en dur. L'édification de 250 logements commence alors, la livraison est prévue entre le 15 décembre et le 15 janvier. Pendant que les ouvriers s'affairent, le climat se révèle de plus en plus capricieux. Début novembre, des inondations s'abattent sur le pays catalan. L'eau ruisselle sur la caillasse, les harkis pataugent dans la boue qui s'insinue jusque dans leurs tentes. En fait de climat méditerranéen, les harkis connaissent le pire hiver de la décennie – dans la région, les anciens s'en souviennent encore. Sous la tente sans chauffage, sans feu ni lumière, mes parents et leurs cinq enfants se serrent les uns contre les autres sur les lits pour se réchauffer. Le vent glacé s'engouffre dans les fentes de la toile. Vêtue d'une robe légère, ma mère est frigorifiée. Les petits grelottent dans leurs habits d'été, s'accrochent à sa jupe, peu habitués à ce froid qui les glace jusqu'aux os. Quatre fois par jour, avec son frère et sa sœur, Fatima, qui a 6 ans, traverse une grande plaine balayée par la tramontane pour rejoindre l'école, située de l'autre côté du camp. Elle n'y apprend pas grand-chose, dans une classe surchargée où un appelé fait office d'instituteur. Elle marche sur plusieurs kilomètres, les vêtements collés au corps par le vent mordant, les pieds gelés dans des sandalettes d'été... Une petite fille n'oublie pas ça.

A la fin de l'année, leur existence se dégrade nettement. Il neige sur les harkis cet hiver 1962, le premier qu'ils passent en France. A Noël, une pellicule blanche alourdit les tentes. Les femmes superposent leurs robes et s'enroulent plusieurs foulards sur la tête. Lors des grands froids de décembre, les militaires se décident enfin à fournir des poêles. Irritables, les harkis se disputent le bois mort et se battent au moindre prétexte. Acheminée par camions-citernes, l'eau gèle, la nuit, dans des seaux posés près des tentes. Ils se lavent à l'eau glacée dans des bidons en plastique.

Au dispensaire, les huit médecins affectés au camp vaccinent à tour de bras et diagnostiquent de nombreuses infections pulmonaires, des problèmes respiratoires, des trachomes et des tuberculoses chez les harkis transis de froid. Par manque d'hygiène, faute de douches et de lavabos, les enfants attrapent la gale. Personne ne nettoie les toilettes extérieures à la turque, tellement puantes que tout le monde se soulage dans la nature. Les trois sages-femmes ne chôment pas, elles non plus. Elles mettent au monde cinquante bébés par mois en moyenne. Pour son enfant, chaque femme reçoit en cadeau un burnous et un peu de layette. Puis on la renvoie chez elle. En décembre, la voisine de ma mère accouche d'un garçon. L'équipe médicale l'a emmenée au dispensaire le matin et l'a ramenée le soir, malgré la neige. Le jour même, ils déposent la jeune accouchée dans sa tente glaciale, avec son nourrisson de quelques heures dans les bras. Le dénuement des familles est effarant.

Pour le ravitaillement, les soldats distribuent d'énormes pains, gros comme des pneus de voiture. Les harkis se cassent les dents dessus. Ma mère s'étonne auprès de ses voisines : « On dirait qu'ils ont remplacé la farine par de la sciure ! » Elles acquiescent, troublées. Voyant les pains s'amonceler dans les fossés, les militaires rationnent les supplétifs et ne leur donnent qu'un petit morceau par famille, tous les trois jours. Ils n'ont presque rien à manger. La faim tenaille tellement les harkis que, lorsqu'ils apprennent qu'au ravitaillement le garde-magasin – l'un d'entre eux – détourne les denrées destinées aux familles, 300 supplétifs manquent de le lyncher. Les gendarmes l'arrachent à une foule déchaînée. Un agriculteur de Rivesaltes et cinq sous-officiers sont aussi impliqués.

Ceux qui ont encore un petit pécule achètent de la semoule, à Perpignan, pour pétrir des galettes. Les plus démunis, dont mes parents, se contentent de la pitance militaire. Ma mère dépense peu à peu ses 300 francs pour acheter du pain quand les enfants ont trop faim. Mon frère Mohamed a 2 ans. Le petit garçon souffre de malnutrition. Le ventre vide, sans culotte, il s'écorche les pieds sur les cailloux et erre entre les tentes couvertes de neige en criant « Dateau, Dateau », réclamant des gâteaux dans son babil d'enfant. Le menu quotidien, invariable, est pain, pois cassés, haricots blancs. Jamais de fruits, de légumes ou de produits laitiers, même pour les enfants. Tous mes frères et sœurs, plus tard, souffriront de carences en calcium. Pendant le mois de ramadan, chaque soir au coucher du soleil, ma mère rompt son jeûne en mangeant la même chose : pain, pois cassés, haricots blancs. Rien d'autre. Une seule fois, mon père a rapporté un poulet, qu'elle a fait cuire à l'eau dans sa gamelle. On leur donne aussi du lait en boîte, mais ma mère, par ignorance, l'offre à une voisine.

Tendue, l'armée verrouille le site. Les harkis doivent demander des autorisations pour sortir. Aucun civil ni aucun journaliste n'entrent au camp, hormis une délégation du Secours catholique qui le visite en décembre. Choquée, elle tire la sonnette d'alarme dans *L'Indépendant*, souligne la « détresse » des familles et lance une collecte de vêtements : « La tramontane souffle. Elle s'insinue dans les tentes et ce doit être, à certains moments, quasiment intolérable », écrit un responsable. Contrairement à Bourg-Lastic, où les journalistes de *La Montagne* et de *Liberté* allaient et venaient en toute liberté, ceux de *L'Indépendant* essuient refus sur refus pendant des mois. L'armée cache les harkis, réduits à une misère noire, et dissimule sa désorganisation. Elle est débordée et refuse de l'avouer. Pendant ce temps, la construction des baraques prend du retard.

Les soldats se durcissent. Un jour, pendant le ravitaillement, un sergent donne l'ordre aux harkis de se disperser. En l'absence des chefs des îlots qui traduisent d'ordinaire les consignes en arabe, personne ne pipe mot. Sous la pluie glaciale, le sergent s'énerve, prend un bâton et se met à cogner sur les hommes. Il s'approche de mon père et lui envoie un coup dans le ventre. Mon père l'esquive, attrape le gourdin avec les deux mains et repousse violemment le militaire qui, alourdi par sa capote de pluie, tombe à la renverse dans la boue. Effrayés, tous les harkis regardent l'homme qui a osé braver un soldat. Mon père rentre sous sa tente. La sanction ne tarde pas à venir : le lendemain, un courrier le convoque au bureau du capitaine. Il s'y rend, avec le chef de son îlot, et raconte la scène. Les harkis témoignent pour lui. Finalement, le capitaine lui donne raison et réprimande le sergent. Quand mon père m'a raconté cette anecdote, j'ai failli tomber de ma chaise. J'ai posé mon carnet de notes et je l'ai regardé fixement : « Tu veux dire que les soldats vous frappaient ? » J'avais du mal à le croire. « Oui, parfois, dit-il en haussant les épaules. C'était l'armée, les militaires faisaient régner l'ordre. »

En réalité, m'a expliqué mon père, les officiers protégeaient les supplétifs comme ils pouvaient, mais ils restaient dans les bureaux. Dehors, les troufions menaient la vie dure aux harkis, qui en avaient peur. Quand les soldats entraient sous les tentes, les hommes se mettaient au garde-à-vous. Les journalistes qui visiteront le camp, quelques mois plus tard, le constateront, surpris et enchantés de la docilité des supplétifs... Sans en connaître la cause. Je comprends mieux, maintenant, la peur de l'uniforme qu'éprouvent mes parents. Pourquoi ils paniquent et se raidissent dès qu'ils croisent un policier dans la rue. Cette peur que j'ai prise pour de la faiblesse tire ces origines de la violence exercée par certains soldats à l'encontre des harkis. La même violence que les colons, en Algérie, utilisaient pour « faire suer le burnous » des fellahs.

Le 29 décembre 1962, un événement survient dans l'existence de mes parents : ils deviennent français. Régis, en Algérie, par un statut civil de droit local, ils ont perdu leur nationalité française le 1er juillet 1962, avec l'indépendance du pays. Mes parents ne comprennent pas. Pour eux, ils étaient déjà français et ils se sont battus pour la France. Convoqués un matin vers 10 heures, ils grimpent dans un camion militaire pour se rendre au mess des officiers. Depuis quelques jours, toutes les familles y défilent. Assisté d'un greffier et de trois secrétaires, le juge du tribunal d'instance de Perpignan, Aimé Caillol, les attend pour recevoir leur déclaration d'option de la nationalité française, créée spécialement pour les supplétifs. Ils entrent dans la salle. Pour l'occasion, certains harkis ont revêtu leurs habits de fête. « M. et Mme Kerchouche ! » appelle le juge. Mon père et ma mère se présentent devant lui. « Souhaitez-vous opter pour la nationalité française ? » interroge le magistrat. « Oui », répondent-ils en arabe, un peu intimidés par ce cérémonial. A la fin de cette audience très solennelle, quatre tirailleurs rendent les honneurs. Dans le prétoire improvisé, certains harkis s'écrient : « Français jusqu'à la mort ! » Silencieux, un peu perdus, mes parents signent un registre et versent 10 francs au greffier, une fortune pour eux. C'est la somme dont les harkis doivent s'acquitter pour devenir français. Comme si la perte de leur pays ne leur avait pas coûté assez cher...

Qu'éprouvent mes parents en sortant du mess des officiers ? Leur nouvelle nationalité les laisse plutôt froids en cet hiver glacial. Ils ont d'autres soucis. La carte d'identité ne les réchauffe pas, ne nourrit pas leurs enfants et ne change rien à leurs conditions de vie. « Vous aurez les mêmes droits que les Français », leur a affirmé le juge. Le droit d'être parqués, oui... Les harkis se sont donc battus, et beaucoup sont morts, pour un pays qui s'est empressé de les abandonner du jour au lendemain ! En les considérant comme des citoyens de seconde zone dans l'Algérie coloniale et des réfugiés ici, la France prônait donc un faux modèle de République. L'hypocrisie du système me saute aux yeux. Le vocabulaire de la presse de l'époque me revient en mémoire : « rapatriés européens » pour les uns, « réfugiés musulmans » pour les autres... Mais « Français », jamais.

Comme pour fêter cette « conversion », une semaine plus tard, le dimanche 6 janvier 1963, les militaires du camp Joffre organisent le « Noël des harkis ». Une fête chrétienne pour des musulmans ? Idée saugrenue... D'autant que rien n'est prévu pour l'Aïd et que la construction d'une mosquée leur est refusée. A croire que l'administration méconnaît totalement les mœurs de cette population et ses célébrations religieuses.

Ce jour-là, les 4 000 enfants de Rivesaltes vivent leur premier Noël de France – leur premier Noël tout court. Dès le matin, les assistantes sociales distribuent des jouets aux enfants de moins de 6 ans, offrent des parfums aux femmes et des cigarettes aux hommes. La fanfare militaire résonne entre les îlots pendant que mijotent un méchoui géant et un grand couscous. Préfet, généraux, colonels, assistante sociale en chef se congratulent et remercient les familles de militaires de la région qui ont collecté tous ces cadeaux. Dans son discours, le général Houssay, responsable du camp, ne craint pas l'emphase : « J'ai été littéralement soufflé – et le mot n'est pas exagéré – par cet élan de générosité. » Loqueteux et affamés, tels les figurants d'une farce sordide, les harkis assistent, impassibles, à cette cérémonie.

A 14 heures, un avion parachute des petits colis jaunes aux pieds de milliers d'enfants frustrés et hystériques. Les gamins s'étripent pour attraper une poupée de chiffon ou une petite voiture. Dans la cohue, un soldat déguisé en père Noël saute de l'avion pour distribuer des cadeaux. Un goûter est ensuite servi autour des sapins de Noël, sous l'œil satisfait des officiels. Ma mère, enceinte de six mois, n'entend rien d'autre, au loin, que les bêlements des moutons, achetés pour le méchoui géant, qui la rendent folle tellement elle a faim. Passé cet « élan de générosité », leur vie ne s'améliore guère. Dès janvier, il gèle pendant un mois et demi. Avec son gros ventre, ma mère endure le froid sans se plaindre, mais son cœur se serre quand elle voit partir ses enfants à l'école, leurs robes légères et leurs chemisettes plaquées au corps par le vent.

Pendant ce temps, à Paris, le ministre des Rapatriés, Alain Peyrefitte, s'inquiète du sort des pieds-noirs. Appartements réquisitionnés en Gironde, HLM construites à Montpellier, préfabriqués élevés à la hâte à Perpignan, prêts à l'installation, subventions, secours d'urgence... Le ministre gaulliste met en place tout un dispositif d'urgence pour aider les rapatriés européens. Mes parents, légalement considérés comme des « rapatriés », ne bénéficient pas de ces mesures. Pourquoi n'ont-ils pas les mêmes droits que les pieds-noirs ? Je ne comprends pas.

En lisant les coupures de presse de l'époque, je constate que, depuis le début d'octobre, chaque semaine, *L'Indépendant* publie une « Chronique des rapatriés », qui informe les pieds-noirs sur leurs droits. Détail révélateur, elle ne mentionne pas une seule fois le sort des anciens supplétifs. J'ai le sentiment que les harkis n'existent pas. Ou seulement quand on en a besoin. Chaque matin, les agriculteurs pieds-noirs réinstallés dans la région garent leurs camions devant le portail du camp et recrutent des harkis pour leurs travaux agricoles. Mais aucun ne se soucie des conditions de vie de leurs « frères musulmans » que certains défendent, aujourd'hui, avec une ardeur hypocrite. Au fond, rien n'a changé depuis l'Algérie coloniale. Les harkis, qui croyaient avoir gagné l'égalité citoyenne en se battant aux côtés de la France, restent des indigènes... Se sont-ils trompés, finalement ? Je commence à le croire.

Dans une autre coupure d'un quotidien communiste, *Le Travailleur catalan*, un paragraphe me révulse littéralement : « Nous avions prévu, il y a quelques mois, que notre camp Joffre servirait de refuge à tous ces harkis et autres épaves dont ne voudrait pas l'Algérie nouvelle, indépendante et libre. C'est à plusieurs milliers qu'ils sont logés dans ce vaste emplacement, et on en attend d'autres, ils arrivent par trains entiers. Certains, trompés par de mauvais bergers, d'autres ayant des faits sur leur conscience à se reprocher, vis-à-vis de leur patrie. Et nous nous demandons si, devant cet afflux d'indésirables, nous ne devrons pas redoubler de vigilance pour éviter les provocations comme celles qui ont eu lieu en divers endroits de France et dont les harkis seuls ont à supporter la pleine responsabilité. Pour beaucoup d'entre eux, hommes à tout faire, ils doivent une dette aux colonialistes, qui les ont bien payés pour trahir leur pays, leurs frères. Et aujourd'hui, si nous nous réjouissons de la naissance d'une République algérienne, démocratique et populaire, où nous reconnaissons beaucoup de nos véritables amis, nous regrettons que le camp situé à 3 kilomètres de notre agglomération serve de dépotoir à ceux qui n'ont même pas le moindre scrupule de conscience. » Je commence à mesurer le drame des harkis : les seuls qui se souviennent d'eux sont ceux-là mêmes qui les insultent. Plus que ces lignes diffamantes et honteuses, je suis horrifiée à l'idée que l'opinion de ce quotidien reflète celle d'une partie de la population locale...

Cette année-là, seuls le Secours catholique et des familles de militaires s'émeuvent du dénuement des anciens supplétifs. Un détail me chiffonne. Pourquoi mes parents ne perçoivent-ils aucune aide sociale ? Ils ont droit aux allocations familiales, à l'allocation de subsistance d'environ 450 francs par mois allouée à tous les rapatriés et à une prime de réinstallation. Mais ils ne touchent pas un centime. Grâce à ce pécule, pourtant, ils auraient pu sortir du camp et de la misère, trouver un logement à l'extérieur et mener une vie normale. Je ne comprends pas. « On ne connaissait pas nos droits », m'a expliqué ma mère. Pourquoi, alors, les assistantes sociales du camp ne les ont-elles pas aidés ?

Au cours de mes recherches, je suis tombée sur un livre, *L'Archipel du mépris*, écrit par Joël Mettay, qui raconte l'histoire du camp de Rivesaltes. Ce que j'y découvre me stupéfie. J'apprends que toutes ces prestations sociales étaient détournées par le ministère des Rapatriés pour financer le fonctionnement des camps. Les allocations familiales, par exemple, « étaient versées sur un compte spécial de Service social nord-africain, qui servit à financer les lieux de relégation[1] », écrit Joël

---

1. *L'Archipel du mépris. Histoire du camp de Rivesaltes de 1939 à nos jours*, Paris, Éditions Trabucaire, 2001.

Mettay. L'historien Michel Roux l'affirme également :
« S'autorisant de sa qualité de personne morale, le ministère des Rapatriés détourna l'intégralité de la prestation[1]. »
Motif : les harkis ne sont pas capables de gérer leur argent. Citant une lettre d'un haut fonctionnaire de l'époque, Michel Roux souligne la crainte des autorités de verser aux harkis des « sommes relativement importantes que, dans leur imprévoyance bien connue, ils auraient risqué de gaspiller inutilement ». Les deux auteurs concluent, sans appel : il y a bien eu « spoliation ».

Mes parents ont donc été spoliés. Leur argent a servi à financer un système d'exclusion. *Ils ont payé leur propre prison !* Les autorités françaises ont volé les harkis et les ont sciemment maintenus dans la misère, la faim et le froid. En coupant les vivres aux familles, les gouvernants de l'époque leur ôtaient toute chance de sortir du camp. Elles n'avaient donc pas le choix. Quel monstrueux cynisme ! Les responsables payeront-ils un jour ? Je suis scandalisée. Depuis que j'ai commencé à écrire, je pleure pour la première fois. L'insouciance et le bonheur du début me paraissent loin désormais. J'enfonce les touches du clavier de mon ordinateur avec rage. Après cela, comment pourrai-je continuer à aimer ce pays ?

A Rivesaltes, le moral des harkis tombe aussi au plus bas. Les femmes pleurent de plus en plus souvent. Certaines, poussées par la faim, se prostituent. Désœuvrés, démoralisés, les hommes sombrent dans la violence. Dès octobre, à Perpignan, un harki devenu fou s'acharne sur des voitures et frappe des passants en plein centre-ville. Fin janvier, un harki poignarde sa femme et sa fille, puis tente de se suicider. Un lent processus de destruction morale et psychologique a commencé.

---

[1]. *Les Harkis, les oubliés de l'histoire, 1954-1991*, Paris, La Découverte, 1991.

Déracinés, contraints à la promiscuité, inquiets pour leurs proches restés là-bas et angoissés par un avenir incertain, les harkis dépriment. Près de la fontaine, des femmes, qui vont puiser de l'eau, s'assoient sur la margelle et discutent entre elles. Certaines sanglotent. Les plus vaillantes soutiennent les plus faibles, elles se parlent, se caressent les cheveux, se réconfortent. « Ne t'inquiète pas, on rentre bientôt », murmure l'une d'elles. L'illusion du retour est leur dernier refuge...

En février, les soldats déménagent enfin les dernières familles et les installent dans les baraques. Soulagés, mes parents ramassent leurs affaires et quittent la tente. Le soleil perce et dégèle la garrigue. Ils pénètrent dans leur « maison », une baraque longiligne divisée par des morceaux de carton en sept pièces. Avec leurs cinq enfants, mes parents s'entassent dans 10 mètres carrés. Au moins, ils n'auront plus froid.

Ce n'est qu'aux premiers beaux jours que l'armée ouvre enfin le camp aux journalistes. Jusqu'à ce 21 mars, date de la première « visite guidée », nul n'a su ce qui s'est passé à l'intérieur du camp de Rivesaltes, ni dans quelles conditions vivaient les harkis. Car l'armée a attendu que le ciel soit bleu, les harkis installés dans des logements en dur et les tentes démontées pour inviter la presse régionale et nationale. Cette semaine-là, *L'Indépendant* titre : « Journées portes ouvertes au camp des harkis. » Télécommandé par l'État-major, le reporter remercie l'armée de son amabilité et loue son efficacité. Le quotidien catalan publie quatre reportages très élogieux sur l'organisation militaire et décrit un camp « paisible et pittoresque ». Les familles baignent dans l'harmonie et apprennent à vivre « à l'européenne [*sic*] ».

Au camp, le soleil réchauffe l'atmosphère. Mes parents, amaigris, fatigués, reprennent espoir. Mon père apprend qu'il est embauché en Lozère par les Eaux et Forêts. Cette administration sélectionne les harkis les plus valides tandis que les moins vaillants sont d'ores et déjà refoulés vers Bias, un autre camp de transit situé dans le Lot-et-Garonne. Mon père, lui, retrouve le sourire : il va enfin travailler et gagner un peu d'argent. Ma mère, qui arrive au sixième mois de sa grossesse, a hâte de quitter cette garrigue qu'elle déteste et ce camp d'où elle n'est pas sortie une seule fois. Le 22 mars 1963, ils reprennent le train et poursuivent leur tour de France vers le Massif central. L'été approche, ma mère sent l'enfant bouger dans son ventre. Ils ont passé le plus dur, espère-t-elle. Débordé jusqu'à présent, le gouvernement va enfin s'occuper d'eux. Enfin, ils l'espèrent...

L'air embaume le thym et le romarin. Je me sens anéantie. Machinalement, j'arrache quelques brindilles que je fourre dans mon sac, souvenir triste et dérisoire, pour les rapporter à ma mère... Joël Mettay a qualifié ce lieu de « champ d'indifférence et de mépris ». L'expression me paraît très juste. Rivesaltes, le camp, ses trois stèles et ses milliers de fantômes s'éloignent dans le rétroviseur. J'ai rarement senti, comme à cet instant, et avec une telle acuité, la nécessité d'écrire ce livre. Moi aussi, j'espère avoir passé le plus dur. J'essaie de m'en persuader, sinon, je ne crois pas que j'aurai la force de continuer.

En marchant dans cette ville fantôme, j'ai l'impression d'avoir perdu une grande partie de l'amour que j'éprouvais pour ce pays. Moi qui ai aimé passionnément la France, cette culture, cette langue, je me sens trahie. Je ne peux plus être française, pas après ce que j'ai appris. La colère m'a envahie. J'ai l'impression d'être entrée dans un engrenage d'autodestruction. Et je n'en suis qu'au deuxième camp. Il m'en reste encore quatre... Au terme de mon voyage, je n'espère qu'une chose : ne pas devenir folle.

LOZÈRE

Le sourire de Juliette

Quand je lui ai dit, sous le crachin, « Je m'appelle Dalila Kerchouche », le visage de la vieille dame s'est figé de stupeur. Debout sous l'orage, dans la cour de sa ferme de Lozère, Juliette a dû prendre la même expression surprise en voyant débarquer, trente-huit ans auparavant, vingt-cinq familles de harkis à La Loubière, un lieu-dit situé à 20 kilomètres de Mende. L'ancienne bergère ne s'attendait pas à les voir arriver avec leurs ballots, comme elle ne pensait pas me voir franchir, presque quatre décennies plus tard, le portail de sa ferme avec mon carnet de notes qui bave sous la pluie, mes questions sur le passé et une troublante ressemblance avec une jeune femme harkie qu'elle a croisée à l'époque. Une question me brûle les lèvres. Juliette me devance : « Vos parents ? Oui, je m'en rappelle très bien. Surtout votre père. Il avait un petit nez amoché. Votre maman ne sortait pas beaucoup, la pauvre. » C'est à mon tour d'être surprise. Je n'en reviens pas... Enfin quelqu'un qui se souvient de mes parents ! Alors que, jusqu'à présent, je poursuivais des fantômes, silhouettes à peine esquissées à l'aide de souvenirs et de quelques coupures de presse, les mots de Juliette matérialisent brusquement mon père et ma mère.

Les charentaises plantées dans la boue, les yeux bleus clignant sous les gouttes de pluie, Juliette a dû apparaître à mes parents telle qu'elle surgit devant moi dans son tablier fleuri, souriant aussi promptement qu'elle engueule ses brebis rentrées trop tôt de pâture. Son âge a doublé et des rides quadrillent son front, mais son sourire enjôleur rappelle la jolie bergère en capeline noire qu'elle était. La première porte qui s'est ouverte devant mes parents, en France, la première main qu'ils ont serrée, le premier café qu'ils ont bu sur une table de cuisine, le premier sourire qu'ils ont reçu et dont ils se souviennent avec une émotion intacte, ils les doivent à Juliette. Cette Lozérienne est la première Française qu'ils ont rencontrée presque un an après leur arrivée à Marseille.

La vieille dame m'embrasse avec chaleur, ravie de recevoir la fille de ces harkis qu'elle a eus pour voisins pendant un an et demi, de mars 1963 à novembre 1964. Elle est tout émue, je n'en mène pas large non plus, fixant son visage pour me convaincre que je ne rêve pas, que Juliette n'est pas un fantôme du passé que j'aurais inventé. Mes parents m'ont parlé d'elle, de ses cheveux blonds, de ses brebis et de sa bonté. Ils n'ont pas menti. Pour moi aussi, elle est le premier sourire que je reçois pendant mon voyage, le premier témoin vivant que je rencontre et qui m'aide à raccommoder mes lambeaux de souvenirs.

Claudiquant sur les dalles humides, chassant les brebis collées à ses basques qui quémandent une caresse, elle m'ouvre la porte de sa cuisine et s'assoit péniblement sur une chaise. Empoignant un vieux Laguiole, la demoiselle de 81 ans bavarde en épluchant des carottes et des petits pois. Cette petite-fille d'un compagnon italien, issue d'une lignée de bergères et dont la petite-nièce de 30 ans, Isabelle, vient de reprendre le bâton, est connue, dans la région, pour sa douceur et sa mémoire phénoménale. J'examine la pièce, les vieilles tomettes sur le sol, les fers à repasser à l'ancienne posés sur le fourneau et le calendrier avec une photo de chatons blancs qui pend à la fenêtre. Accrochée au mur, une assiette en cuivre gravée d'un chameau donne une touche orientale inattendue à cet intérieur auvergnat. Intriguée, je la montre du doigt, pleine d'espoir : « Un cadeau des harkis ? » Elle sourit : « Non, ma nièce me l'a rapportée de Tunisie. » Dommage... Une casserole de café fume sur la gazinière : chez Juliette, le temps s'écoule au ralenti, je m'attends presque à entendre un harki frapper à la porte, pour acheter des œufs ou du lait. Aujourd'hui, sur sa nappe cirée bleu ciel, elle m'offre un café, des Petits Lu et des souvenirs précieux. Il y a quarante ans, ma mère s'est assise à cette même table, a bu le même café. Ne parlant pas la même langue, les deux bergères ont échangé peu de mots, ont vidé leur tasse en silence. Mais les gestes ont suffi. Un jour, ma mère a montré le téléphone, sorti un bout de papier de son soutien-gorge avec des chiffres griffonnés dessus. Juliette a composé le numéro de l'hôpital où mon père avait été transporté, a tendu le combiné. Je regarde ses mains fripées. Les larmes me montent aux yeux. Les gestes anodins de Juliette me touchent d'autant plus qu'ils me parlent à travers les années.

« Je me rappelle parfaitement ce printemps 1963 où les harkis ont débarqué », commence-t-elle. Cette année-là, il ne pleut pas mais il neige dans les yeux de Juliette. Elle a 38 ans, vit en marge des sixties. Le 22 mars, vers 5 heures de l'après-midi, un convoi militaire s'arrête sous ses fenêtres. Une animation anormale règne sur la route verglacée. Elle jette sa capeline noire sur ses épaules et se précipite dehors, les chiens sur ses talons. Un spectacle inhabituel s'offre à la Lozérienne : elle voit des Arabes pour la première fois de sa vie ! Une centaine de Maghrébins harassés, aux habits élimés, accompagnés de femmes aux visages tatoués, aux pieds ceints de bracelets en fer, et d'enfants sans chaussures, descendent péniblement des camions kaki. Des motards et des voitures de gendarmes les escortent jusqu'au hameau de forestage construit à la va-vite dans une petite clairière, située de l'autre côté de la route, en contrebas de sa ferme.

Un sourire bienveillant accroché à ses lèvres, Juliette se mêle aux soldats en treillis, aide les enfants à descendre des camions, serre des mains, porte des ballots. « Ils avaient l'air très abattus. Ils avaient perdu leur pays et, parfois, des membres de leur famille. Ils s'inquiétaient aussi pour leurs proches restés là-bas. » Arrivée presque en bas du chemin de terre, une femme hurle brusquement en arabe : « *Benti ! Benti !* Ma fille ! Elle a disparu ! » Les recherches commencent aussitôt, gendarmes et harkis se dispersent dans les bois. Au bout de trois heures, presque à la nuit tombée, on retrouve la fillette de 8 ans recroquevillée sous un épicéa dans un petit sentier, les pieds nus dans la neige, frigorifiée mais saine et sauve. « Elle n'a pas versé une seule larme », se rappelle Juliette.

Ces enfants aux pieds bleuis par la neige lui fendent le cœur. Elle écrit à une comtesse qui vit à Nice et lui décrit le dénuement de ces familles : « Ils sont très malheureux. » Émue, celle-ci lui envoie en retour une centaine de paires de chaussures, ainsi que des boîtes de lait Guiguoz, que Juliette distribue aux harkis. Très touchés, les supplétifs lui offrent en retour des galettes arabes – la *kesra*, se rappelle-t-elle – ainsi que des petits cadeaux. Juliette devient l'amie des harkis.

En arrivant en bas du chemin qui descend en pente douce jusqu'à une source, mes parents s'attendent à voir des tentes à perte de vue. Mais non, La Loubière tranche avec les camps précédents. Nichées dans une clairière couverte de neige et cernée de grands sapins, vingt-cinq baraques en bois s'alignent en plusieurs rangées le long d'un ruisseau gelé. Mes parents découvrent un hameau à taille humaine où s'affairent quelques soldats, sans barbelés ni grillages autour. Les logements sont prêts depuis plusieurs jours déjà, ainsi que l'école, l'infirmerie et le foyer. Tout a l'air plutôt bien organisé. Agréablement surpris, malgré le froid vif, mes parents s'installent dans la baraque que le chef du camp leur affecte, située au deuxième rang près du cytise. Autour d'eux, comme une palissade de verdure, la forêt domaniale de Mende dresse ses hauts pins noirs d'Autriche. Le hameau, situé en moyenne montagne, culmine à 1 100 mètres d'altitude.

A l'intérieur de sa baraque, 20 mètres carrés pour sept personnes, ma mère explore la cuisine où trône un énorme fourneau à bois tout en rondeurs qui remplit l'espace à lui seul. Quatre chaises, une table, un petit buffet et un évier en ciment meublent la pièce. Près de la chambre parentale, celle des enfants lui paraît bien exiguë. Elle superpose les quatre lits d'une place pour dégager un peu d'espace pour circuler. Elle recompte : quatre lits pour cinq enfants. Elle n'a pas le choix : Aïcha, 10 ans, qui fait encore pipi au lit, dormira par terre, sur des couvertures posées à même le sol. Ma mère continue son inspection : il n'y a pas de sanitaires et il manque l'eau courante. Elle regarde le plancher en bois et aperçoit la terre à travers les interstices. Elle sent des courants d'air sur son visage. Dehors, la neige tombe sans discontinuer. Elle va ramasser du bois dans la forêt et allume le poêle. Très vite, une chaleur humide de hammam envahit les petites pièces. Elle l'éteint : la baraque en bois devient une vraie glaciaire. Démoralisée, ma mère s'assoit devant la table de la cuisine et se prend la tête dans les mains.

Mon père, lui, commence à travailler, le 23 mars, pour les Eaux et Forêts de Mende, l'ancêtre de l'Office national des forêts. Après les grands incendies de 1962, cet organisme a signé un accord avec le ministère des Rapatriés pour faire travailler les supplétifs. Soixante-quinze hameaux forestiers sont construits, surtout dans le sud de la France. Les harkis plantent des arbres, débroussaillent la forêt domaniale, creusent des kilomètres de tranchées jusqu'à Mende, tirent des lignes électriques jusqu'à la Maison forestière de La Loubière. Affectés à la protection contre les incendies, ils cassent aussi des cailloux dans la carrière du col de Masseguin pour empierrer des sentiers destinés aux pompiers. Mon père gagne 15 francs par jour. C'est son premier salaire en France. Il est très fier.

Le printemps avance, la neige fond doucement. Le 1er juin 1963, à l'hôpital de Mende, ma mère accouche de son sixième enfant. C'est une fille, elle l'appelle Kheira, comme ma grand-mère. Elle est la première à naître en France. Ma mère partage sa chambre avec une femme de harki qui vient de perdre son bébé. En face d'elles, deux patientes françaises les dévisagent. Ma mère descend de son lit pour prendre un verre d'eau. Brusquement, elles se mettent à hurler. Sidérée, ma mère s'arrête dans son élan. Inquiète, elle remonte dans son lit. Sa voisine se rend aux toilettes. Mêmes cris de terreur. Les deux Maghrébines se regardent, interloquées. Les *Roumiates* – Françaises – ont peur d'elles ! Elles n'ont probablement jamais vu de femmes arabes. Ma mère et sa voisine éclatent de rire. Par jeu, elles s'amusent toute la journée à les faire sursauter. Agacées par leurs cris, les infirmières changent les deux Lozériennes de chambre, tandis que les deux complices pouffent sous les draps comme des gamines.

Quelques jours plus tard, ma mère rentre au camp avec sa petite Kheira dans les bras. Une assistante sociale qui parle arabe vient tout juste d'y être affectée. Elle rend visite à la jeune accouchée. Au lieu des félicitations d'usage, ma mère reçoit des reproches : « Pourquoi l'avez-vous appelée Kheira ? Vous êtes en France, vous devez donner des prénoms français à vos enfants. Vous auriez dû l'appeler Marianne. » Interloquée, ma mère hausse les épaules : « C'est ma fille, c'est moi qui choisis » réplique-t-elle. « C'est ce qu'on verra ! » réplique l'assistante sociale. Elle sort en claquant la porte.

Tous les soirs, les petits vont chercher du lait chez Juliette. Ils entrent dans sa grange et la fermière verse le lait dans leurs pots. « Je me rappelle un petit garçon qui venait avec son bidon et sa monnaie. Il pleurait parce qu'il avait peur des vaches. Je lui donnais un bonbon pour le consoler. » C'est mon frère Kader, qui a 4 ans. Fatima, elle, écoute Juliette qui essaie de lui parler, mais ne comprend pas un traître mot de ce que raconte la dame qui porte toujours un tablier gris noué autour de la taille. Juliette descend souvent au camp avec un grand sac de friandises pour les enfants. Dès qu'elle arrive, tous les petits poussent des cris de joie et s'accrochent à sa robe. « Les femmes portaient des jupes longues, plissées, fleuries, avec des vestes et tricots, des foulards sur la tête pour les plus âgées. » La bergère partage la *kesra* avec elles et boit du thé à la menthe. « Elles ont construit des petits fours coniques en argile pour faire cuire leurs galettes. Elles m'achetaient du miel pour mettre dessus. C'était délicieux. » Sa sœur Paulette se régale de couscous aux raisins secs. La bergère admire aussi le travail des femmes sur les peaux de mouton. « Elles les lavaient avec leurs pieds, les rinçaient à la retenue d'eau, les salaient puis les transformaient en superbes descentes de lit. »

Juliette tisse de vrais liens avec ces « dames harkies », comme elle les appelle. Quand sa nièce est née, celles-ci sont venues glisser des petits cadeaux dans le couffin du nourrisson. Soucieuse de leur avenir, la bergère essaie de les convaincre d'enlever leurs bracelets aux chevilles et leurs foulards : « Maintenant, vous vivez en France, vous devez essayer de vous intégrer. » Les femmes l'écoutent en hochant la tête. Une ou deux, seulement, suivent son conseil.

Elle discute aussi avec les hommes. Ils lui parlent beaucoup de l'Algérie, de leur vie au djebel et de leurs proches restés là-bas. Certains racontent comment leur famille a été massacrée sous leurs yeux. L'un d'eux a échoué dans un hôpital psychiatrique – il y est encore aujourd'hui. Juliette les aide comme elle peut. Elle entreprend des démarches administratives au consulat pour faire venir d'Algérie la femme et le fils d'un harki du camp. Avec ses brebis, elle va les voir travailler à la carrière. « Tu écriras à mon frère resté au pays », lui crie l'un d'eux. Les autres lui font des signes de la main. « J'écrivais parfois dix lettres par soir. » Elle entre peu à peu dans l'intimité des familles. Un soir, une jeune fille de 17 ans monte la voir et l'implore : « Mon père veut me marier de force. Je t'en supplie, Juliette, aide-moi, je veux rester libre. » La bergère passe des heures avec le harki pour le convaincre. En vain. Il reste intraitable.

L'été arrive. Le 1er juillet, mes parents fêtent leur première année en France. Enfin, « fêter » n'est pas le terme le plus juste. Un an après leur arrivée, ils vivent toujours dans l'incertitude. Ils ne sont pas maîtres de leur vie, d'autres décident à leur place. Les enfants, en revanche, s'émancipent peu à peu. Ahmed, 11 ans, ramasse des escargots qu'il vend au marché de Bagnols-les-Bains. Fatima, 7 ans, et Kader, 3 ans, découvrent un fabuleux terrain de jeu : la forêt. La fillette brune construit des cabanes et des balançoires. Le petit garçon ramasse des myrtilles et des champignons. Après les barbelés de Rivesaltes, un sentiment d'espace et de liberté grise les deux enfants.

Pour se ravitailler, le chef du camp emmène les familles à tour de rôle à Bagnols-les-Bains dans sa voiture. Au début, les villageois se retournent au passage des harkis et les volets des maisons se referment. L'épicier, effrayé, refuse de les servir. Tout le monde a peur d'eux. On murmure qu'ils sont des égorgeurs et des traîtres à leur pays. Preuve de leur culpabilité : l'escorte de gendarmerie. Peu à peu, des contacts se nouent. Au fil des mois, les relations se détendent, les Lozériens s'habituent à ces nouveaux habitants. Certains commerçants livrent même semoule ou poulets directement au camp. Puis les premières mobylettes entrent à La Loubière. Quelques pères de famille peuvent enfin circuler et roulent même jusqu'à Mende.

Mes parents décident d'aller rendre visite à leur famille, installée dans un hameau en Saône-et-Loire. C'est la première fois qu'ils prennent le train tout seuls. Ils arrivent à la gare de Mende. Mais impossible de déchiffrer les panneaux et de savoir quelle direction prendre : ils ne savent pas lire. Impossible, aussi, à cause de l'obstacle de la langue, de se renseigner auprès du chef de gare. Ils montent dans un wagon au hasard, se trompent de train, redescendent avec leurs six enfants et leurs bagages. Ils paniquent, complètement dépassés. C'est une épreuve pour eux. Après plusieurs erreurs, ils arrivent finalement à bon port, heureux de retrouver mes grands-parents. Ils n'avaient pas eu beaucoup de nouvelles d'eux depuis Bourg-Lastic, juste quelques rares lettres. Sur place, la région les séduit. Au retour, ma mère n'a qu'une envie : aller vivre là-bas.

Le matin du 11 septembre, mon père se lève, se rase et rejoint les autres ouvriers au local à outils. Il est heureux : avec ses premiers salaires, il s'est acheté une petite mobylette. Il empoigne sa pioche et monte à la carrière du col de Masseguin, au-dessus de La Loubière. A la fin de l'été, la fraîcheur tombe vite à cette altitude. Il s'attaque à la façade de calcaire avec une patience de derviche et cogne toute la matinée. Vers 15 heures, avec un autre ouvrier, il soulève une grosse pierre pour la poser dans le camion. Brusquement, la pierre leur glisse des mains. Le harki hurle et se jette en arrière. Pris de court, mon père n'a pas le temps de se retirer. Le rocher lui écrase le bras, dans un bruit de claquement d'os et de déchirement de chair. La douleur lui vrille l'épaule. Il ferme les yeux et ne bouge plus. Quand il les rouvre, les gendarmes l'entourent. Ils se mettent à plusieurs et lui décoincent le bras. Le médecin lui bande l'épaule et pose une attelle. On le descend sur une civière au camp, où l'attend une ambulance. Au bloc opératoire de l'hôpital de Mende, le chirurgien lui greffe une plaque métallique pour consolider l'épaule dont les ligaments sont complètement déchirés. Hospitalisé, puis convalescent, il lui faudra plusieurs mois pour s'en remettre. La pierre pesait 85 kilos.

La neige tombe à nouveau. Mon père est toujours à l'hôpital. Ma mère reste seule. Elle ne peut pas aller le voir, faute de moyen de transport. Durant tout ce temps, elle ne l'appelle qu'une fois, grâce à Juliette, qui lui compose le numéro de l'hôpital et lui prête son téléphone. Elle s'occupe seule du foyer et des six enfants. Dans la baraque surchauffée par le fourneau, les enfants tombent malades. Leur nez coule, leurs bronches sont prises, ma mère commence à tousser aussi. Un matin, elle se lève, frigorifiée. Sa respiration forme de la buée dans l'air glacé de la baraque. Il doit faire 2 degrés au maximum à l'intérieur. Un silence anormal règne dans la maison. D'habitude, Kheira vagit dans son berceau. Ma mère se précipite, soulève le bébé et lui prend les mains : elles sont bleuies et gonflées par le froid. « Mon Dieu, elle est morte ! » hurle-t-elle. Paniquée, elle lui frotte les membres pour que le sang circule à nouveau. Réveillée en sursaut, la fillette se met à pleurer. Debout devant le berceau, ma mère serre longtemps la petite contre elle, pour lui donner sa chaleur et se convaincre qu'elle est encore en vie. Le souvenir de ces doigts bleuis l'a marquée, dans sa propre chair, jusqu'à aujourd'hui. Au bout d'un moment, elle repose l'enfant et pousse la porte pour aller chercher du bois et allumer le fourneau. Impossible, l'entrée est bloquée. « Le bois a gelé », se dit-elle.

Les bras tendus en avant, elle pousse de toutes ses forces. La porte cède un peu. Elle passe sa tête et comprend : un épais mur de neige bloque le passage ! Elle prend une pelle et commence à déblayer. Quelques heures plus tard, en sortant, Kader voit le village entier creusé de tranchées pour circuler. Les murs de neige le dépassent d'au moins une tête. Il frissonne. Il fait vraiment très froid.

Le 25 décembre arrive. Les fonctionnaires du camp fêtent Noël dans le foyer, qu'ils décorent de guirlandes, et déposent un sapin au centre de la pièce. Ils installent un poste de télévision : ce sera le premier du village. Ils montent une petite estrade, sur laquelle les enfants de harkis jouent une pièce de théâtre en français, *Le Lièvre et la Tortue*, devant leurs parents qui ne comprennent rien mais rient et applaudissent de bon cœur.

Souffrant de son bras, mon père ne peut plus se remettre à la tâche. Il montre au chef du camp le certificat d'incapacité de travail que le médecin lui a donné. Mais le militaire ne veut rien entendre. « Vous devez reprendre votre poste. Sinon, vous serez expulsé du hameau sans préavis. » Le règlement, effectivement, est très strict. L'attribution du logement est soumise au travail. A leur majorité, les jeunes de 18 ans sont censés quitter le camp. Mon père s'obstine. Il demande à être reconnu comme accidenté du travail avec des séquelles graves, ainsi que le lui a expliqué le médecin. Il fait signer les témoins de l'accident et porte l'affaire devant un tribunal administratif. Mais le chef du camp raye les noms de ses témoins. Impossible, désormais, de prouver sa bonne foi. Il va se plaindre aux gendarmes, qui refusent d'intervenir dans les affaires internes du hameau : « Débrouillez-vous avec votre chef de camp », lui répondent-ils. Au tribunal, le juge donne raison au militaire. Après le verdict, mon père rentre très abattu et s'enferme dans sa chambre.

Le lendemain, à l'heure de la première prière de l'aube,

il se lève et s'habille. Toute la maisonnée dort. Il sort sans bruit. Le camp est encore assoupi. Il se dirige vers le pont qui surplombe l'oued. Il se penche dans le vide, au-dessus de l'eau tourbillonnante. « Je préfère mourir plutôt que de vivre dans ce pays, se dit-il. Les Arabes n'auront jamais raison en France. Jamais… » Il ne supporte pas la *hogra*, l'humiliation. Il grimpe au-dessus du parapet, mais deux mains lui enserrent brusquement la taille. Mon frère Ahmed, âgé de 11 ans, a surgi derrière lui et le retient fermement. Il l'a vu se lever et l'a suivi discrètement. Quelques jours auparavant, un autre harki s'est jeté du même pont, par désespoir. « Rentre avec moi », lui dit Ahmed en arabe. Il regarde son fils. Non, il ne peut pas les abandonner ici. De guerre lasse, mon père retourne sur le chantier. L'ingénieur des Eaux et Forêts, compréhensif, l'affecte à un travail léger : il ne s'occupe plus que de cuisiner pour les ouvriers, d'entretenir le feu et de porter les outils.

« Le chef du camp n'était pas commode », me confirme Juliette. Pour rassembler les harkis, le militaire sort de chez lui et sonne le clairon. Tous les hommes sont obligés d'y aller. « Un jour, mon frère Louis réparait la serrure d'une baraque pour un supplétif, se rappelle la bergère. Le harki ne s'est pas rendu au rassemblement. Le chef s'est énervé et voulait expulser Louis, accusé de perturber le bon fonctionnement du camp. Il a même failli le frapper, parce qu'il ne voulait pas que mon frère donne de mauvaises idées aux ouvriers forestiers. Mais tous les harkis l'ont entouré pour le défendre. Le chef a eu peur et il a reculé. C'était un cas, cet homme-là. Il ne les aidait jamais dans leurs démarches administratives et il leur cherchait toujours des noises. »

L'année suivante, ma mère est à nouveau enceinte. Elle accouche d'un petit garçon en novembre 1964. C'est l'assistante sociale qui remplit la déclaration. Elle réfléchit puis inscrit « Michel » : c'est le prénom de son neveu, qu'elle adore. Quand ma mère le découvre, elle entre dans une colère noire. Elle se rend à pied à la mairie et rajoute Djillali sur l'état civil, en deuxième place. Dépossédée de ses biens, de son identité et de sa terre, voilà qu'on lui vole tout ce qu'il lui reste : son rôle de mère et le choix du prénom de ses enfants. Toutes les familles subissent la même pression. Des Jacques, Jean, Marie, Joseph ou Édouard naissent chez les harkis impuissants, que l'administration militaire tente d'assimiler à marche forcée. « Vos enfants sont français, il faut leur donner des prénoms français, pour qu'ils n'aient pas de problèmes plus tard », plaide l'assistante sociale à ma mère, qui ne veut rien entendre et subit cet acte comme une trahison. Ironie de l'histoire, cette femme a eu raison. Cela me coûte de le dire, parce que je réprouve la méthode. Mais porter un prénom à consonance maghrébine est un réel handicap aujourd'hui, nombre d'enfants de harkis et d'immigrés l'affirment. Le conseil de l'assistante sociale était prémonitoire : trente-huit ans plus tard, Michel-Djillali entamera une procédure pour transformer son deuxième prénom arabe en « Djill », à consonance anglo-saxonne. Il ne s'appellera plus que Michel, comme le neveu de l'assistante sociale.

Pour leur offrir une chance de sortir du camp, Juliette, avec son bon sens paysan, comprend qu'il faut alphabétiser les harkis. Dans sa ferme, chaque soir, elle leur donne des cours de français. Les hommes s'accrochent, aussi bien pour eux-mêmes que pour cette femme qui les aide et croit en eux.

En novembre 1964, l'administration des Eaux et Forêts décide de fermer le camp sans préavis. Le chantier terminé, elle envoie les harkis travailler là où elle en a besoin : tels sont les termes du contrat passé avec le ministère des Rapatriés. Ces camps ont une durée de vie très courte. Les considérations humaines de l'administration sont elles aussi très limitées : pour les fonctionnaires, les harkis sont des nomades, le déplacement ne les gêne guère, croient-ils.

L'assistante sociale convoque ma mère. « Écoutez-moi, madame Kerchouche. Les Eaux et Forêts veulent licencier votre mari. A la préfecture, le service des rapatriés a décidé de vous envoyer à Bias, dans le Lot-et-Garonne, parce que votre époux ne peut pas travailler. N'y allez pas, échappez-vous, ce camp est affreux. C'est le pire endroit pour les harkis. On y enferme des éclopés, des marginaux, des invalides de guerre et des cas sociaux. On raconte des choses terribles dessus. Vous devez refuser. » Ma mère est effrayée : « Mais ils ne peuvent pas m'obliger à aller là-bas ! » L'assistante sociale la regarde droit dans les yeux : « Si, ils le peuvent. Mais je vais vous aider. Les Eaux et Forêts viennent d'ouvrir un nouveau hameau dans le Morvan, et le reste de votre famille s'y trouve. Je vais écrire à l'adjudant-chef qui gère ce camp pour lui demander de vous accueillir. » Bouleversée par la sollicitude de la *Roumia*, avec qui elle s'est pourtant querellée à propos du prénom de ses enfants, ma mère ne peut que répondre, la gorge nouée : « Merci beaucoup. » Quelques jours plus tard, le 8 décembre 1964, l'assistante sociale lui tend son billet de train pour Roussillon-en-Morvan. Elles s'embrassent, émues l'une et l'autre.

Deux semaines après le départ de mes parents, les derniers harkis quittent le camp, à leur tour, pour Fuveau, dans les Bouches-du-Rhône. « On a beaucoup pleuré quand ils sont partis, se rappelle Juliette. On s'était habitués à leur compagnie. » En souvenir de la fermière et de son frère, une famille de harkis a baptisé leur fille « Juliette », et une autre, « Louisette », le féminin de Louis. Depuis, nostalgique, Juliette retourne souvent au camp : « L'année dernière, j'ai vu des fleurs et de la menthe que les harkis avaient plantées près de la retenue d'eau. Je me suis assise dans l'herbe, j'étais toute chamboulée. » Plusieurs sont revenus la voir. Des enfants aussi, en quête de leur passé, comme moi.

Penchée depuis plusieurs heures sur la nappe cirée de Juliette, je relève la tête, la nuque, le dos et les doigts endoloris. Je ferme le capuchon de mon stylo et fixe les yeux humides de Juliette. J'ai du mal à cacher mon émotion. Cette vieille dame me bouleverse profondément. Moi aussi je ne peux que dire « merci beaucoup », la gorge nouée. Elle me sourit, aussi émue que moi. J'embrasse une dernière fois la joue douce et fripée de la vieille bergère, caresse son chien, puis referme le portail derrière moi. Je la salue d'un geste de la main. Juliette m'a redonné confiance dans ce pays et, grâce à elle, le sourire m'est revenu. Elle a un peu réconcilié les harkis avec la France, comme elle me réconcilie avec cette partie française de moi-même que je commençais à détester. Hier, Juliette a rendu l'espoir aux harkis. Aujourd'hui, c'est à leur fille qu'elle redonne confiance.

Je descends sur le sentier pour jeter un coup d'œil à l'ancien hameau forestier, du moins ce qu'il en reste. En bas, ne subsiste qu'un pré où paissent les brebis de Juliette et de sa sœur. Un bosquet de sapins a poussé dans les fondations de l'ancienne école. Affectueusement, Juliette et les siens l'appellent toujours « le camp », en souvenir des harkis. Cette grande clairière, c'est un peu chez moi, après tout. Contrairement à Bourg-Lastic et à Rivesaltes qui m'ont paru franchement sinistres, j'aime cet endroit. Mon père a planté des arbres dans cette magnifique forêt domaniale qui prend déjà les couleurs de l'automne. Mes racines s'enfoncent ici, dans cette terre de Lozère. Mon histoire repose dans ces vallons verdoyants, dans cette carrière où mon père s'est blessé, sous ces épicéas où mes frères et sœurs ont joué, dans ces sous-bois où ma mère a ramassé des fagots pour se chauffer. Un panneau, « Les Pradillous », indique un départ d'une randonnée facile de deux heures. Je la ferai peut-être un jour… Je regarde un couple s'éloigner avec leurs enfants. J'envie leur bonheur bucolique. Ma randonnée sur les routes de France est autrement plus ardue, parce que autant géographique et temporelle qu'intérieure, mais plus belle aussi, plus intense. Et puis j'emporte, dans ma besace, le sourire de Juliette. L'essentiel…

ROUSSILLON-EN-MORVAN

Le petit garçon
qui avait peur des vaches

« Tu crois qu'on arrive bientôt ? » Je pique du nez dans ma carte routière. Vingt fois que mon frère Kader me pose la même question. Normal... Cela fait vingt ans qu'il attend cet instant. Mon doigt suit la ligne rouge de la départementale de Bourgogne qui nous conduit à la quatrième étape de mon voyage : le village de Roussillon-en-Morvan, entre Autun et Château-Chinon. De passage à Paris pour quelques jours, mon informaticien de frère, qui vit dans le sud de la France, a tenu à m'accompagner en Saône-et-Loire, tout excité de retourner sur un des lieux de son enfance. « Pourquoi voulais-tu revenir ici, et pas à Rivesaltes ou en Lozère ? » lui ai-je demandé. « Parce que c'est le camp que j'ai le moins détesté », répond-il d'un ton neutre. Je souris malgré moi. Cet euphémisme lui ressemble. Le petit garçon qui avait peur des vaches a bien grandi. Il a 43 ans, porte un tee-shirt noir, un jean noir et des sandales noires. Deux taches de couleur égaient son apparence monacale : de beaux cernes mauves arquent ses yeux tombants, traces d'une soirée salsa un peu arrosée. Voilà tout Kader : sa joie de vivre contredit son visage triste. Aujourd'hui, en ce début septembre ensoleillé, il est heureux de retourner dans ce lieu de relégation où il a vécu jusqu'à l'âge de 5 ans. Les prés du Morvan défilent derrière les vitres de la voiture, croupes herbeuses qu'un voile de brume matinale irisé par le soleil rend plus douces encore. Il s'extasie : « Je les ai traversés à pied des dizaines de fois ! »

Les mains sur le volant, il regarde plus le paysage que la route et manque de nous tuer à plusieurs reprises. Cramponnée à mon siège, j'espère, moi aussi, arriver bientôt…

Au creux d'un vallon, une pancarte indique à gauche : « Roussillon-en-Morvan. » Kader la repère avant moi. Entouré de maisons aux volets clos, le clocher de l'église pointe sur le mamelon d'une colline. On pénètre enfin dans le village. Les sourcils froncés, le regard à l'affût, il conduit de manière très sûre dans les ruelles, arpentant dans le même temps les sentiers de sa mémoire. Il traverse le bourg d'une traite, passe sans s'arrêter devant le seul troquet du coin et la mairie fermée, puis se gare devant un portail métallique peint en blanc. Il détache sa ceinture. Perplexe, je m'extirpe de mon siège. « C'était mon école ! » m'annonce-t-il fièrement, en pointant du doigt un grand bâtiment aux allées fleuries. Devant moi, je vois brusquement le garçon de 5 ans qui, pour la première fois de sa vie, allait en classe avec des petits Français. Je comprends mieux, maintenant, son désir de revenir dans ce village plus qu'ailleurs : après la guerre, l'exil, l'isolement, les ordres des soldats et les tentes militaires, ses premiers souvenirs d'enfance « à peu près normaux » commencent ici.

Je pousse le portail, pénètre dans une cour de récréation entourée d'un muret et d'un vieux préau. Le gravier crisse sous nos baskets, les souvenirs affluent. « Rien n'a changé ! » s'exclame-t-il. Il reconnaît les massifs d'hortensias, la maison de la maîtresse sur la gauche et, à droite, sa salle de classe quand il était au CP. Impossible d'entrer : c'est dimanche, les portes sont cadenassées. Sa mémoire, en revanche, s'entrouvre : « Les salles étaient chauffées avec des poêles à bois, se rappelle-t-il. Le tuyau passait juste derrière moi et me brûlait le dos. Parfois, des petits incendies se déclaraient. Pendant que les pompiers intervenaient, la maîtresse d'école nous faisait classe dans sa salle à manger, autour d'une grande table ronde. » L'institutrice est attendrie par ce petit Arabe qui découvre la langue française en même temps qu'il apprend à lire et à écrire. Très vite, il devient le premier de la classe. La maîtresse n'en revient pas et chouchoute ce garçon doué, docile et attentif.

Les portes de la voiture se referment et l'on traverse à nouveau le bourg. Pas un chat dans les rues du village assoupi dont la seule agitation se limite aux mâchoires des charolaises qui ruminent dans leurs prés. Le silence impressionne Kader. « Ce village était beaucoup plus vivant à l'époque », s'attriste-t-il. Au croisement des deux routes principales, mon frère m'indique trois hautes bâtisses aux volets fermés : « Ici, il y avait un boucher, un boulanger et un épicier. De nombreuses familles se promenaient dans les ruelles. » La voiture emprunte une route qui serpente entre des châtaigniers. « Chaque matin, m'explique-t-il, une procession d'enfants de harkis descendait par là pour aller à l'école. On était au moins une trentaine. Cet afflux de population a réellement dynamisé la petite bourgade. »

Je ne l'écoute plus vraiment. Je sens que l'on approche du camp et une question me chiffonne. A quoi peut-il bien ressembler aujourd'hui ? Sûrement à un pré où paissent des vaches placides, à un terrain vague envahi par les broussailles ou à une clairière que la forêt se réapproprie patiemment. Rien de bien excitant. A part les baraques cassées de Rivesaltes, il ne reste finalement rien du passage des harkis. Leurs traces ont été soigneusement gommées du paysage. J'ai conscience, à cet instant, de réaliser un état des lieux du vide, de dessiner une géographie du néant. A quoi bon rechercher des traces qui n'existent plus, ni sur le sol ni dans les archives ? Je soupire, très lasse brusquement.

Mon frère donne un coup de volant à droite qui me tire de ma rêverie, puis ralentit un peu avant le cimetière.

« C'est là », murmure Kader. Où, là ? Je ne vois rien. Je me contorsionne sur mon siège pour mieux regarder. Une haute haie me cache la vue. Soudain, mon esprit se brouille. Suis-je devenue folle ? Mon cerveau s'est-il court-circuité ? Entre les feuillages de la haie et les brumes de mon esprit disjoncté, j'entrevois, incrédule, des baraques au toit en tôle ondulée avec des rideaux blancs aux fenêtres, des volets pimpants, peints en rouge ou en bleu, des voitures garées devant, des chiens qui sommeillent dans leur niche et des chaises de jardin en plastique blanc posées sur des pelouses proprettes. Pendant quelques secondes, le passé et le présent se confondent. Les harkis vivent-ils encore ici ? Comment est-ce possible ? Je les croyais partis depuis longtemps. Mon frère, aussi surpris que moi, n'arrive pas à le croire. « C'est encore habité ? » parvient-il à articuler. Pas un mot ne sort de ma bouche. Je suis brusquement projetée trente-huit ans en arrière, le 8 décembre 1964, quand ma mère et ses sept enfants découvrent le hameau forestier de Roussillon-en-Morvan. Ils devaient être à la même place que nous, debout devant cette haie qui n'existait pas à l'époque, entourés de ces châtaigniers aux branches lourdes. Ils regardent, comme nous, ces quatre alignements de baraques grisâtres qui peuvent accueillir six familles chacune. Une grande forêt de sapins se dessine derrière les préfabriqués. Le camp est entouré d'un grillage électrifié pour empêcher les animaux d'entrer dans l'enceinte. Première surprise pour ma mère : le hameau est situé à moins de 500 mètres du village. Portant ses deux bébés dans les bras, Kheira, un an et demi, et Djillali, son nouveau-né d'un mois, suivie des cinq autres petits à la queue leu leu, elle franchit la barrière et entre dans la première baraque à droite près du cimetière, celle que leur a attribuée le sergent-chef. Deuxième surprise : dans la maison, bien plus grande qu'en Lozère, elle trouve des draps, des paillasses, des couvertures, quatre chaises et un évier en ciment. Bien qu'il n'y ait ni douche, ni toilettes, ni eau courante, ce préfabriqué est un luxe, pour elle.

Cette maison qui a paru si fastueuse à ma mère, elle me paraît sordide. Je pénètre à mon tour dans le camp et me plante devant cette bicoque. Plus délabrée que les autres, elle a l'air inhabitée. Deux éviers en ciment, dont l'un nous appartenait, sont posés contre le mur. Ils font désormais office de bacs à fleurs. Des mauvaises herbes émergent d'une terre brune mal entretenue, là où ma mère, autrefois, lavait sa vaisselle. Des tapis de voiture sèchent sur ce qui fut un égouttoir. Qui peut bien vivre dans cette baraque insalubre ? Des traces d'habitation sont pourtant visibles : un parasol aux rayures bleues et blanches couvre une table de jardin sur laquelle trône une bouteille de vin blanc. Une 4L beige sommeille sur la pelouse, des rideaux grisâtres pendent aux fenêtres et deux brouettes retournées font le piquet devant le mur. Un chien avec de longs poils d'une propreté douteuse nous aboie dessus puis quémande une caresse. La porte est entrebâillée. Mon frère appelle : « Il y a quelqu'un ? » Aucune réponse.

Je m'attends presque à voir ma mère sortir sur le perron, droite dans sa longue jupe plissée qui lui tombe sous les genoux, son tablier fleuri autour de la taille et son foulard noué sur la tête. Dans le camp, la jeune femme, qui approche des 30 ans, a pris peu à peu ses marques. Elle a inscrit ses enfants à l'école et, tous les soirs, les deux plus grandes, Aïcha et Fatima, surveillent les devoirs de Kader. Promues auxiliaires de ma mère, mes sœurs participent activement à l'éducation des petits. Ma famille a toujours fonctionné ainsi : les aînés – surtout les filles – s'occupent des plus jeunes. Tel est le système que ma mère a instauré à la maison pour élever ses onze enfants. Il a perduré jusqu'à moi : bébé, j'étais la poupée de mes grandes sœurs.

Une vieille dame sort sur le seuil de la porte, mais elle n'est pas ma mère. Elle porte une veste en laine et une robe d'une couleur indéfinissable. Fixant les deux intrus avec des yeux bleus un peu vitreux, elle marmotte un « bonjour » inaudible. Je me présente : « Bonjour, je suis une fille de harkis et mes parents ont habité ici. » « Ah », fait-elle, guère enthousiaste. Je persiste : « Vous êtes ici depuis longtemps ? » « Non. » Je ne me décourage pas. « J'écris un livre sur l'histoire de ma famille et j'aimerais discuter quelques minutes avec vous. » « Attendez, je demande à mon mari. » Elle disparaît à l'intérieur de la baraque, d'où nous parvient une voix ronchonnante. Elle ressort. « Nous ne connaissons rien à cette histoire de harkis. » Mon frère coupe court à la discussion : « Nous allons vous laisser en paix. Au revoir, madame. » Elle opine du chef puis s'assoit devant sa table de jardin et sa bouteille de vin, pour nous regarder partir, et probablement, s'en assurer. Nous nous éloignons à regret, désolés de n'avoir pu entrer dans la maison de nos parents. « Cette bicoque est sinistre, frissonne mon frère. On dirait un mouroir. » Il ne termine pas sa phrase mais la pense tellement fort que je l'entends nettement dans ma tête : le vieux couple vit juste à côté du cimetière.

Dans son enfance, Kader voit souvent passer des corbillards devant le camp. A l'époque, aucun arbre ne sépare notre baraque du cimetière. Chaque semaine, la charrette mortuaire tirée par un vieux cheval défile devant la maison. La journée, mes frères et sœurs s'amusent près du muret. A plusieurs reprises, ils déterrent des ossements humains et jouent avec les couronnes funéraires que les villageois jettent dans la décharge du cimetière. Fatima, coquette, en récupère les perles et se confectionne des colliers. Le soir, à la maison, les enfants ont du mal à s'endormir. Pendant des heures, mon père leur raconte ses souvenirs d'Algérie ou des légendes musulmanes anciennes pour les bercer. Mais la présence des tombeaux les oppresse. Ils craignent Azraël, l'ange vengeur qui habite dans les tombes et accueille les âmes des morts avec un grand bâton. « Qu'avez-vous fait pendant votre vie ? » demande-t-il d'une voix forte. Le mort doit décliner toutes ses bonnes et mauvaises actions. S'il n'est pas satisfait, Azraël cogne alors l'âme du défunt avec fureur. Ensuite, Azraël exige, détail insolite, les ongles des trépassés. Pourquoi les ongles ? Je ne sais pas. C'est une croyance de ma mère. Quand elle les coupe, elle ne jette jamais les rognures à la poubelle, mais les enroule dans un mouchoir, puis elle les enterre quelque part dans le jardin, en espérant se souvenir de leur cachette quand elle sera morte. Comme elle, quand j'étais petite, j'ai moi aussi caché mes trésors cutanés dans la terre, avant de trouver cette superstition totalement absurde.

Toute la famille a le sentiment de dormir au milieu des morts. Ma mère a toujours eu très peur des cimetières. La nuit, elle sent des présences rôder autour d'elle et des mains froides passer sur son corps. Un soir, alors qu'elle vient d'allaiter Djillali et qu'elle le tient endormi contre son sein, elle voit une forme avec un manteau noir surgir du plafond et lui tomber dessus. Elle crie, mais personne ne l'entend, ses yeux sont grands ouverts, elle entend distinctement Aïcha et Fatima discuter dans la cuisine et le cliquetis des outils de mon père qui bricole dehors. Mais elle est paralysée et elle étouffe. Est-ce l'angoisse de toutes ces années de misère qui s'incarne ainsi dans son esprit enfiévré ? La prémonition de malheurs à venir ? Cette sensation d'étouffement ne l'a jamais quittée. Plus tard, dans sa vie, ce fantôme noir écrasant sa poitrine pour l'empêcher de respirer prendra un nom : l'asthme.

Un matin, mon père reçoit un courrier d'Algérie. C'est une lettre de son frère Kader. Chaque fois que mon père déménage, il lui envoie sa nouvelle adresse. Il décachette la lettre avec impatience. Une photo d'identité en noir et blanc glisse de l'enveloppe et tombe par terre. Mon père la ramasse : il reconnaît sa mère. Elle a 80 ans, des lèvres fines, un petit visage ridé avec des yeux vides. Deux tresses blanches lui tombent sur les épaules. Il m'a donné cette photo de ma grand-mère. Elle ressemble à une squaw. Pourquoi son frère, un harki resté en Algérie, lui envoie-t-il ce cliché ? Soudain, sans même lire la lettre, il comprend. Il comprend que sa mère est morte. Il ne l'a pas revue depuis son départ, depuis ce jour de juin 1962. Il ne lui a pas dit au revoir. Une grande tristesse s'abat sur lui. D'autant qu'il ne pourra pas retourner en Algérie pour assister à son enterrement, au risque, là-bas, d'y laisser sa peau et, en France, sept orphelins. Sa mère, tout le monde l'appelait la Bartouchia. Quand l'a-t-il vue pour la dernière fois ? Il ne s'en rappelle pas. Il s'enferme dans la chambre, cloîtré dans une douleur muette que partagent avec lui bon nombre de familles de harkis déchirées par l'exil. Telles sont les conséquences invisibles de cette guerre : des familles déchirées, des mères et des fils séparés, des vies brisées. Mon père garde sa souffrance pour lui. Il regrette d'être parti. Il a abandonné sa mère, son pays. Pourquoi ? Pour des baraques humides et froides, pour une vie derrière des grillages… « Qu'Allah ait son âme », murmure-t-il.

La situation de mes parents, coincés entre le cimetière et le village, résume parfaitement leur existence dans les camps : à mi-chemin entre les morts et les vivants. Résidant tout près de la bourgade bourguignonne, les harkis découvrent aussi la vie rurale dans la France des années 1960. Émerveillé, Kader va voir les paysans tuer le cochon à l'ancienne. Le petit garçon qui n'a plus peur des vaches est fasciné par le grand couteau affilé, la bassine d'eau bouillante, le sang qui gicle partout et le dépeçage de la bête. Il entend encore les hurlements déchirants de l'animal. Fatima, elle, descend à la boulangerie du village acheter des caramels à 10 centimes dont elle raffole. Elle voit alors, placardé sur les murs du village, le portrait de François Mitterrand, le maire de Château-Chinon, qui se présente aux élections présidentielles de 1965. Avec Kader et Aïcha, elle rend visite aussi à une vieille dame qui vit seule. Elle se prénomme Marguerite et habite juste à côté de la ferme où travaille mon grand-père. Installés dans son salon, les petits regardent *Zorro* en mangeant les bonbons qu'elle leur donne.

Le soir, mon père descend parfois boire un canon au bistrot, où les harkis se mêlent aux paysans du coin. Les jours de marché, les anciens supplétifs se réunissent par petits groupes pour discuter. Ravi de l'afflux de cette nouvelle clientèle, le boucher se met à vendre des pois chiches, de la semoule et de la harissa, au milieu du boudin et des côtes de porc. Le jour de l'Aïd, les musulmans achètent des moutons aux éleveurs de la région, qui sympathisent avec eux. Certains se revoient encore aujourd'hui, des années après le départ des harkis. A l'école, les enfants du camp et ceux du bourg s'assoient sur les mêmes bancs. « Il n'y a eu aucun problème entre les harkis et les villageois, affirme Kader. Pour la première fois, nous avons vécu dans une société humaine. Et pour la première fois depuis notre arrivée en France, nous avons été considérés comme des hommes. De cette région, je garde le souvenir d'un monde presque idyllique. »

Ma sœur Fatima, elle aussi, est « presque » heureuse à Roussillon-en-Morvan. Ses cheveux raides, fins et très noirs, ont beaucoup poussé depuis Bourg-Lastic, et ma mère tente vainement de les démêler chaque matin. La gamine de 9 ans pousse des cris de douleur et s'échappe des mains maternelles avec une agilité d'anguille. La tornade brune arrive à l'école tout ébouriffée. Avec des gestes qui deviennent presque un rituel, la maîtresse installe la fillette sur une chaise, devant toute la classe, prend une brosse et la coiffe pendant quelques minutes. Elle lui tresse les cheveux ou les noue en queue-de-cheval. Star de la récré, Fatima parade avec sa nouvelle coiffure. Peu à peu, les instituteurs s'attachent à ces enfants de harkis méfiants et craintifs qu'ils sentent déboussolés, mais aussi vifs et curieux. Ils leur portent une attention particulière, leur offrent des cadeaux à Noël. L'un d'eux donne une paire de gants à Fatima parce qu'elle a froid aux mains et, à Ahmed, un petit pistolet de cow-boy en plastique. En classe, au CP, Fatima est assise à côté de Roland, qui porte un béret sur la tête et un tablier gris. Elle commence alors, seulement maintenant, une scolarité normale. L'institutrice fait de son mieux, mais pour elle le français ressemble à du charabia. Quand elle rentre à la maison, elle parle arabe avec mes parents, pas français.

L'été, parfois, Fatima accompagne ma tante Kheira qui fait la plonge dans une colonie de vacances des environs. Dans les cuisines, près de ma tante, elle essaie de manger le plus possible et se régale de soupe aux légumes. De la fenêtre, haussée sur la pointe des pieds, elle regarde avec envie les autres enfants faire des rondes ou jouer avec un ballon, tellement insouciants. Ce spectacle la laisse rêveuse. Elle admire ces gamins qui n'ont d'autre obligation que de jouer. Elle, depuis toute petite, doit accomplir un tas de corvées et de tâches ménagères.

A la maison, grâce à une campagne généreuse, le quotidien des miens s'améliore. L'été, après les moissons, toute la famille ramasse des épis de blé restés dans les champs, pour en faire de la farine. De la forêt, les enfants ramènent des kilos de châtaignes, des fraises des bois. Mais les hivers du Morvan sont connus pour leur rigueur. La température descend souvent à moins 10 ou à moins 15 degrés. Quand mes parents sont arrivés, début décembre, ils n'avaient pas de chauffage. Une fin d'après-midi d'hiver, Kader rentre frigorifié de l'école. Son haleine forme de la buée autour de son visage, ses pommettes sont rougies par le froid. Il pousse la porte en soufflant sur ses doigts. Une tiédeur inhabituelle le saisit. Au centre de la pièce, il découvre, émerveillé, un énorme poêle à bois qui dégage de grosses flammes. Il a du mal à le croire. Il tend les mains glacées vers ce brasier énorme qui l'enveloppe d'une sensation de chaleur et de bien-être qu'il n'oubliera plus. De toute sa petite vie, il n'a jamais eu aussi chaud. Ou alors si, très loin d'ici mais il ne sait plus où. « Je devais avoir vraiment froid pour avoir été aussi marqué par ce feu bienfaisant », me dit-il l'esprit ailleurs, rêvant à voix haute.

Mon père reprend doucement le travail. Tandis que les harkis construisent la route de Mizieux, qui mène au petit barrage des gorges de la Canche, lui cuisine pour les ouvriers et s'occupe de menus travaux. Avec sa mobylette, il circule dans la région, va même jusqu'à « Château-Chinois » – j'ai mis un moment avant de comprendre qu'il parlait de Château-Chinon ! Au camp, mon père prend des cours d'alphabétisation pendant quelques mois. Il apprend l'alphabet, signe de son nom, commence à déchiffrer les panneaux sur la route.

Ma mère, elle, retrouve la chaleur de sa famille. Elle s'est jetée dans les bras de sa mère, a baisé le front de son père et embrassé ses frères et sœurs. Elle connaît presque tout le monde au camp, presque tous des cousins, des cousines, des oncles et des tantes. Dans le hameau, la communauté est assez homogène : à part deux ou trois familles, toutes les autres viennent du douar des Beni Boudouane et ont l'habitude de vivre ensemble. L'existence au camp ressemble à la vie communautaire en Algérie.

Financièrement, la situation s'améliore. Ma mère touche 700 francs par mois d'allocations familiales pour ses sept enfants. « Les années noires sont derrière nous », se dit-elle. Même si elle ne s'aventure guère hors du camp, ma mère se reconstruit un environnement familier. La bergère effarouchée prend de l'assurance et sort peu à peu de sa claustration domestique. Dans le grand foyer qui surplombe le hameau, elle prend quelques cours de couture, puis deux ou trois leçons d'alphabétisation avec les femmes du camp. L'institutrice leur désigne un bol ou une assiette du doigt et leur apprend la prononciation en français. Hélas, elle abandonne vite, parce que personne ne peut lui garder ses enfants en bas âge. En revanche, elle sort davantage, se promène sans crainte dans l'enceinte du camp, s'aventure même à pied sur les routes de campagne avec ses cousines. Assise sur le porte-bagages de la mobylette de mon père, elle va jusqu'au marché d'Autun, à 20 kilomètres du hameau. Elle s'achète son premier foulard en France. Elle tend, fièrement, 15 francs au vendeur. C'est une somme pour elle. Elle se surprend à rêver d'acquérir un « gourbi » à la campagne, dans un douar du Morvan, où elle élèverait des chèvres, des poules et des moutons.

Avant de rencontrer Juliette, elle croyait que tous les Français criaient et donnaient des ordres comme les chefs de camp. Grâce à la bergère lozérienne et, désormais, aux enseignants de ses enfants, elle distingue ceux qui travaillent dans le hameau, souvent paternalistes et autoritaires, des habitants des villages alentour, souriants et chaleureux. Du coup, elle comprend que quelque chose cloche dans leur vie. Son caractère s'affirme, elle ne craint plus de réclamer ses droits. Elle ne supporte plus, par exemple, de voir ses enfants s'asseoir par terre sur le ciment froid parce qu'ils ne possèdent que quatre chaises pour neuf personnes. Un matin d'hiver, excédée, elle demande à son cousin d'écrire une lettre au préfet de Saône-et-Loire, en son nom à elle, pour réclamer des sièges supplémentaires. Quelques jours plus tard, le chef du camp et l'ingénieur des Eaux et Forêts déboulent chez elle sans frapper. Ils ont l'air furieux. « Pourquoi as-tu écrit au préfet ? hurle le militaire en arabe. Je t'ai acceptée dans ce camp, et toi tu te plains ? La loi t'a donné quatre chaises et pas une de plus. » Ma mère ne se démonte pas : « Regarde, mes enfants s'assoient par terre et ils tombent malades. Vous trouvez ça normal, vous ? » « Dis-moi qui t'a écrit cette lettre. C'est ton cousin, n'est-ce pas ? » « Je ne vous le dirai pas. » Ils repartent en claquant la porte.

Si seulement j'avais été là... J'aurais pu dire à ma pauvre mère ce qu'elle ignorait alors. Que si l'État lui avait donné l'argent auquel elle avait droit, elle aurait pu s'acheter dix chaises, si elle le voulait. Mais non, les aides sociales ont été noyées dans les 150 000 francs qui ont servi à construire le camp et à payer le salaire des fonctionnaires. En fouillant dans les archives départementales, j'ai appris ce que je savais déjà depuis Rivesaltes. A la différence que, cette fois, je le lis noir sur blanc, non plus dans des livres écrits par des historiens, mais dans une lettre adressée par le ministre en charge des rapatriés au préfet de Saône-et-Loire le 31 octobre 1962. Pour la construction du camp, « l'État mobilise une partie des allocations du harki. [...] Celui-ci ne doit pas avoir à supporter de loyer ». C'est un comble, me suis-je dit en surlignant ces lignes, pour des préfabriqués que les harkis ont construits eux-mêmes : en mars 1963, quinze célibataires sont venus spécialement de Rivesaltes pour ériger le hameau.

Le dossier ne dit pas, en revanche, comment et pourquoi les harkis se sont retrouvés ici. Charles Boizo, un ancien conseiller municipal de 80 ans, aujourd'hui retraité dans une ferme des environs, lève le voile. « Avant l'installation des harkis, la préfecture a démarché tous les maires des villages de Saône-et-Loire, m'a-t-il expliqué. Mais aucun ne voulait d'eux sur sa commune. Un seul a fini par accepter, celui de Roussillon-en-Morvan. Il a négocié avec l'État l'installation des harkis, en échange de travaux pour faire venir l'eau courante dans le bourg. On a troqué les harkis contre l'adduction d'eau. »

En toquant à la porte de quelques baraques, je m'aperçois qu'aucun harki n'est resté dans le camp. Un couple de chômeurs sans enfants habite à l'année là où, dans les années 1960, logeaient trois familles nombreuses. La mairie loue aussi ces préfabriqués améliorés pour 295 francs par mois à des Parisiens, des habitants d'Autun ou de Chalon-sur-Saône, qui y passent leurs congés d'été avec chiens et barbecue. Devant les préfabriqués, à l'emplacement de l'ancien foyer, l'Opac a récemment construit deux villas neuves et projette d'en édifier deux autres. « Le hameau devrait disparaître, car les baraques sont bourrées d'amiante », me confie l'une des habitantes, qui m'avoue aussi : « A mon arrivée, il y a vingt ans, j'ai été choquée par l'insalubrité des baraques. Il n'y avait ni eau courante, ni douche, ni toilettes. Je me demande comment des familles ont pu vivre dans ces taudis. On a entrepris de gros travaux d'aménagement, refait toute l'isolation, la plomberie et installé l'électricité. »

Le camp a fermé début 1966, une fois le chantier achevé. Le 15 février 1966, encore une fois, les harkis et leurs familles reprennent le train pour le sud de la France. Les Eaux et Forêts les transfèrent à Mouans-Sartoux, dans les Alpes-Maritimes. Mes parents quittent la Bourgogne à regret, mais dans leur tête le désir les taraude, désormais, de s'installer en bordure d'un petit village tranquille et sans histoire, dans une maison à la campagne. Comme les fermes du Morvan et comme leur gourbi, en Algérie.

Sur l'autoroute du retour, je repense à ce télescopage entre le passé et le présent que j'ai vécu aujourd'hui. Un moment, j'ai eu l'impression que les harkis étaient toujours là. Un instant, j'ai cru les voir, ou plutôt deviner, à travers ces maisons coquettes et ce village assoupi, l'existence paisible qu'ils auraient pu mener. J'ai eu la vision d'une vie normale pour les harkis et leurs enfants, dans de vraies habitations pour certains, avec des chiens en laisse, des volets colorés et un tuyau d'arrosage qui goutte sur la pelouse. Cette vie banale m'est apparue comme un rêve, une utopie. Ça n'est pas grand-chose, pourtant. Juste des familles heureuses dans un village heureux, qui a repris vie pendant quelques mois, le temps de la présence des harkis. Mon frère s'interroge à voix haute : « Combien de villages, vidés par l'exode rural, les harkis auraient-ils pu repeupler ? L'expérience de Roussillon-en-Morvan prouve que les harkis auraient pu parfaitement s'intégrer à la population française. » Après le départ des supplétifs, les petits commerces ont fermé. D'abord le boucher, puis l'épicier et le boulanger. Le bourg a continué à s'éteindre et les harkis, nomades malgré eux, ont repris la route. Quel gâchis humain, des deux côtés…

Avec Kader, nous repartons. Moi pour la côte d'Azur, sur les traces du petit garçon qui n'a plus peur des vaches, et lui, vers Montpellier, où l'attendent ses jumelles, Inès et Célia. « Papa, tu arrives bientôt ? » lui ont-elles demandé au téléphone. « Oui, j'arrive bientôt. » Un sourire perceptible flotte sur son visage moins pâle que d'habitude. Cette journée l'a remué. Je l'ai bien senti au troquet du village où nous avons déjeuné à midi. Il a laissé un pourboire plus que généreux à la serveuse dont la gentillesse et la simplicité lui ont rappelé l'accueil chaleureux que les harkis ont connu dans la région.

Moi, je suis heureuse d'avoir partagé ce moment avec lui. Je ne l'ai pas dit, mais Kader a une place à part dans ma vie. J'ai une admiration immense pour ce grand frère né pendant la guerre d'Algérie, qui a grandi dans les camps et qui a transformé la souffrance d'une vie affreuse en une force mentale incroyable. Il est le premier, dans la famille, à avoir suivi des études supérieures, et il nous a tous entraînés dans son sillage. On lui doit tout. Je ne peux pas m'empêcher de le lui dire, dans la voiture, au retour. Il me renvoie un « Arrête de dire n'importe quoi… », gêné qu'une émotion surgisse entre nous. Dans notre famille, l'affection entre frères et sœurs est une impudeur. Dommage. Je n'ai jamais pu lui confier que je l'adorais.

Il me le rend à sa manière, un peu bourrue et détournée. Depuis le début de mon voyage, il m'appelle souvent pour savoir ce que j'ai appris au cours de mon enquête et suit mon périple avec attention, bien plus que mes autres frères et sœurs. J'ai le sentiment qu'il me regarde d'un autre œil, qu'il ne voit plus en moi une gamine trop gâtée mais une adulte à part entière. Cette journée nous a rapprochés. Je me suis rarement sentie aussi proche de lui, et, rien que pour cela, je ne regrette rien. J'essaie de le lui dire lorsqu'il me ramène chez moi, en claquant la portière : « Au fait, Kader, merci pour tout. » « Tais-toi. Ciao. »

MOUANS-SARTOUX

Le foulard de ma mère

« Alors, tu l'as appelé ? » Stéphan me harcèle dix fois par jour. Chaque fois, je baisse la tête et murmure un « non » embarrassé de gamine prise en faute. Tout en conduisant, le photographe observe avec un sourire amusé la lutte psychologique que je mène avec mon téléphone portable. Assise sur le siège passager, je serre nerveusement l'appareil dans ma main. Impossible de composer ce numéro. Trois jours que nous sommes arrivés à Mouans-Sartoux, petite ville des Alpes-Maritimes qui surplombe Cannes. Trois jours que je repousse lâchement ce coup de fil.

Pour tout avouer, je suis terrifiée. L'idée d'affronter l'ancien chef du camp de Mouans-Sartoux, où ma famille a passé plus d'un an, en 1966, me panique littéralement. Cet homme a arraché le foulard de ma mère et interdit à toutes les femmes du camp de pratiquer leurs coutumes arabes ou kabyles. Ce dictateur voulait contraindre les harkis à se franciser, de gré ou de force. Mes parents le haïssent encore. Leur passage dans son camp fut le début de la chute de ma famille. En ville, j'ai rencontré une dizaine de harkis qui, tous, sans exception, m'ont brossé le portrait d'un homme tyrannique, qui empêchait les femmes de mettre du henné sur leurs mains et traitait les hommes comme du bétail dans les chantiers de débroussaillage. Dans chaque maison, à chaque discussion devant le thé et les gâteaux au miel, mon angoisse est montée d'un cran. « Il nous criait dessus au travail » ; « Il nous a obligés à construire sa maison » ; « Il nous arrachait nos foulards »... Leurs récits m'ont effrayée davantage. En trois jours, j'ai entendu tellement d'horreurs sur lui que j'ai l'impression de téléphoner au diable en personne.

A la peur se greffe la colère. Depuis le début de mon voyage, d'étape en étape, je sens la rage monter en moi. Mais à quoi bon m'énerver seule dans les forêts silencieuses ou les garrigues venteuses que je traverse ? Je tourne en rond dans ma rancœur. Les responsables de cette injustice ont des comptes à rendre. Ce chef de camp arrive à point nommé sur mon chemin. Il incarne, à mes yeux, cette administration dictatoriale qui a voulu régenter l'existence des harkis et modeler jusqu'à leur manière de penser. Il ne s'agit plus seulement d'imposer un prénom français aux enfants, mais de changer, coûte que coûte, le mode de vie des harkis, considérés comme des « primitifs » qu'il faut civiliser. De les couper de leurs traditions, après les avoir coupés de leur pays. Il s'agit d'assimilation forcée. Comme si, en catimini, certains Français avaient prolongé l'expérience coloniale avec les harkis...

Qui sont ces fonctionnaires qui ont « géré » les harkis ? Mes parents ont souvent eu affaire à des pieds-noirs. Pourquoi ? Je l'ignore. Ont-ils conscience, pour certains, du mal qu'ils ont pu commettre ? Ont-ils des remords ? Ces gens-là n'ont jamais parlé. Ces gens-là ne se sont jamais expliqués. Mais je ne veux pas les condamner sans les écouter : mon histoire m'a appris à me méfier des jugements hâtifs. J'ai besoin de connaître leurs arguments pour, à défaut de pardonner, parvenir à les comprendre. Je l'espère...

Même si je répugne à rencontrer cet homme, je n'ai, hélas, plus le choix. Je ne peux pas reculer : ce vendredi est le dernier jour que je passe ici. J'ai vu les vestiges du camp : trois baraquements vides qui servent de salle des fêtes, où les harkis célèbrent les mariages. Autrement, un terrain de basket grillagé, des rampes de skateboard et une école primaire ont remplacé le hameau. Il ne reste plus rien des harkis, qui se sont installés dans des petites cités à la périphérie de Mouans-Sartoux. Je regarde mon téléphone. C'est maintenant ou jamais. Je respire un grand coup, ouvre une fois de plus mon bloc-notes et tapote les dix chiffres en tremblant. Les battements de mon cœur s'accélèrent, mon cerveau se brouille, j'entends une gamine terrorisée qui hurle en moi et cherche à fuir par tous les moyens. Je raccroche. Je me prends la tête entre les mains. Je ne peux pas. Que vais-je lui dire ? Serai-je seulement capable d'articuler un mot ? Il incarne à mes yeux le mal absolu. Depuis toute petite, mes parents m'ont parlé de lui comme d'un monstre qui les a traumatisés et leur a rendu la vie infernale. Ils le craignaient comme je le crains aujourd'hui. Ils m'ont transmis leur peur, qui a pris la forme, dans mon inconscient, d'une terreur irrationnelle de fillette. J'ai l'impression d'affronter un démon échappé de mes livres d'enfants, de vivre une épreuve initiatique. Comment surmonter la peur que j'ai de cet homme, qui m'évoque, inexorablement, la terreur que j'éprouve devant toute autorité, devant tous ceux qui incarnent le pouvoir ? Je repense aux larmes de mon grand-père, à Bourg-Lastic. Je repense à mon père, à Rivesaltes, repoussant violemment ce soldat qui voulait le frapper, à ma mère grelottant dans une tente sous la neige, luttant sans une plainte contre le froid et serrant mon frère Moha, âgé d'un an, dans ses bras. Non, je n'ai pas le droit d'avoir peur. Je ne suis plus une enfant terrifiée à l'idée de grandir mais une femme qui regarde son passé en face pour se construire un avenir.

Stéphan sort de la voiture pour me laisser seule. Mentalement, je répète une dixième fois le plan échafaudé avec lui. Je me concentre à nouveau. J'essaie de maîtriser les tremblements de mes mains. Je compose une nouvelle fois le numéro, ferme les yeux et verrouille mon esprit. Les poings serrés, je me fais violence. Ne penser à rien. Première sonnerie, suivie d'une deuxième. Une voix féminine répond : « Allô ? » Je demande à parler à A. B. « Ne quittez pas, il descend. » Une voix essoufflée et toussoteuse, marquée par un fort accent pied-noir, prend le relais. J'explique ma demande avec une assurance qui me surprend et tranche avec mon bouillonnement intérieur : « Bonjour, je m'appelle Dalila Gladieu et j'écris un livre sur les harkis. On m'a dit que vous connaissiez bien cette communauté et j'aimerais vous rencontrer. » A ma grande surprise, il me répond aimablement : « Pas de problème. Venez en fin de matinée. » Je note son adresse et raccroche, les doigts tremblants mais étonnée d'avoir réussi à dissimuler ma peur. Je suis presque surprise qu'il n'ait pas deviné qui j'étais. Mieux vaut qu'il ne sache pas ma véritable identité : sinon, il aurait refusé de me parler. Pour l'instant, le plan fonctionne parfaitement.

Stéphan gare sa voiture devant une maison d'un quartier résidentiel qui domine Mouans-Sartoux. Toute en hauteur, la bâtisse imposante cache le soleil. Est-ce l'émotion ? Elle me paraît immense. Je détache ma ceinture de sécurité et lève les yeux, le cœur battant la chamade, le sang bourdonnant à mes oreilles. Un septuagénaire se tient accoudé à la rambarde du balcon, comme s'il m'attendait depuis des années. Il m'observe. Je monte les marches une à une et, dans ma nervosité, je trébuche sur la dernière. Je me maudis intérieurement. « Faites attention », me dit-il en souriant, la main tendue vers moi. Je réprime la sensation de dégoût que le contact de sa peau moite et flasque m'inspire, tout en fixant son visage avec avidité. J'ai du mal à cacher ma déception. En fait de monstre, je ne trouve qu'un vieillard décati aux traits chiffonnés et tout fripés, aux bajoues tombantes et au blanc des yeux rougi par l'âge. Il porte une chemise à carreaux bleus et rouges sur un pantalon de tergal beige. Un banal retraité, voilà mon dictateur, au bout du compte.

A. B. nous précède dans son salon et nous présente son épouse, qui me transperce de son regard bleu acier. Assorti à ses yeux, son tee-shirt en stretch tranche sur sa peau mate. A-t-elle deviné ? A cet instant, je le parierais. On s'assoit autour d'une table rectangulaire. Un peu intimidée, je pose ma première question pour me donner une contenance : « Comment en êtes-vous arrivé à vous occuper des harkis ? » Il croise ses mains. Ignorant mon interrogation, il commence à retracer l'histoire de l'Algérie d'il y a trois mille ans à nos jours. Abasourdie, je le regarde avec stupeur. Se moque-t-il de moi ? Je ne réagis pas. Stéphan me donne des coups de pied sous la table. Je suis tétanisée, bloquée. Au bout de trois minutes, Stéphan le coupe et reprend en main l'interview. Ma tête bourdonne. J'ose à peine porter à mes lèvres mon verre de grenadine de peur qu'il ne perçoive le tremblement de ma main. Je profite de ce moment de répit pour me ressaisir. Pour me détendre, je me concentre sur la décoration.

Des images chinoises très kitch pendent aux murs d'une pièce surchargée de mobilier. Aucune touche algérienne dans le salon, chose étrange pour l'intérieur d'un pied-noir, dont l'intimité et l'attitude sont d'ordinaire empreintes de nostalgie méditerranéenne. Mes yeux tombent sur un coussin brodé d'un Bédouin sur un chameau, l'unique motif arabe dans cette bimbeloterie asiatique. Cet homme doit en avoir lourd sur la conscience pour gommer ainsi toute une partie de sa vie. Je pense au foulard de ma mère. Peut-être est-il caché dans une de ces malles en bambou ou dans un tiroir de ce buffet de bois sombre qui couvre tout un pan de mur ? Je regarde à nouveau A. B., incapable de l'écouter mais cherchant une trace de méchanceté sur son visage. Au contraire, il multiplie les sourires à mon intention. Je reste de marbre. Je fixe sa main brune mouchetée par la vieillesse posée sur la nappe blanche et l'imagine s'approcher des cheveux de ma mère, attraper le petit nœud du foulard au sommet de son crâne et tirer dessus d'un coup sec, arrachant en même temps quelques-unes de ses longues mèches brunes. J'entends le cri de ma mère, de douleur, d'humiliation et de honte de se retrouver ainsi, violentée, tête nue, exposée aux regards des hommes. C'était le premier foulard qu'elle s'était acheté en France, dans le Morvan. Je hais cet homme. Je hais cette main. Si j'avais un couteau, je le planterais dedans sans hésiter.

Tiens, il parle de lui. Je me concentre sur son histoire. Né à Batna, dans les Aurès, ce fils d'un fonctionnaire des Eaux et Forêts abandonne le séminaire avant la fin. En pays chaoui, pendant la guerre, il dirige une SAS (section administrative spécialisée), puis un commando de fellagas ralliés, des moudjahidin capturés par l'armée française. Suspectés d'avoir parlé sous la torture, ces guerriers ne pouvaient remonter au maquis et n'avaient souvent d'autre choix que d'intégrer des commandos de chasse, unités d'autant plus redoutables qu'elles connaissaient parfaitement les caches d'armes et les planques du FLN. Ces harkis étaient les plus féroces combattants. Je frissonne en pensant au terrible commando Georges, de sinistre mémoire.

A. B. et sa femme sont rapatriés le 20 juin 1962, dix jours avant mes parents. Parce qu'il parle l'arabe, le chaoui, et qu'il connaît la « mentalité musulmane » – je me demande ce qu'il entend par là –, il prend, le 1er novembre 1963, la direction du hameau forestier de Timgad, non loin de Mouans-Sartoux. De sa maison installée au sommet d'une colline, il domine tout le camp et la garrigue alentour. Cet emplacement lui permet de surveiller toutes les allées et venues des harkis à l'intérieur du camp. Pas un recoin ne lui échappe. Tous les hameaux sont pensés de la sorte : pour que le chef exerce un contrôle maximum sur les harkis. Du haut de son promontoire, A. B. doit se frotter les mains en voyant ces 58 hommes qu'il tient sous sa coupe. Je sais ce qu'il pense, il me le dit : « Il n'y a rien de plus costaud que de rudes montagnards qui viennent du djebel pour travailler en forêt. » Je sursaute. Stéphan sourcille également. On dirait qu'il parle de bêtes de somme. Il parle de mes parents. Je sens la peur s'effacer en moi et ma haine grandir inexorablement.

Ma famille franchit le portail le 15 février 1966 vers 9 h 30 du matin. Il pleut, ce jour d'hiver. Les miens marchent dans la boue. Mais la température est douce. En quatre ans, c'est leur cinquième déménagement. Depuis leur arrivée en France, ils n'ont pas passé beaucoup plus d'une année au même endroit. Trimballés d'un camp à un autre pour les besoins des Eaux et Forêts, ils sont jetés sur les routes à chaque fin de chantier. Ils pénètrent dans le hameau, bordé à droite d'un ravin et à gauche d'une petite colline. Autour, c'est la garrigue, comme à Rivesaltes. Une distance de 3 kilomètres sépare le camp du village et assure son isolement bien plus sûrement qu'un grillage. Ma mère regrette déjà la campagne vallonnée du Morvan.

Ils déposent leurs affaires devant un alignement de quatre préfabriqués, où trois autres familles vivent déjà. Les enfants pleurnichent et réclament à manger. Ma mère lâche ses ballots dans sa baraque et passe devant la fenêtre d'une voisine, qui l'observe derrière son rideau. Elle toque à la vitre : « Je t'en prie, peux-tu me chauffer un peu de lait pour mes enfants ? Dieu te le rendra. » « Bien sûr, répond la femme, une Kabyle, visiblement, que ma mère reconnaît à ses vêtements, mais qui parle parfaitement l'arabe. *Marhaba* – bienvenue. Entre donc. » Elle lui ouvre la porte. Pendant que ma mère allume le feu sous sa casserole, la femme lui prépare du café. D'emblée, la Kabyle la met en garde contre le chef du camp. « Méfie-toi de lui, c'est un homme terrible. » Ma mère lui promet de faire attention. Elle rentre chez elle et sert le lait chaud à ses enfants, en pensant à cet avertissement.

Ma mère inspecte son intérieur. Composée de deux chambres et d'une cuisine, la baraque se révèle plus petite que celle de Roussillon-en-Morvan. Elle n'a que deux chaises. Des cafards affolés se précipitent dans les encoignures. Elle compte les lits : quatre petits plus un double. Faute de place dans la chambre des enfants, elle est obligée de superposer les couchages. Ils sont neuf personnes et il n'y a que six places. Perplexe, elle caresse son ventre à nouveau rond. Comment caser dix personnes dans ces quelques mètres carrés ? Les enfants se serreront sur les matelas. Ma mère prendra Kheira et Djillali dans son lit. Allongé en travers, mon père dormira à leurs pieds. Ils vivront entassés les uns sur les autres.

Mon père monte sur la colline et se rend au bureau du chef de camp. Dans le Morvan, à cause de son épaule estropiée, l'ingénieur du chantier l'avait affecté à des tâches légères, comme porter les outils, ramasser des fagots de bois ou réchauffer la soupe. Ici, il espère trouver le même travail. Il tend son certificat médical au militaire. Celui-ci regarde à peine la feuille de papier. Il secoue la tête : « Je n'ai aucun boulot léger pour vous. C'est le chantier ou rien. » Dépité, mon père rentre à la maison. Il va sur ses 40 ans. Il réfléchit puis décide de trouver du travail par lui-même, comme il le faisait en Algérie. Il se renseigne auprès des autres harkis et apprend que les producteurs de fleurs de la ville de Grasse recherchent des ouvriers saisonniers pour la cueillette. Quelques jours plus tard, il est embauché pour ramasser le jasmin et le mimosa, destinés aux grands parfumeurs. Son premier salaire tombe. Mes parents respirent. Ils commencent à se débrouiller seuls et se dégagent peu à peu de la tutelle administrative. Ils envisagent même de s'installer dans le sud-est de la France. C'est la région la plus chaude qu'ils aient traversée au cours de leur périple. Jusqu'à Mouans-Sartoux, ils n'ont connu que le froid. Ma mère demande à ma grand-mère, qui vit maintenant dans les Bouches-du-Rhône, de lui chercher une petite maison dans la région. Du haut de sa colline, A. B. observe d'un mauvais œil les velléités d'indépendance de ma famille.

Cet œil me fixe aujourd'hui. Je me sens mal à l'aise. L'homme me dit sans sourciller : « Les harkis étaient des fainéants. Il fallait leur crier dessus pour qu'ils avancent. Il y avait plusieurs paresseux qui refusaient de travailler. » J'ai l'impression qu'il parle de mon père. Je me rends compte que chacune de ses phrases résonne en moi, se répercute aux récits de mes parents et me fait l'effet d'un électrochoc qui accroît ma colère.

Faute d'école dans le camp, mes frères et sœurs sont inscrits à celle de Mouans-Sartoux en plein milieu d'année. La tension monte à l'arrivée des petits harkis dans la cour. Kader entre au CP, Fatima au CE1. Tous deux ont du mal à s'adapter. A Roussillon, l'ambiance était moins dure. A la récréation, le petit garçon participe à des batailles rangées entre Arabes et Français. Pour la première fois, il voit le rejet dans le regard des autres enfants. Il prend conscience, à 6 ans, de sa différence. A l'école, on lui fait comprendre qu'il est arabe, et pas français. Tandis qu'Aïcha est discrète et studieuse, Fatima, elle, subit la violence et les brimades des instituteurs. La petite fille est dissipée, bavarde, remuante. Pour la punir, le maître l'oblige à lever les bras jusqu'à épuisement. A plusieurs reprises, il la frappe avec une règle métallique sur le bout des doigts. Elle rentre à la maison en sang et en larmes. La fièvre la ronge toute la nuit. Seuls les petits Arabes sont punis, constate-t-elle avec amertume dans son lit.

Au camp, A. B. et son épouse, nommée « animatrice de promotion sociale », tentent de franciser les harkis contre leur gré. « La préfecture nous avait donné pour consigne de les intégrer. Il fallait que les harkis abandonnent le couscous pour les pâtes et les lentilles. Nous devions les éduquer à l'européenne et ils le voulaient bien », affirment-ils l'un et l'autre. Ce n'est pas la version de mes parents. Le chef du camp interdit aux femmes de s'enduire les mains de henné, de mettre un foulard sur la tête. Son épouse s'assure que les femmes cuisinent des plats français et troquent leurs djellabas pour des robes européennes. A chaque naissance, le couple de pieds-noirs impose aux parents de donner un prénom français à leur enfant. S'ils refusent, le père est expulsé du chantier pour plusieurs jours. Cette mise à pied est terrible pour ces hommes payés à la journée et dont le seul salaire nourrit leurs familles nombreuses. Résignés, ils courbent l'échine. Enfin, A. B. et sa femme imposent le catéchisme aux petits musulmans du camp. Ma sœur Fatima s'y rend une fois par semaine. Le curé passe des diapositives qui racontent les vies d'Adam, d'Ève et de Jésus.

« Mensonges ! » Dans son salon, devant moi, il nie tout, farouchement, en bloc. « Je le leur suggérais, et ils étaient tous d'accord ! Nous l'avons fait en douceur et je n'ai jamais forcé les harkis ! » La tension monte d'un cran. Sa mauvaise foi m'agace de plus en plus. Je m'enhardis et lance : « Toutes les familles de harkis nous ont raconté vos méthodes ! Vous les avez forcés ! » « Je ne vous crois pas, madame ! » Devant notre scepticisme, il éructe littéralement en tapant du poing sur la table : « Vous voulez la vérité ? Moi, je vous la donne. *Le Fran-*

çais est raciste. On a donné des prénoms français aux enfants pour leur éviter d'être mis à l'index par leurs copains et qu'ils n'aient pas de problèmes dans leur vie plus tard. Les harkis débarquaient de leurs montagnes, il fallait leur apprendre la vie. Quand ils sont arrivés, ils ne savaient même pas laver leurs gamins ! Aujourd'hui, grâce à nous, certains enfants sont même bacheliers ! » J'ai la nausée. Pour eux, les harkis sont des sauvages qu'il faut civiliser. Des êtres primitifs, inférieurs et sales que ces bons samaritains ont lavés, évangélisés, élevés au rang de « bons Français » ! D'une certaine manière, il a raison. Oui, ce Français que j'ai devant moi est un raciste, et de la pire espèce, parce qu'il dissimule sa xénophobie sous un humanisme hypocrite. Parce qu'il n'aimait pas ce qu'étaient les harkis, des Arabes, il voulait les changer en « bons Français ». Son discours est puant. Je sens aussi une grande violence bouillonner en lui, qu'il contient péniblement. Il a dû en terrifier plus d'un, avec ses cris, ses colères subites et ses gestes brusques. Dire que cet homme avait une mainmise totale sur les harkis ! Je le vois, tout d'un coup, comme un pantin surexcité et le trouve pitoyable.

Il a brisé ceux qui se révoltaient contre son autorité. Pour A. B., le bon harki se met au garde-à-vous et répond : « Oui, chef ! » Ce n'est pas le cas de mes parents. Mon père ne le regarde même pas et suit son chemin. Ma mère le défie du regard. Elle a acheté un nouveau foulard et continue à se colorer les mains au henné, malgré l'interdiction. « Vous ne me commandez pas ! » lui a-t-elle lancé un jour où il lui a crié dessus. Rebelles, mes parents refusent de rentrer dans le rang. Le chef du camp prend en grippe cette famille qui se débrouille seule, échappe à son contrôle et défie son autorité. Les autres risquent de les imiter et de se révolter. Il décide de s'en débarrasser. Si ce harki ne travaille pas, lui et sa famille n'ont rien à faire ici, décrète-t-il. « Vous devez partir à

Bias », leur annonce-t-il un jour en entrant dans la baraque sans frapper. Mes parents refusent. Ils veulent rester avec leur famille. Ma mère a assez souffert, à Rivesaltes, d'être coupée des siens. Elle se rappelle, aussi, l'avertissement de l'assistante sociale, en Lozère : « N'allez jamais à Bias. C'est le plus terrible des camps. » Ces mots lui reviennent en mémoire tandis que le chef du camp tente de les convaincre de déménager. « Non, lui répond-elle calmement. Nous n'irons pas à Bias. » Il s'énerve et part en claquant la porte.

Commence alors une période de grande souffrance pour ma famille. La saison des fleurs est terminée. L'administration, gérée par la préfecture, leur coupe brutalement les allocations familiales sans les prévenir. Eux qui rêvaient d'une maison dans la région sombrent dans une misère noire. Faute de revenus, la famille vivote tant bien que mal. Les économies fondent. Ils n'ont presque plus de quoi manger. Ils deviennent les plus pauvres du camp. Un matin, comme à chaque fin de mois, ma mère se rend à pied jusqu'à la poste de Mouans-Sartoux avec l'espoir de recevoir le mandat de la Caisse des allocations familiales. Pourquoi ne perçoit-elle plus rien ? Elle ne comprend pas. Avec le pas lent d'une femme enceinte de neuf mois, elle descend précautionneusement le chemin de terre du camp et marche sur le bord de la nationale. Soucieuse, inquiète de cette situation qui dure, elle traverse la route sans regarder. Tout d'un coup, un bruit de moteur ronfle à ses oreilles. A peine a-t-elle le temps de se retourner qu'une voiture déboule à toute allure et la frappe de plein fouet. Projetée sur la chaussée à plusieurs mètres, recroquevillée sur l'asphalte, elle se tord de douleur en se tenant le ventre. La voiture poursuit sa route et la laisse là, sur le bitume. Alerté par des passants, le Samu la transporte d'urgence à l'hôpital de Cannes. Sa hanche gauche est toute bleue. Sur la table d'accouchement, l'équipe médicale lui demande de se mettre sur le ventre. Elle a très mal, elle n'y arrive pas, elle ne comprend pas ce qu'on lui dit et personne, autour d'elle, n'a l'air de se rendre compte de l'intensité de sa douleur. Choquée par son accident, entourée par toutes ces blouses blanches qui, s'imagine-t-elle, veulent la faire souffrir, elle panique, se débat, descend de la table et court dans les couloirs en hurlant. Quand les infirmières la récupèrent, elle a tout juste le temps de monter sur le brancard qu'elle accouche, là, dans le corridor, et son bébé manque de tomber sur le sol. Elle ne comprend personne et personne ne la comprend. Elle vit un double enfermement : au camp s'ajoute une deuxième barrière, celle de la langue. Elle ne peut pas communiquer. Parce qu'ils ne parlent pas français, mes parents éprouveront toute leur vie un sentiment d'infériorité. Même si elle saisit quelques mots aujourd'hui, ma mère, traumatisée par la moquerie et le sentiment de sa différence qu'on lui a sans cesse renvoyée à la figure, refuse de le parler.

Au camp, l'épouse de A. B. remplit son rôle d'animatrice de promotion sociale et choisit le prénom de mon frère qui vient de naître. Elle inscrit Charles, comme le prénom du général de Gaulle. Ma mère, furieuse, fait rajouter Ali, comme le gendre du Prophète, sur la déclaration de naissance. Ainsi naît Charles-Ali, le 19 avril 1966.

Arrive la saison du ramassage des fleurs. Comme ce travail est payé au rendement, cette fois, toute la famille s'y rend, sauf les petits derniers, Moha, Kheira et Djillali. Les plus grands, Ahmed, Aïcha, Fatima et Kader accompagnent mon père dans les champs. Dès 5 heures du matin, devant le portail du camp, un paysan embarque toute la famille dans sa fourgonnette et les emmène dans son exploitation. Les doigts gourds dans la rosée matinale, Fatima a très froid. Du haut de ses 6 ans, courbé toute la journée, Kader tire patiemment sur les pétales qu'il jette un à un dans son panier d'osier aussi grand que lui. Il faut des milliers et des milliers de pétales pour arriver au kilo, payé 7 francs. Il aimerait cueillir aussi la tige, mais il n'a pas le droit. Il préférerait aller jouer avec les enfants du camp, mais il n'a pas le choix. A midi, ils mangent dans les champs ou dans la grange. Ils travaillent jusqu'à la tombée de la nuit. L'enfance de Kader s'achève dans ces rangées de fleurs.

L'automne arrive. Les miens résistent toujours. Chaque jour se ressemble, aussi dur que le précédent. Tous les matins, ma mère se lève à l'aube, fait cuire des pommes de terre à l'eau et découpe des tomates. Elle les emballe dans un récipient en plastique qu'elle tend à Fatima. Pour mes frères et sœurs, c'est le même menu tous les midis, salade ou pâtes froides, hiver comme été. Ahmed, Aïcha, Fatima, Kader et Mohamed sortent de la baraque plus tôt que les autres enfants. Parce qu'ils n'ont pas les moyens de payer le bus, le chauffeur refuse de les prendre. Ils marchent pendant trois quarts d'heure pour aller à l'école, sous la pluie ou le cagnard, et voient le car les doubler sur la route. Ils sont aussi expulsés de la cantine faute de pouvoir payer. Comme ils n'ont pas le temps, à midi, de rentrer manger à la maison, les cinq enfants avalent leur tambouille froide, même en plein hiver, assis tout seuls sur les gradins du stade pour se protéger de la pluie.

A la maison, le menu quotidien ne varie pas. A l'épicerie du village, ma mère achète de temps en temps de la semoule à crédit et pétrit une galette qu'elle donne à ses enfants, avec de l'eau ou du lait. Rien d'autre. Parfois, l'épicier vient au camp avec sa camionnette. Dès qu'elle l'entend klaxonner, ma mère enferme ses enfants à clé dans la maison. Elle ne veut pas qu'ils voient les autres gamins acheter des bonbons. Elle déchire des chiffons de la Croix-Rouge et coud des petits pantalons pour Djillali qui commence à marcher. Des gitans viennent parfois vendre des tissus et des robes près du camp. Ma mère ne veut même pas que ses filles s'en approchent. Le jour de l'Aïd, les autres familles de harkis, solidaires, leur offrent des dattes, des figues et du couscous. A la maison, c'est la fête. Mes parents sont touchés par ce geste.

Pendant ce temps, chaque midi, l'épouse du chef de camp descend de sa colline avec un panier sous le bras. Elle va faire son marché chez les familles de harkis. Elle toque à une première baraque. Une femme ouvre et lui donne des bananes. Plus loin, une autre lui offre des galettes de pain, une troisième lui prépare carrément un couscous. C'est le prix à payer pour se faire bien voir. Elle passe devant la maison de mes parents. La porte est close. Ma famille n'a rien à lui donner. Elle repart en fusillant la baraque de son regard bleu acier.

A la misère s'ajoute le harcèlement psychologique des fonctionnaires du camp. Un matin, alors que ma mère sert le petit déjeuner à ses enfants, la porte s'ouvre brutalement. Tout le monde sursaute. Un homme vêtu d'un costume sombre entre dans la baraque. Ma mère le reconnaît : les harkis le craignent et le surnomment « l'Adjudant ». Il passe de temps en temps dans le camp et frappe fréquemment les hommes avec un bâton. Dans l'encadrement de la porte, il scrute longuement ma mère avant d'exploser. « Alors, tu n'as pas rangé tes affaires pour déguerpir d'ici ! crie-t-il brusquement. Je t'ai dit de partir, ta place n'est pas ici ! » Sans attendre la réponse, il s'approche en deux enjambées, lui prend le bras, le tord et la jette violemment par terre. Effrayés, les enfants se mettent à pleurer. Furieuse, ma mère se relève en se frottant le poignet, attrape son balai et se rue sur lui en l'insultant en arabe : « Espèce de fils de *kelb* [chien], dégage de chez moi ! » Déconcerté par cette réaction violente, il recule, tourne les talons, se cogne à la porte tandis que ma mère lui court après jusqu'au seuil.

Un soir d'hiver, les enfants rentrent de l'école tout fiévreux. Mon père les emmène chez le médecin, qui diagnostique une grippe et leur prescrit une série de piqûres quotidiennes. L'infirmière vient le lendemain. Elle passe par le bureau du chef de camp, demande quelle est la baraque des Kerchouche puis se rend chez mes parents. Elle ouvre sa mallette et dit à ma mère : « Je ne peux pas soigner vos petits. Vous devez me payer d'abord. » « Je n'ai même pas d'argent pour nourrir mes enfants et nous vivons dans une misère noire, répond ma mère. Avec quoi voulez-vous que je vous paye ? » L'infirmière referme sa mallette : « Je n'ai pas le choix. C'est l'ordre du chef de camp. Excusez-moi, je dois partir. » Elle se lève et tire la porte derrière elle, laissant les petits tremblants de fièvre dans leurs lits. Le lendemain, mon père retourne voir le médecin et lui raconte la volte-face de l'infirmière. Choqué, le docteur la rappelle et la tance vertement. « Comment avez-vous pu laisser ces enfants malades ? Retournez-y immédiatement. » Elle s'exécute. Il appelle aussi le chef du camp : « Si l'un des enfants était mort, vous en auriez été responsable. » Furieux, le militaire raccroche son téléphone et se précipite dehors. Du haut de sa colline, il tend le poing et crie à mon père : « Alors comme ça, t'es allé te plaindre au médecin ! Attends, tu vas voir de quel bois je me chauffe ! » Il s'excite et fait mine de descendre. Mon père prend son bâton, se carre devant sa porte et le défie : « Viens, je t'attends ! » A. B. n'est jamais descendu.

Quelques semaines plus tard, vers 6 heures du matin, quelqu'un toque à la porte. Ma mère se lève, tout ensommeillée, titubant de fatigue, et va ouvrir. Elle tombe nez à nez avec l'épicier du camp, qui la regarde avec des yeux hagards. « A. B. m'a dit que vous alliez partir sans régler votre ardoise. Vous devez me payer immédiatement. » Réveillée pour de bon, ma mère tente de le calmer : « Mais nous ne partons pas, il vous a raconté des histoires. Et si jamais on devait quitter ce camp, nous vous payerons. Nous sommes des musulmans, nous avons toujours payé nos dettes, rassurez-vous. » Rasséréné, l'épicier rentre chez lui. Quelque temps après, ma mère le rembourse avec la paye des fleurs.

Le soir de Noël, au foyer, les fonctionnaires organisent une fête. Chaque enfant se voit offrir un gâteau et un jouet, une petite voiture ou un pistolet. Ahmed, lui, ne reçoit qu'un cahier d'écolier. Il est dépité. Parce que sa famille est mal vue, il est moins bien traité que les autres petits. La colère monte en lui. Il s'énerve, se lève de sa chaise, déchire le cahier devant le sapin et jette les morceaux par terre. Tout le monde le regarde. Sans verser une larme, il tourne les talons et sort du foyer.

Pendant ce temps, dans le camp, la tension monte de plus en plus. Au bout de plusieurs mois de promiscuité, la violence éclate pour des broutilles entre les familles. Mes parents connaissent le scénario désormais. Entre les baraques, le sol en terre est inégal. Les plus petits tombent souvent dans des ornières que les grands enjambent. Mohamed, 4 ans, a même fait une chute de dix mètres dans le ravin qui borde le camp. Il n'y a aucune barrière de protection. Devant sa baraque, mon père nettoie un bout de terrain de deux mètres carrés pour que Kader et Mohamed puissent jouer sans danger. Il comble les nids-de-poule et ôte méthodiquement les cailloux et les chardons. Dès que mon père tourne le dos, deux petits Chaouis expulsent mes frères et leur piquent leur terrain de jeu. Ma grande sœur Aïcha, une adolescente de 12 ans plutôt discrète, sort de la baraque et gronde les garçons, qui vont se plaindre à leurs mères. Deux furies surgissent de leurs baraques. Elles menacent ma sœur, qui recule, prend peur et s'échappe en courant. Insultant la gamine, elles la poursuivent jusqu'à un petit pont de bois pour la frapper. Aïcha coupe par la forêt et retourne au camp. Ma mère la voit arriver, essoufflée et terrifiée.

Elle comprend immédiatement. Elle enferme sa fille dans la maison, prend un bâton et se carre devant sa porte. Quand les deux harpies arrivent près de la baraque, rouges d'avoir trop couru, ma mère leur crie : « Approchez, si vous êtes des femmes ! » Elles s'arrêtent net. Effrayées, elles reculent devant le visage déterminé de ma mère.

« Oui, les harkis étaient violents. » Devant moi, A. B. se complaît à décrire cette brutalité pour justifier l'autorité qu'il exerçait sur les familles : « Les parents se battaient pour des chamailleries entre leurs enfants, poursuit-il. Les hommes buvaient et frappaient leurs femmes. Un soir de Noël, j'ai entendu des cris dehors. En ouvrant ma porte, j'ai vu un harki poursuivre sa femme avec un couteau dans la main. Il voulait l'égorger. » Cet homme les considère comme des barbares. Mais il ne parle pas de la promiscuité, des rivalités ancestrales entre les familles arabes, kabyles ou chaouies, et des années d'enfermement qui leur pèsent sur les nerfs. Comprend-il le déracinement, la misère, les baraques insalubres pleines de cafards, qui conduisent nombre de ces hommes à la folie ? Apparemment pas. Sous le masque de mon visage impassible, je bouillonne. Je serre les poings sous la table et évite de croiser le regard de Stéphan. En revanche, je fixe de plus en plus A. B. dans les yeux, cherchant à le sonder et à percer le mystère de sa tyrannie.

La misère pousse les hommes aux pires extrémités. En avril, deux harkis du camp rencontrent un Algérien immigré dans un bar du village. L'homme sort de son portefeuille une liasse de billets de 100 francs. Une véritable fortune, pour les harkis. Ils l'abordent cordialement, l'entraînent vers un coin isolé de forêt et lui cognent la tête avec une pierre. Ils s'emparent de son argent et le laissent pour mort sous un pont, dans l'eau glacée d'un ruisseau. Le matin, un Français qui promenait son chien en forêt a trouvé le cadavre à 500 mètres du hameau. Les deux coupables ont été emprisonnés et leurs familles expulsées vers le camp de Bias.

A la maison, ma mère n'a même plus de quoi acheter de la lessive. Ils ne touchent plus un centime depuis neuf mois. Elle ne va même plus à la poste pour le mandat des allocations familiales : elle comprend que le chef du camp les a bloquées. Les vêtements des enfants se salissent de jour en jour. Le rideau blanc de la cuisine devient grisâtre. Subitement, A. B. entre sans frapper. Il pointe le doigt sur le rideau et engueule ma mère : « Regardez, c'est dégueulasse ! Vous êtes sales ! » Les larmes aux yeux, elle n'a plus la force de lui répondre. Elle est à bout. Assis devant la table, Kader, 7 ans, prend son bol de lait en regardant la scène. Il n'est pas allé à l'école ce jour-là. Il voit cet homme humilier sa mère devant lui. Une boule se forme dans sa gorge. Il ne comprend pas pourquoi il crie sur sa mère. Quand il sera grand, il se vengera.

Fatima sent que ma mère est malheureuse. Pour la première fois depuis qu'ils sont arrivés en France, elle la voit pleurer tous les jours, du matin au soir. Les enfants s'attristent aussi. Ils ne comprennent pas pourquoi on les rejette. Stressée par ce climat tendu, par la misère et le harcèlement de l'administration, ma mère a des maux de tête terribles. Aux difficultés matérielles s'est rajoutée la souffrance psychologique. Chaque soir, elle a l'impression que son crâne va exploser. Le sang bourdonne à ses oreilles, sa vue se brouille. Elle va consulter le médecin de Mouans-Sartoux, qui détecte une tension artérielle anormalement élevée. Mon père, lui aussi, n'en peut plus. Il tient la petite Kheira, 3 ans, sur ses genoux, et mange un peu de *raïch*, une sorte de grosse semoule avec du lait. Tout d'un coup, il lâche sa cuillère, qui retombe dans son assiette. Il se met à trembler. Sa poitrine se gonfle et il se met à hurler comme si on le torturait. Paralysée, la famille regarde la scène sans réagir. Puis ma sœur Kheira, terrifiée, se met à pleurer. Ma mère a juste le temps de la rattraper avant que mon père, secoué de tremblements convulsifs, tombe de sa chaise à la renverse et s'évanouisse. Aidée d'Ahmed et d'Aïcha, ma mère le traîne jusqu'au lit. Son corps ruisselle de sueur. En quelques minutes, les draps sont trempés. Ahmed court chercher le médecin, qui fait une piqûre à mon père pour le calmer. Ils sont tous à bout.

Assise dans sa cuisine, devant son rideau sale qui noircit chaque jour davantage, la tête entre les mains, ma mère repense encore une fois à l'avertissement de l'assistante sociale, en Lozère. « N'allez jamais à Bias, lui avait-elle dit. C'est le plus terrible des camps. » Elle pense aussi à ses petits, sales, faibles et amaigris, qui souffrent depuis des mois. Elle craque. « Tant pis, se dit-elle. Je n'ai plus le choix. Rien ne peut être pire qu'ici. Je vais aller à Bias. » Pour moi aussi, cela ne peut pas être pire. Je suis à bout. Je m'imagine en face de ma mère, devant sa table de cuisine, elle n'a plus rien, plus un centime, elle a faim, ses enfants ont faim. Tout ce périple à travers les camps, depuis 1962, pour en arriver là. Pour être à nouveau séparée de sa famille. Pour subir encore et toujours le joug destructeur d'une administration toute-puissante et de ses fonctionnaires zélés. Au moment où mes parents commencent à se débrouiller seuls et espèrent sortir des camps, devenir libres et indépendants, on les brise dans leur élan. Ils sont retombés dans la même misère qu'à Rivesaltes. A croire qu'une volonté supérieure, à laquelle obéissent les chefs de camp, empêche les harkis de s'émanciper et de s'intégrer à la société française. A croire qu'une force étatique veut absolument les maintenir en marge, enfermés, prisonniers des camps.

Soudain, j'entends A. B. discourir dans son salon : « Vous savez, ils n'étaient pas si pauvres que ça. Leurs oreillers étaient pleins de billets de banque. Un jour, ils m'ont montré une grosse coupure que je n'avais jamais vue de ma vie. Je vais vous dire : ils étaient même mieux payés que moi. » Ses phrases me parviennent à travers les années et ricochent sur ma colère. Je n'en peux plus d'entendre ce vieux raciste déblatérer sur les harkis. Tout m'insupporte dans la pièce. Cette grande villa qui a été construite avec la sueur des harkis, sur leurs heures de travail – ils me l'ont tous dit. Sa haine de l'Arabe qui suinte de ses propos. Cette femme qui tapote nerveusement les verres de grenadine avec ses ongles manucurés. A. B. reprend et se rengorge : « Nous sommes très fiers d'avoir aidé les harkis. Grâce à nous, certains de leurs enfants ont fait de brillantes études. Mais à cause des parents, beaucoup ont mal tourné. Et ce sont ceux-là qui revendiquent et se retournent aujourd'hui contre nous. » Cette phrase me fait l'effet d'un électrochoc. C'en est trop. Comment peut-il dire une chose pareille ? Si nous avons fait des études, nous le devons à nos parents, et certainement pas à des ordures pareilles.

Je le regarde fixement et lance, la voix dure, coulée dans une colère froide : « Pas seulement. » Surprise, sa femme me dévisage et ses doutes se confirment. Elle répète après moi : « Oh non, pas seulement ! » Elle a compris. Même ceux qui ont « bien tourné », comme moi, ont des comptes à régler avec eux. Ils le savent. Tout d'un coup, j'arrache moi aussi mon « foulard » et lui balance mon identité au visage. « Vous savez quel est mon vrai nom, monsieur ? Je m'appelle Dalila Kerchouche. » Il me regarde, interloqué. Il a un mouvement d'arrêt et de recul. « Kerchouche, je connais ce nom… », commence-t-il. Je l'arrête sèchement : « Bien sûr que vous connaissez. Vous connaissez parce que vous avez expulsé mes parents du camp, parce que vous avez arraché le foulard de la tête de ma mère, parce que vous avez empêché mes frères et sœurs de prendre le bus, parce que vous leur avez bloqué les allocations familiales et parce que vous les avez réduits à une misère noire. Voilà ce que vous avez fait. » J'attends qu'il s'énerve pour l'achever. Mais rien ne vient. Il ne crie pas. Je suis presque déçue. Au contraire, il baisse la tête et se défend piteusement. « Je n'ai rien fait de tout cela. Pour le foulard de votre mère, je ne l'ai pas forcée. Quand je l'ai croisée, je n'allais pas lui dire : "Eh, fatma, enlève ton foulard." » En un geste inexpliqué, il avance sa main fripée vers mes cheveux pour attraper une mèche brune. Je me raidis brusquement. « Enlevez votre main de là ! » Je lui lance un regard noir : « Ne refaites plus jamais ça. » Ma voix déformée par la haine lui fait l'effet d'un couperet. Sa main retombe mollement sur la table. Sa femme, nerveuse, porte le plateau à la cuisine. « Bon, ce n'est pas que l'on vous chasse, mais nous avons des choses à faire. » Avant de se lever, abattu, il me jette un dernier regard. J'y lis toute sa honte et sa mauvaise conscience. J'ai l'impression qu'il va me dire : « Pardonnez-moi. » Contre toute attente, il murmure d'un tout petit filet de voix : « Je vais chercher mes petits-enfants à l'école. Je les aime beaucoup, vous savez. » Cette phrase se heurte à ma colère. Je comprends ce qu'il veut me dire. Que lui aussi est un grand-père, lui aussi est un être humain. J'ai du mal à le croire. Non, pas à cet instant.

Je n'aimerais pas être à sa place. Sa conscience doit le martyriser. Je détourne le regard. J'ai l'impression qu'il sollicite ma pitié. Je ne peux pas la lui donner. Pas maintenant. Pas comme ça. Avec Stéphan, on quitte la maison. Il m'avoue que, dans les toilettes, il a failli viser ses chaussures. Sa bonne éducation l'en a empêché. J'éclate de rire. On se regarde. Il me dit : « J'ai été un privilégié d'assister à cette scène. Je pense que cet homme fera de nombreux cauchemars après notre passage. » « J'espère bien. Tu sais, au fond, je pensais affronter un diable mais je n'ai rencontré qu'un pauvre type. » « Je sais. » « Au moins, j'ai un peu vengé ma famille. J'avoue que je suis assez fière de moi. Comme je le suis de mes parents, qui lui ont tenu tête. » On se prend dans les bras l'un l'autre. Je tremble encore un peu. Mais c'est terminé.

BIAS

Une fille du camp

 Elles n'ont vu qu'une silhouette se profiler sur l'asphalte défoncé du camp de Bias, celle d'une jeune femme brune, petite, anonyme. Et pourtant, à 300 mètres de distance, marchant sur la route chaotique de mon passé, elles m'ont reconnue. « Tu es une Kerchouche ! » se sont-elles exclamées en me voyant avancer dans la campagne désolée du Lot-et-Garonne et me diriger vers elles. Une nuée de foulards bariolés, trois, quatre, cinq femmes de harkis parlant arabe, chaoui, kabyle, m'entourent avec curiosité et émotion. « Comment vont tes parents ? On nous a dit qu'ils étaient dans le Midi. Comme tu as grandi ! Tu es Fatima ou Aïcha ? » Des sourires lissent ces visages ridés, découvrant des rangées de dents dorées et étirant joliment les tatouages bleutés qui ornent leur front et leur menton. Ces femmes, que je ne connais pas, me prennent dans leurs bras, me caressent les cheveux, m'étreignent contre leur poitrine généreuse, tourbillonnent autour de moi. Clouée sur place, je me laisse emporter par cette spirale humaine. J'embrasse des peaux parfumées au musc et au henné, je réponds à dix questions à la fois, je mélange l'arabe et le français, je ris, j'ai les larmes aux yeux, je suis transportée par toute cette chaleur. Je ne pensais pas qu'il y avait tant d'amour en enfer.
 J'ai ouvert les yeux à Bias. Et je les ai refermés aussitôt. Pour moi, ce lieu incarnait l'horreur. Mes parents y ont vécu de 1967 à 1974 – sept années de souffrance. Je me demandais quelle faute ils avaient commise pour être

punis ainsi. Née en 1973, je n'y ai passé que la première année de mon existence. Enfant, quand je me plaignais, mes frères et sœurs plus âgés me foudroyaient du regard : « Arrête, tu n'as pas vécu à Bias, toi. » Je n'avais plus qu'à me taire.

Situé à 35 kilomètres d'Agen, Bias était le camp de harkis le plus terrible en France, avec celui de Saint-Maurice-l'Ardoise, dans le Gard. Depuis ma naissance, je n'y suis jamais retournée. Quand j'ai eu 10 ans, je l'ai approché une fois, la seule d'ailleurs. C'était un dimanche matin, au hasard d'une baguette de pain. Ma grande sœur Kheira cherchait une boulangerie ouverte. En longeant la rue principale du bourg de Bias – car c'est aussi un village –, ma sœur me propose d'aller au camp. « Au camp ? Quel camp ? » ai-je demandé. Surprise, elle m'a coulé un regard en biais, sans rien dire. Puis, tout en conduisant, elle m'a raconté. Ces matins froids dans les lits grouillants de cafards. Les murs lézardés où s'infiltrait l'humidité. Le ciment glacé sous les pieds nus. Le poêle à mazout qui ne chauffait que lui-même. Le deux-pièces-cuisine où s'entassaient mes parents et leurs onze enfants. Et moi, qui gazouillais dans mon berceau. Elle m'a raconté le clairon qui sonnait chaque matin, les harkis au garde-à-vous devant le drapeau français sur la place, le couvre-feu à 22 heures. Elle m'a raconté, enfin, les sapinettes qui entouraient l'enceinte, les barbelés, le grand portail aveugle... Et puis plus rien. Le néant.

Ce matin-là, derrière la vitre de la voiture, je n'ai aperçu que des ruines cachées par une haie touffue, des vieilles baraques cassées jonchées de gravats et de fragments de souvenirs. Je me suis approchée, mais sans pouvoir entrer. Je suis restée là, au seuil, choquée, bouleversée, incapable d'en voir davantage. J'ai pleuré en rentrant à la maison. Depuis ce dimanche, je n'ai plus jamais remis les pieds à Bias. J'ai grandi dans un petit village, Saint-Étienne-de-Fougères, situé à 20 kilomètres du camp, suivi mes études de philo à Bordeaux et à Aix-en-Provence, puis exercé mon métier de journaliste à Paris. J'ai vécu à des années-lumière de ce sombre passé, que j'ai oublié, renié, occulté. J'ai fui et enfoui Bias dans le tréfonds de ma mémoire tourmentée.

Et voilà qu'aujourd'hui, vingt ans plus tard, je roule au même endroit et le même paysage se déroule derrière la vitre de la voiture. Je tourne à un croisement. Perdu au milieu d'un champ de maïs, un pigeonnier au ciment qui s'étiole surgit de mon passé. Les époques se superposent. Troublée, aspirée par le siphon du temps, je ne sais plus si j'ai 29 ans, 10 ans ou 1 an. Je vire à gauche, m'approche doucement de la muraille végétale qui dissimule le camp. Je longe les mêmes baraques grises aux fenêtres brisées qui m'apparaissent par intermittence derrière le mur de feuillage. Dans le même instant, je pénètre des strates d'émotions ensevelies : le même désir ancien de fuir ce lieu maudit me saisit, la même fascination morbide me cloue sur place.

C'est le dernier camp où sont passés mes parents ; le dernier, aussi, que j'arpente. J'arrive à ma dernière étape avant l'Algérie, et une lassitude extrême me plombe les épaules. L'affrontement, à Mouans-Sartoux, avec A. B., m'a plus éprouvée que je n'ai voulu me l'avouer. Et voilà que je me trouve au cœur d'un enfer bien plus terrible que tout ce que j'ai connu jusqu'à présent… Je me sens soudain écrasée par un drame que mes mots égratignent à peine.

Je baisse la vitre. La haie cède la place à une large allée bordée de peupliers. A l'entrée, à l'endroit où se dressait le haut portail aveugle, un vieux harki attend, assis sous un abribus, le regard dans le vide, les épaules affaissées. La masse de son turban jaune semble lui peser très lourd. Sa veste élimée et son pantalon de velours tout taché me fendent le cœur. Est-ce un ami de mon père ? Je m'approche. Il doit avoir dans les 90 ans. Ses yeux délavés fixent un point invisible sur l'horizon. Il ne bouge pas d'un cil. Je lui dis doucement : « *Salam aleikoum.* » Il ne répond pas. Je lui tends la main. Il ne la prend pas. Mon bras retombe. L'homme est complètement éteint. C'est trop tard… J'arrive trop tard. Comme pour mon grand-père, mort quelques jours après mon passage à Bourg-Lastic. Dans l'indifférence générale, les harkis glissent doucement vers la folie, la mort, l'oubli. Je m'assois un instant à côté de lui, effondrée, déchirée par la déchéance de ce vieil homme perdu sur ce banc au milieu de nulle part, égaré dans un monde inaccessible, qui attend un car hypothétique et semble porter, sur ses épaules décharnées, tout le poids d'une discrète tragédie. La gorge serrée, je me relève et le salue, même s'il ne m'entend pas.

Je m'éloigne d'un pas lourd. Derrière une stèle en hommage aux harkis, qui me paraît dérisoire, je découvre des baraques récemment crépies, portant l'enseigne d'un club de foot et, plus loin, des pavillons d'habitations modernes qui bordent, sur la droite, une immense pelouse jalonnée de cyprès où tourbillonnent des feuilles jaunies : le camp est là, enfin. Était, plutôt. Car l'herbe a poussé là où étaient alignés, pendant plus de vingt ans, les baraquements insalubres cernés de barbelés. Depuis les années 1980, Bias est devenu le « lotissement Paloumet » où vivent encore une vingtaine de familles relogées, exclusivement des harkis. Devant ces constructions récentes, les enfants qui tapent dans un ballon ou écrasent les pédales de leur vélo n'ôtent pas l'ambiance mortifère et oppressante qui règne dans cet ancien camp posé au bord d'une départementale, dans une campagne nue. Sur la porte verte d'un garage, un tag hurle « harkis en colère » dans les champs silencieux.

Quelques mètres plus loin, le long de maisons entourées de clôtures grillagées, des femmes balayent leur perron tandis que d'autres devisent, assises sur le bord du trottoir. Elles se lèvent à mon approche. Des portes et des sourires s'ouvrent devant moi. Une minuscule vieille dame édentée, à la jupe pleine d'accrocs, peste contre son gros berger allemand d'une voix nasillarde. Elle s'approche de moi : « Bonjour, *benti*, *marhaba* – bienvenue. Tu sais, j'ai bien connu tes parents. Avec sa charrette, ton père vendait des légumes dans le camp, et je lui en achetais souvent. C'est un homme courageux. » Elle s'appelle Fatima et vit seule avec son chien. Le soir, en regardant la télé dans son fauteuil, elle garde toujours, près d'elle, une machette de Sioux, craignant que les fellagas ne viennent l'agresser dans son sommeil.

Assise sur une chaise en formica jaune posée à même le trottoir, Mme Khelfoune, une veuve dont la veste en laine blanche enserre avec peine des rondeurs généreuses et une poitrine affaissée par de nombreuses grossesses, me serre sur son cœur et me claque des bises comme des ventouses. « Tu as le visage de ta mère, ma fille. Toutes les deux, on restait des heures à discuter devant nos baraques, comme maintenant. On se racontait nos peines et nos souffrances. On se soulageait ainsi. » Une jolie brune de 39 ans en baskets, Akila, à la silhouette juvénile moulée dans un jean délavé, me reconnaît aussi : « C'est incroyable comme tu ressembles à ta mère ! Tu as les mêmes yeux. » Cette mère de deux fillettes n'a jamais réussi à quitter le camp : « J'ai vécu dix ans à Toulouse, mais je n'ai pas supporté de vivre à l'extérieur. Bias est un aimant. Dès que je sors, je me sens inquiète, angoissée, agressée par le regard des gens. Au camp, je suis en sécurité. C'est ma terre, mes racines, mon bout d'Algérie à moi. Jamais je ne pourrai partir. »

Un quinquagénaire en costume gris, au crâne chauve et aux yeux pers, me serre chaleureusement la main : « J'ai entendu parler de toi, m'apprend cet homme qui se prénomme Abderrahmane. Ici, on est très fiers qu'une fille du camp soit devenue journaliste. » Je le regarde, touchée. Il m'a appelée « une fille du camp »… Dans ma tête, je répète ces mots avec délectation. Oui, je me sens chez moi au milieu de toutes ces femmes qui portent le même foulard que ma mère, qui parlent la même langue et qui s'adressent à moi comme à leur fille. Jamais je n'avais ressenti cela ailleurs. « Tu es la plus jeune, poursuit-il. Tout le monde savait que tu étais brillante à l'école. » Je souris, un peu gênée. Mon retour ne surprend personne. J'ai l'impression qu'ils m'attendaient sur ce bord de trottoir, persuadés qu'un jour ou l'autre les enfants de Bias reviennent toujours au camp.

Devant le portail d'Akila, un homme s'approche du bruyant attroupement. Il s'appelle Kaddour : « J'étais très copain avec tes frères. On a fait les quatre cents coups ensemble. Mais contrairement à eux, moi, j'ai fait des conneries. J'ai refusé de me rendre au service militaire et de porter l'uniforme de l'armée française. Je ne pouvais pas. Pas après tout ce que la France a fait à mon père. J'ai purgé neuf mois de prison pour désertion. Au fait, comment va ton frère Mohamed ? C'était un de mes meilleurs amis. Quand j'étais peintre en bâtiment à Bordeaux, on prenait souvent des verres ensemble. J'aimerais beaucoup le revoir… »

Je m'arrête net. Mon sourire se fige. Le tourbillon disparaît. Je scrute son visage serein, sa peau mate et ses grands yeux noirs qui luisent comme deux agates sous sa casquette grise. Il ne sait pas. Comment lui dire ? Les mots refusent de sortir de ma bouche. Après un long silence, mal à l'aise, je repousse l'aveu : « Je croyais que tout le monde était au courant ici. » Il fronce ses sourcils charbonneux qui tranchent avec son crâne rasé : « Au courant de quoi ? » « Il… Il est mort il y a six ans, en novembre 1996, après une longue dépression. Il s'est pendu. » Le jeune homme vacille. Il a l'âge que mon frère aurait dû avoir s'il n'avait pas mis fin à ses jours. Cette pensée me fait mal. Il a les mêmes yeux, immenses, ardents, ourlés de longs cils, tellement tristes à cet instant. « Mon Dieu, je ne savais pas », murmure-t-il. Sa tête oscille en signe de dénégation : « Non, je ne savais pas. Je me rappelle, à Bordeaux, il y a vingt ans, il était déjà malheureux. Avec ma copine, j'allais souvent le voir dans son appartement. Il habitait sur les quais et sortait peu de chez lui. Je crois qu'il souffrait de solitude. » Il répète comme pour lui-même : « Non, je ne savais pas. » Il allume une cigarette. Sa main tremble. Je retiens des larmes. Je ne comprends pas. Pourquoi Moha est-il parti ? Je sens que la réponse est ici, quelque part, dans ce camp.

Il fait nuit noire, je rentre à Villeneuve-sur-Lot. Je passe une nuit pleine de cauchemars. Je vois le portail qui referme ses grilles dans la nuit dans un cliquetis de chaînes, un homme en costume sombre qui hurle après des mères et des enfants terrorisés, les yeux brûlants de Kaddour qui luisent au-dessus de la tombe de mon frère et une voix caverneuse qui chuchote dans l'obscurité : « Non, je ne savais pas... »

Le lendemain, je me réveille les yeux cernés et le front pris dans un étau. Je frissonne, ce matin d'octobre, en marchant le long des grandes pelouses vides où s'alignaient jadis les baraquements. La joie d'hier a cédé la place à un froid glacial qui cloître les habitants chez eux. Les ruelles sont vides. Je m'assois sur le trottoir, comme les femmes de la veille. Les yeux fixés sur l'entrée, j'attends mes parents...

La charrette de mon père

Je ne vois qu'une silhouette se profiler sur l'asphalte défoncé du camp de Bias, celle d'une jeune femme brune, petite, anonyme. Et pourtant, à 300 mètres de distance, marchant sur la route chaotique de mon passé, je l'ai reconnue. Ma mère... Il fait froid, aussi, ce matin d'avril 1967, quand elle arrive de Mouans-Sartoux, talonnée par mon père et leurs huit enfants. Hébétés par des heures de voyage, ils descendent du fourgon et se plantent devant l'enceinte d'un immense camp grillagé de 800 mètres de longueur. Un haut portique en fer de 4 mètres de hauteur se dresse devant eux et s'ouvre dans un crissement de gonds rouillés. Craintifs, inquiets, les miens s'avancent et passent sous le porche. Le portail aveugle, qu'un gardien en uniforme verrouille dans un sinistre cliquetis de clés, se referme derrière eux. Ils sont pris au piège.

En attendant leur affectation, ils s'adossent le long d'un mur, près du bureau du chef de camp. Alignés contre cette façade dans le vent glacé, gelés jusqu'aux os, ils restent debout pendant des heures, leurs cantines militaires à leurs pieds. Ils ont voyagé toute la nuit, ils titubent de fatigue. Charles, âgé d'un an, pleure dans les bras de ma mère qui le serre dans son châle pour le protéger du vent. Mes parents lèvent les yeux vers le haut portail qui commence à rouiller. Le camp fonctionne déjà depuis quatre ans. Surmonté d'un renvoi de barbelés, le grillage clôture 15 hectares de terrain où s'alignent seize rangées de baraquements. Les préfabriqués se divisent en petites unités d'habitation, séparées par de minces cloisons et dotées d'un appentis en tôle ondulé. Dans cette architecture militaire, à part le ciel bleu, on ne voit rien de l'extérieur : un rang de sapinettes bouche la vue, aussi bien aux harkis qu'aux habitants, dehors, qui passent près du camp sans se douter qu'un millier de personnes, une petite ville en somme, vivent là, à quelques mètres de la départementale.

A la différence des trois hameaux forestiers où mes parents sont passés – La Loubière, Roussillon-en-Morvan et Mouans-Sartoux –, Bias est un camp d'hébergement. C'est le dernier en fonctionnement, avec celui de Saint-Maurice-l'Ardoise, dans le Gard, à vocation disciplinaire – ceux de Bourg-Lastic, de Rivesaltes et du Larzac ont fermé entre 1964 et 1965. Centre de prisonniers allemands en 1918, Bias fut utilisé, tour à tour, comme réserve de munitions, silo à blé, centre d'accueil de réfugiés politiques espagnols, camp d'internement pour résistants arrêtés par Vichy. En 1945, ils sont remplacés par des collabos, puis par des Français d'Indochine. Quand le gouvernement y installe les premiers supplétifs algériens, en 1963, le site ressemble toujours à une immense prison.

Les autorités le nomment pudiquement le CARA, le Centre d'accueil des rapatriés d'Algérie. Mais tout le monde l'appelle « le camp ». Géré par le ministère des Affaires sociales, il a une vocation médico-sociale et recueille tous les harkis « irrécupérables », inexploitables par les Eaux et Forêts : les invalides de guerre, les veuves, les handicapés, les vieillards… Mais aussi les célibataires écartés du système des hameaux forestiers ou, comme à Saint-Maurice-l'Ardoise, les « fortes têtes » expulsées des autres camps pour raison disciplinaire. Mes parents découvrent avec effarement ce petit monde d'exclus parqués derrière des barbelés. Bias est le bout du bout. Le terminus d'une longue errance de camp en camp où échouent les « déchets » de la guerre d'Algérie, comme on les nomme dans les documents officiels.

A l'intérieur du camp, les miens regardent passer des veuves craintives enroulées dans leurs châles qui se hâtent vers leurs baraques sur le chemin humide. Des anciens soldats au corps cassé boitillent sur la route et leur tendent la main gauche – la seule valide – en signe de bienvenue. Dans les bras de ma mère, le petit Charles vagit de plus belle, le visage rouge de colère. Un harki prend en pitié les enfants qui grelottent contre le mur et leur apporte une thermos de café au lait fumant. Mes frères et sœurs boivent goulûment et se réchauffent un peu. Touchés par ce geste, mes parents se disent que Bias n'a pas l'air si terrible, après tout… Au bout de plusieurs heures d'attente, le chef du camp sort de son bureau pour leur donner leur affectation : grand et sec dans son costume sombre, plutôt bel homme, C. D. porte un bouc sur son visage sévère. Comme A. B., le chef du camp de Mouans-Sartoux, il est pied-noir et lui aussi a dirigé une SAS en Algérie, une section qui s'occupait du renseignement et de l'encadrement administratif et social des « indigènes ». Et, comme A. B., son nom terrifie les harkis.

Ma mère pénètre dans son logement, portant Charles dans ses bras et traînant sa cohorte d'enfants dans son sillage. Sur le toit, il y a du zinc. Sur le sol, du ciment brut. Elle ouvre les volets et découvre trois pièces nues aux murs auréolés d'humidité, d'une surface totale de 30 mètres carrés environ. Aveuglés par la lumière du jour, des insectes affolés courent dans tous les sens sur le ciment. Ma mère ouvre les placards de la cuisine : de gros cafards noirs tapissent les parois. Elle referme précipitamment et réprime une envie de vomir. Elle s'arme d'un balai et tente de tuer les bestioles. Rien à faire. Elle en écrase dix, mais cent pointent leurs antennes par les brèches des murs.

Les dix membres de ma famille s'entassent dans le deux-pièces-cuisine. La nuit, les enfants sentent les cafards et les punaises leur courir sur le visage, sur le ventre, sur le dos, le long des bras et des jambes. Au début, ils sont terrorisés. Ils se réveillent dans la nuit en hurlant. Puis leur corps est couvert de grosses pustules rouges qui les démangent. Peu à peu, au bout de plusieurs mois, les petits s'habituent. Les insectes deviennent leurs compagnons de chambrée. Un matin, Ahmed se réveille en criant. Ma mère et mon père se précipitent dans la chambre. « Un cafard est entré dans mon oreille ! », hurle-t-il en se tenant la tête entre les mains. L'insecte bourdonne à l'intérieur et manque le rendre fou. Mes parents l'emmènent chez le médecin du camp qui déloge la bestiole indésirable. Deux fois par an, des désinfecteurs habillés de blanc, avec des masques à gaz et des combinaisons de cosmonautes, passent du DDT dans les baraques. Ces jours-là, toutes les familles sortent des maisons et pique-niquent sur le gazon. S'armant de balais, Aïcha et Fatima entrent ensuite dans la baraque et chassent les milliers de cadavres qui jonchent le sol.

Mes parents explorent cet ancien camp de prisonniers dans lequel ils échouent. Le château d'eau porte encore des impacts de balles, probablement tirées sur des détenus qui ont tenté de s'évader pendant la guerre. Bias dispose de divers équipements : l'épicerie, l'école, le dispensaire, la « lingerie » où sont stockés les vêtements de la Croix-Rouge, le local technique où est entreposé le charbon, le foyer pour les fêtes, les douches collectives... Bias fonctionne en vase clos. Nuit et jour, un gardien armé vérifie les allées et venues. Les premières années, les harkis devaient demander des autorisations de sortie et toutes les absences étaient signalées. Les visites étaient aussi réglementées : les gens de l'extérieur doivent déposer leurs papiers d'identité au bureau. L'administration contrôle jusqu'au courrier des harkis : les lettres et les colis sont ouverts, lus, parfois détournés ou jetés à la poubelle par mesure de rétorsion. Chaque soir, un couvre-feu interdit aux familles de sortir de leur baraque après 22 heures.

Dans cette prison, une curieuse cérémonie patriotique se déroule chaque matin. Une cascade de médailles épinglées sur son torse bombé, un harki sonne le clairon. Hommes, femmes et enfants, contraints par le règlement intérieur, se réunissent alors sur la place centrale pour saluer le drapeau français et chanter *La Marseillaise*. Un harki plie ensuite soigneusement le drapeau tricolore, jusqu'au lendemain. A l'âge de 4 ans, Kheira, ma première sœur née en France, apprend *La Marseillaise* par cœur. Ce sera sa première chanson d'enfant.

Si la grandeur de la nation française est quotidiennement célébrée, les lois républicaines, en revanche, ne s'appliquent pas à l'intérieur du camp. Les valeurs de liberté, d'égalité et de fraternité n'existent pas dans cet univers totalitaire, où les harkis vivent entre embrigadement et répression. Bias fonctionne comme une microdictature, un ghetto coupé du monde, géré par une administration omnipotente. Avec, à sa tête, un dictateur : C. D. L'homme impose ses propres lois aux familles, régente leur mode de vie et dirige tout : le portail, qu'il verrouille à 19 heures ; la lumière, qu'il coupe à 22 heures tous les soirs – les enfants de harkis révisent alors à la lueur des bougies. Il réglemente aussi l'usage des douches, qu'il rend obligatoires, limitées à une fois par semaine et facturées 50 centimes. Faute de salle d'eau dans les maisons, chaque lundi matin à 8 heures, quel que soit le temps, Mme E. F., la responsable de l'hygiène, toque aux portes des baraques et emmène les enfants en procession pour se laver.

Un matin de décembre, un vent glacé souffle du nord et une neige humide, mêlée à de la grêle, recouvre le camp d'une pellicule blanche. Inquiète, ma mère enfile une veste en laine et accompagne ses petits jusqu'au bâtiment des douches. Les plus jeunes, Djill et Kheira, ont 3 et 4 ans. Quand ils ressortent, ils tremblent de froid sous la neige. Un nuage de vapeur se forme au-dessus de leurs cheveux mouillés. Leurs lèvres sont bleues, ils claquent des dents. « Ils vont attraper la mort », se dit-elle. Scandalisée, elle interpelle Mme E. F. : « Est-ce que vous doucheriez vos enfants par un temps pareil ? » Prise de court, l'autre balbutie : « Euh… Non. » « Pourquoi vous emmenez les nôtres, alors ? » La femme se reprend : « Parce qu'ils sont sales. » « Pas les miens, rétorque ma mère avec aplomb. Je chauffe de l'eau dans des casseroles et je lave mes enfants dans l'évier de la cuisine. Ils sont aussi propres que les vôtres. » Elle prend ses petits par la main et tourne les talons. Les enfants Kerchouche ne sont jamais retournés aux douches. A Bias, c'est le premier acte de rébellion de ma mère.

Après cinq ans d'errance, mes parents tentent de reconstruire leur vie dans cet univers carcéral. Les allocations familiales, versées de manière irrégulière, ne suffisent pas à nourrir notre famille nombreuse, et le travail manque dans cette campagne agricole du Sud-Ouest dépourvue d'industrie. Installés dans une zone de sous-emploi, loin des grands pôles urbains et des grosses usines, pourtant fort demandeurs de main-d'œuvre dans ces années-là, les harkis traînent au bistrot du village, désœuvrés, jouent aux dominos, chiquent du tabac à priser, se saoulent, se bagarrent. Au bout de quelques semaines, mon père tourne en rond. Il réfléchit. Dans un tas de ferraille, il récupère des barres de fer et les porte chez un forgeron qui les soude entre elles. Avec deux roues de vélo et des planches abandonnées, il se fabrique une petite charrette en bois d'un mètre cinquante de long sur un mètre de large. Il l'accroche à sa mobylette avec une corde.

Sa carriole lui change la vie. Médusés, les harkis voient le drôle d'engin pétarader dans le camp. Mon père transporte du bois de chauffage et ramasse des pommes abîmées dans les vergers voisins qu'il monnaye aux habitants de Bias. Il gagne une grande liberté de mouvement. Chaque matin, il se lève, avale son café, sort la mobylette de son appentis et arrime sa charrette. Les jours de pluie, il fixe des arcs en métal utilisés pour les serres, qu'il recouvre d'une bâche en plastique. A la coopérative agricole de Villeneuve-sur-Lot, il achète des bananes, des salades ou des tomates au prix de gros, qu'il revend beaucoup moins cher que l'épicier du camp. La charrette de mon père, c'est notre source de revenus, notre moyen de locomotion et le début de notre autonomie. Certains harkis ricanent, beaucoup l'envient secrètement. En tout cas, il est l'un des premiers harkis du camp à se débrouiller seul. A refuser l'assistanat forcé imposé par l'administration.

Un copain de jeu de Mohamed, un petit Français rencontré en jouant sur les berges du Lot, étudie à la bibliothèque tous les samedis. Un soir, en rentrant de l'école, mon frère le raconte à ma mère. « Si leurs enfants vont à la bibliothèque, les miens doivent y aller aussi », se dit-elle. Car mes parents veulent vivre comme des Français, sans pour autant renier leur culture musulmane. Le samedi suivant, mon père entasse alors mes frères et sœurs dans la charrette et les conduit à la bibliothèque de Villeneuve-sur-Lot. Il dépose ses enfants à l'entrée, intimidé, sans oser pénétrer dans ce temple du savoir. Lui n'y a pas accès, mais il pousse les petits à entrer. « Il faut travailler », martèlent mes parents. Analphabètes, ils croient pourtant ardemment aux vertus de l'école. Ma mère, surtout, en est persuadée : ce sera la clé de la réussite.

Je me rappelle parfaitement cette charrette. Nous y sommes tous montés. Moi pareil. A Saint-Étienne-de-Fougères, le village où j'ai grandi, mon père m'emmenait à l'école avec. Brinquebalée dans la petite carriole, tournant le dos à mon père penché sur le guidon de sa mobylette, mes pieds balançant dans le vide, je voyais l'asphalte défiler sous mes souliers. La tête dans la capuche fourrée de mon manteau, je m'accrochais aux planches des deux mains. Plus tard, j'eus honte de cette remorque alors que mes copines, elles, venaient en voiture. Pour moi, elle stigmatisait notre pauvreté. Maintenant, je sais qu'elle était la richesse de mes parents. C'est cette petite charrette en bois qui m'a emmenée à l'école, cette petite charrette en bois qui m'a transportée là où je suis, d'abord en primaire, puis, symboliquement, au collège, au lycée, à l'université, à *L'Express*, et jusqu'à l'écriture de mon livre. C'est cette petite charrette en bois qui me conduit encore aujourd'hui, parce qu'elle incarne le refus de l'assistanat, la foi en la valeur du travail, et, surtout, la double quête de l'intégration et d'un chemin personnel.

Ma mère, elle, prend la route des champs. Chaque matin à l'aube, devant le portail, des groupes de femmes fourbues s'acheminent lourdement vers les camionnettes des agriculteurs du coin, qui accueillent cette main-d'œuvre bon marché comme une bénédiction. Penchée toute la journée avec son seau en plastique, les mains terreuses et sa longue jupe humide plaquée à ses chaussures boueuses, ma mère s'échine à ramasser les fruits et les légumes pour quelques francs par jour. Elles cueillent les haricots, les tomates, les céleris, les pommes ou les prunes, qui deviendront les fameux pruneaux d'Agen. Les veuves et les divorcées, surtout, vivent dans un effarant dénuement. La faim les tenaille, elles et leurs enfants. Mme Haffi, une amie de ma mère, a trois petits en bas âge, dont le plus âgé a 5 ans. Le matin, elle leur pose les trois repas de la journée sur la table de la cuisine, et part travailler, les laissant seuls à la maison jusqu'au soir. Elle n'a pas d'autre choix.

Outre les travaux des champs, ma mère entre à l'usine en 1967 et fait les « deux-huit ». Employée de manière saisonnière, elle travaille huit heures et se repose huit heures, de jour comme de nuit. Elle s'épuise de 4 heures du matin à midi, reprend à 20 heures le soir, quitte à 4 heures, reprend à midi... Elle n'a ni jour de repos ni week-end. Elle dort à peine et doit tenir cette cadence pendant quatre à six mois. Difficile à supporter, ce rythme dérègle complètement l'organisme.

A la conserverie, d'une saison à l'autre, les tâches se répètent inexorablement : ma mère épluche des légumes toute la journée et remplit indéfiniment des boîtes de conserve. Elle travaille debout, penchée pendant huit heures sur son tapis roulant, les mains plongées dans l'eau froide, à couper et à trier les céleris glacés, dans les courants d'air, l'humidité et le bruit assourdissant des machines. Au bout de quelques semaines, elle ne sait plus, dehors, s'il fait jour ou s'il fait nuit. Elle a froid dans le grand hangar sans chauffage, les ouvrières sont mal habillées. Quand elle va aux toilettes, ma mère est tellement frigorifiée qu'elle enlève ses chaussures et fait pipi sur ses pieds gelés pour les réchauffer.

Devant les tapis, les femmes de harkis côtoient des Françaises, des Chinoises et des Vietnamiennes... Ma mère écoute attentivement parler les Européennes et retient quelques mots : « Au revoir, bonjour, merci. » En fin de journée, les Françaises rentrent dans leurs foyers tandis que les femmes de harkis reprennent la route du camp. Ce soir-là, le car arrive, c'est la cohue. Ma mère reste à l'arrière. Pressées de retourner dans leurs foyers pour préparer le repas et retrouver leurs enfants laissés seuls, les femmes se bousculent devant la porte. Dans leur précipitation, elles cassent une vitre. Le chauffeur de bus, un pied-noir, s'énerve alors, attrape un bâton et se met à leur cogner dessus. « Qu'est-ce que vous croyez ? Que c'est le bus de votre père ou quoi ? » Il en coince une sur un siège et la frappe violemment. Ma mère regarde la scène, silencieuse et révoltée.

La majorité des familles vivent dans une grande pauvreté et dépendent des secours que C. D. leur accorde ou pas. Les revenus principaux proviennent des prestations sociales. A la maison, mes frères et sœurs ne mangent jamais de viande, jamais de yaourts, jamais de gâteaux. Le menu quotidien se résume à de la galette de semoule, des pommes de terre ou des pâtes. Quand les enfants rentrent de l'école le soir, parfois, sur la table, ils trouvent une bouteille de *gazouz*, du soda à l'orange ou au citron. Ils poussent des cris de joie : ces « petits luxes » sont rares. Mais le grand faste, pour les enfants, c'est le soda au cassis. Mes parents n'en achètent qu'une fois par an, le jour de l'Aïd. Parfois, aussi, mon père rapporte une boîte de gâteaux secs : c'est la fête à la maison. Les enfants se cachent alors sous la charrette et dégustent chaque miette de biscuit.

En dépit de cette misère, les quinze fonctionnaires de l'administration exigent des « cadeaux » obligatoires de la part des harkis. Comme l'épouse de A. B. à Mouans-Sartoux, certains passent dans les maisons pour « faire leur marché ». D'autres, comme C. D., se font livrer directement à domicile. Par crainte d'une répression ou pour être bien vus, certains harkis apportent de temps en temps des plats de couscous au chef du camp. Ces familles habitent à Bias depuis 1962 et ne connaissent rien d'autre que cette vie-là, une vie de soumission et d'éternel colonisé. Résignées, anesthésiées aussi par un fatalisme ancestral qui les empêche de se révolter – le fameux *mektoub* –, elles sont totalement asservies. C. D.

attend que les harkis repartent et, méprisant, il déverse cette offrande dans le fossé, derrière sa maison, près de la route. A l'aube, ma mère passe à côté pour aller travailler à l'usine. Pendant des jours, elle voit la semoule blanchir dans l'herbe et se gonfler sous la pluie, la sauce tomate moisir dans la terre. Elle qui ne supporte pas de gaspiller un grain de couscous a le cœur fendu. Jamais elle ne lui en apportera, jamais elle ne se soumettra. Pour elle, jeter de la semoule que les femmes mettent des heures à rouler est un crime.

Au fil des années, loin de se résorber, la population du camp continue d'augmenter. En 1968, des harkis rescapés des geôles algériennes débarquent au camp. Les visages amochés, ils sont hagards, sales, amaigris. Libérés par la Croix-Rouge, ces prisonniers rejoignent leurs femmes et leurs enfants à Bias, tandis que d'autres viennent seuls, uniques survivants de familles décimées. Au total, un convoi de 200 personnes entre dans le camp, exclusivement des Kabyles. Parmi cette foule, marche Mme Khelfoune. Elle s'installe dans une baraque voisine de celle de ma mère. Les deux femmes sympathisent et se confient l'une à l'autre. Elles sortent des chaises sur le pas de leur porte et, les mains sur les genoux, dans cette pose paisible et inimitable de mamma méditerranéenne, elles devisent face à la grande pelouse. Devant elles, leurs enfants jouent en poussant des jantes de vélo avec des fils de fer. Mme Khelfoune raconte alors son calvaire en Algérie, son mari torturé en prison, les fellagas qui lui cognaient sur la tête à coups de cric de voiture, les villageois qui la traitaient de « femme de harki » en lui crachant dessus. « Un jour, j'ai eu tellement peur d'eux que je me suis enfuie dans la forêt avec mes enfants. Je les ai recouverts de branchages pour les protéger du froid, on a dormi dehors pendant plusieurs jours. » Avides de raconter leurs souffrances, les nouvelles réfugiées décrivent les pires horreurs : « Ils ont égorgé mes parents devant mes yeux, raconte l'une d'elles. Puis ils les ont coupés en morceaux et ils les ont fait cuire. » Elle éclate en sanglots : « Ils m'ont forcée à manger. » Une autre raconte que son mari a été obligé d'avaler du couscous arrosé de sang d'Européens. Une troisième, Mme Degamena, une grande femme au teint pâle et aux yeux verts, se livre à ma mère : « Mon mari a été emprisonné après les accords d'Évian. J'étais seule à la maison avec mes enfants. Un jour, des fellagas ont tapé à la porte. J'ai regardé par la fenêtre, j'ai refusé d'ouvrir. Mais je n'ai pas vu ma fille de 3 ans se diriger vers la porte. La petite a ouvert et deux hommes lui ont jeté une torche enflammée. J'ai vu sa robe s'embraser et mon enfant brûler vive devant moi. » Ses mains tremblent, sa voix reste ferme. Ma mère la regarde avec horreur. Incroyablement impassible, Mme Degamena poursuit : « Elle hurlait. J'ai essayé d'éteindre les flammes avec une couverture, mais c'était trop tard. Je l'ai emmenée à l'hôpital de Batna. Ils ne m'ont jamais rendu son corps. » J'ai rencontré cette femme, qui m'a parlé comme elle a parlé à ma mère, des années auparavant. Elle est la dernière à vivre dans les baraquements. Elle n'attend plus rien de la vie et refait, chaque soir, le même cauchemar : « Je passe toutes mes nuits en Algérie, je marche dans les montagnes, je vois ma petite fille, si jolie avec ses longs cheveux bruns, si serviable du haut de ses 3 ans, courir vers la porte… Elle s'appelait Yasmina. »

Pendant ce temps, à Paris, Mai 68 élève ses barricades. La révolution politique et sociale qui bouleverse la France n'atteint pas les harkis. Eux-mêmes ignorent ces événements comme s'ils vivaient dans un monde à part. La presse reste muette sur leur sort. Rejetés, traités comme des coupables, les harkis s'enfoncent doucement dans l'oubli tandis que la France occulte les « événements d'Algérie ». Pour autant, le général de Gaulle n'éclipse pas cette question. Cette année-là, il décrète une amnistie générale pour tous les crimes commis dans l'ancienne colonie. Cette année-là, la France tourne une page de son histoire. Sans la lire.

Loin de l'agitation politique, la vie se poursuit au camp, calquée sur le modèle algérien. Mariages et circoncisions rythment la vie communautaire des harkis. Même dans la misère, par un sursaut de dignité, les familles dépensent sans compter et se saignent aux quatre veines pour organiser des fêtes opulentes. Chaque fois, elles invitent tout le camp. Les mères cuisinent devant d'énormes marmites et, dans une vapeur de hammam, préparent le couscous pour des centaines de personnes. Les jeunes filles s'apprêtent avec coquetterie et, dès que la nuit tombe, revêtent leurs robes toujours très brillantes, brodées à grand renfort de strass, de perles ou de fils bariolés.

Fatima ne rate pas une fête. Chez des gitans installés devant le portail, l'adolescente a acheté du tissu rose rehaussé de fils dorés, avec lequel ma grand-mère lui a confectionné une robe arabe. C'est la seule qu'elle possède. Les mères, elles, superposent tous leurs colliers sur leur poitrine, leurs *halhals* (bracelets) sur leurs poignets et leurs chevilles. Yeux cernés de khôl, tailles rondes cerclées de ceintures en métal doré, toutes scintillantes, elles sortent des baraques grises et se hâtent vers le foyer éclairé. Mains de fatma en pendentif et colliers de louis d'or sauvés d'Algérie tressautent alors sur les poitrines tombantes et l'emportent sur la misère, le grillage et la claustration. Loin du regard des hommes qui mangent dans une pièce à part, sur la musique de Cheikha Remitti, d'Idir ou de Slimane Hazem, les vieilles soulèvent leur ventre en saccades au son de la *derbouka* et de la *ghaïta* – tambourin et flûte en bois – tandis que les filles se déhanchent avec ardeur. Fatima oublie les barbelés et danse jusqu'à ce que les gouttes de sueur glissent sur ses tempes et dans son corsage, prise d'un frénétique désir de vivre que rien n'a détruit, ni son enfance passée dans des camps ni la pression familiale étouffante, et qui ne la quittera jamais.

Comme les autres filles, Fatima se prépare aussi à devenir une bonne épouse. Toutes les adolescentes de 15 ans sont regardées, jugées, jaugées, de la longueur de leur jupe à l'énergie qu'elles déploient pour les tâches ménagères. Chaque matin, elles ouvrent largement les portes et les fenêtres des baraques, époussettent à grand bruit les couvertures, jettent des seaux d'eau sur le sol en ciment qu'elles frottent avec acharnement, lavent le linge dehors en lessivant exagérément. Elles mettent le camp sens dessus dessous pour attirer l'attention et astiquent de plus belle dès qu'une mère pointe son œil gyroscopique vers elles.

Dès qu'elles bougent un orteil, tout le camp est au courant. Enfermées dans un univers où l'honneur compte plus que le bonheur, où le clan prime sur l'individu, elles subissent une forte pression sociale qui les emprisonne bien plus sûrement que les barbelés. Les mères, qui sont pourtant les premières victimes de cette claustration domestique, en sont aussi les plus farouches gardiennes. Il en va de la dignité des familles. A l'heure de la révolution sexuelle, les harkis, qui vivent en vase clos, se cramponnent aux traditions du bled les plus conservatrices. Condamnées à épouser un homme choisi pour elles, les filles n'ont aucune chance de s'émanciper. Chaque année, Fatima voit ses copines se marier, en attendant son tour.

Afin de déjouer la vigilance maternelle, les enfants jouent les facteurs pour les plus grands. Quelques idylles secrètes se nouent ainsi au camp. Parfois, aussi, des scandales éclatent, lorsqu'un jeune couple est démasqué. Fous de rage, s'estimant déshonorés, des parents ont traîné leur fille terrorisée jusqu'à une voie ferrée qui passe près du camp et l'ont ligotée aux rails. Ils l'ont laissée là, allongée, en attendant le prochain train. Un jeune voisin les a suivis, a vu la scène et a raisonné les parents. Le couple de harkis a pris conscience de l'énormité de son acte. Ils ont libéré la jeune fille, qui a épousé son sauveur quelques semaines plus tard.

Inconscients de la misère et de l'oppression morale que subissent leurs parents, les plus jeunes grandissent dans ce vaste terrain de jeu que représente le camp pour eux, l'unique univers qu'ils aient connu, sans imaginer le monde extérieur. Kheira, la petite fille conçue à Rivesaltes, le nouveau-né dont les doigts bleus en Lozère avaient tant effrayé ma mère, est devenue une enfant sage. Au fil des années, Kheira se réfugie dans les livres pour fuir un univers domestique pesant et étriqué. Née en Lozère, elle a passé son enfance derrière les barbelés et ne connaît rien au-delà. Le prêtre-ouvrier du camp lui prête un ouvrage par semaine. La fillette aime beaucoup cet ecclésiastique quadragénaire, gentil, doux, souriant, qui, contrairement aux fonctionnaires du camp, ne crie pas sur les harkis. Il s'occupe avec patience des célibataires, ces hommes mutilés et effrayants qu'elle fuit comme le *ghoul* – l'ogre. Il lui met *Les Malheurs de Sophie* entre les mains : elle dévore l'ouvrage, ainsi que tous les volumes de la comtesse de Ségur. Ce religieux a initié aux livres Kheira, qui, ensuite, m'a elle-même initiée.

Tous les samedis, mon père emmène les enfants à la bibliothèque. Kheira s'y sent bien, caresse le dos des couvertures, feuillette, bouquine, emprunte. Avec Kader, Moha et Djill, ils étudient toute la journée. A la fin de l'après-midi, en attendant mon père, ils montent à l'étage regarder les jeunes qui s'entraînent au judo. Ils restent muets d'admiration : ce monde leur paraît inaccessible, comme si une barrière quasi physique les séparait. Parce qu'ils sont les « enfants du camp », ils se sentent à part, différents, exclus.

Le matin, ma mère les regarde partir à l'école ou jouer dehors avec une inquiétude croissante. Chaque fois qu'elle les voit sortir avec leur cartable à la main, elle récite une sourate du Coran pour les protéger. Un jour, elle entend le klaxon d'une camionnette. Elle lève le rideau de la fenêtre et reconnaît l'enseigne du poissonnier qui arrive. C'est un événement, car peu d'étrangers pénètrent dans le camp. Elle voit tous les enfants, et les siens aussi, Moha, Kheira et Djill, courir après sa camionnette et s'accrocher au pare-chocs. Un mauvais pressentiment l'étreint. Tout d'un coup, une petite forme pendue au véhicule se décroche et tombe sur le sol. La fourgonnette lui roule dessus. Ma mère sort de sa baraque en criant. « *Oulidi !* Mon fils ! » Elle traverse le groupe qui s'est formé autour du blessé, un enfant de 4 ans, et bouscule les badauds. Elle se penche sur le petit corps : ce n'est pas l'un des siens. Une autre femme la pousse et se met à hurler : elle s'effondre en larmes. Kheira est agenouillée près du corps bleui allongé sur le goudron. Elle voit un mort pour la première fois de sa vie. Un filet de sang coule de sa bouche. Il a été tué sur le coup. Depuis ce jour, le poissonnier n'est plus jamais revenu.

Dans le camp, près de 400 gamins sont scolarisés, dans trois classes de maternelle et dix classes de primaire. Les premières années, Kader suit une scolarité normale. Mais, au fil du temps, l'enseignement se dégrade, les instituteurs retirent leurs enfants des classes et les petits harkis ne se retrouvent qu'entre eux. Ils n'ont, parfois, que deux heures d'enseignement par jour. Les élèves suivent des cours de maths et de français le matin, et, l'après-midi, ils font du sport et des travaux pratiques. Négligeant la théorie au profit du manuel, les instituteurs les destinent à devenir ouvriers. Avec un tel programme, les enfants de Bias n'ont aucune chance de poursuivre des études. L'égalité des chances républicaines ne vaut pas pour eux.

Les séquelles de cette ghettoïsation sont terribles. Au fil des années, les enfants accumulent un retard scolaire de trois ou quatre ans en moyenne. Aucun petit « Français », fils et filles des fonctionnaires, ne les rejoint et les enfants de harkis s'inventent un sabir « francarabe » incompréhensible pour les autres. La progéniture du personnel administratif, qui vit pourtant dans le camp, ne fréquente pas la même école, mais celle du village de Bias. Ma mère, intriguée par cette différence, pose la question à l'assistante chargée de la promotion sociale, Mme G. H. Elle se doute de la réponse mais joue la naïve : « Pourquoi vos enfants ne fréquentent-ils pas la même école que les nôtres ? » demande-t-elle en arabe. L'autre répond, sans se douter : « On les emmène à une bonne école, ce n'est pas la même chose, vous comprenez. » Ma mère comprend que ses enfants sont moins considérés que ceux des Français. Elle se rend alors à l'école communale de Bias mais le directeur refuse d'inscrire ses enfants : « Ils doivent rester dans le camp, c'est obligatoire. » Ma mère encaisse sans rien dire.

Les instituteurs martyrisent aussi les enfants. Surtout les plus grands, qui ont de grosses difficultés à suivre. Des jeunes de 15 ans se retrouvent en classe avec des petits de 5 ans. L'un des plus âgés, Lakhdar, est souvent convoqué dans le bureau du chef de camp pour indiscipline. Les adjoints de C. D. le ramènent chez lui en le traînant, le visage en sang et complètement assommé.

Au CE2, Kheira subit punitions sur punitions. Mme K. L., l'institutrice, exige des enfants qu'ils sachent lire sans avoir appris. Un matin, Kheira arrive en retard. Tout essoufflée, elle frappe à la porte et entre dans la classe. Folle de colère, l'institutrice l'attrape, lui baisse sa culotte et lui donne de violentes claques sur les fesses. La punition ne s'arrête pas là. Elle soulève la petite fille, la cale sous son bras et fait le tour de toutes les classes, frappant sans répit les fesses de la gamine ainsi déculottée. Rouge de honte, Kheira est mortifiée. Un autre jour, Djill, qui est bègue, commet une faute de conjugaison dans un exercice de français. Mme M. N. convoque le petit garçon au tableau : « Toi, viens ici ! » Il monte sur l'estrade et se poste devant l'institutrice, assise à son bureau. « Tu ne comprends rien ! Tu veux que je te pende ou quoi ? » L'enfant ne comprend pas, il ne connaît pas le mot « pendre ». Terrorisé, il la regarde et lui répond « Oui », en espérant lui faire plaisir. Croyant à une insolence, l'institutrice se lève vivement, le prend par la main et l'entraîne dans le couloir. Elle le soulève et l'accroche par le col de sa veste au portemanteau. Il reste suspendu jusqu'à la fin du cours.

Le 19 juin 1968, à la fin de leur CM2, Ahmed et Aïcha décrochent leur certificat d'études primaires. Mes parents sont fous de joie. C'est une grande victoire pour eux, la récompense de harassants allers-retours en charrette à la bibliothèque municipale. Une voisine tape à la porte, met la main sur sa bouche et lance une série de joyeux youyous. Elle félicite ma mère, qui sourit, heureuse. Mais elle sait qu'elle n'est pas au bout de ses peines : « Si seulement un de mes enfants pouvait remplir mes papiers, je serais comblée. » « Bientôt, *Inch Allah*. » Les documents administratifs angoissent mes parents. Chaque lettre reçue leur semble une facture à payer ou une quelconque punition. Combien de fois sont-ils venus me chercher dans ma chambre en tenant avec anxiété entre les mains un simple formulaire de la Sécurité sociale, comme si c'était un arrêté d'expulsion du territoire français !

Ce diplôme est aussi un pied de nez aux instituteurs

du camp, qui ne cessent de se plaindre des enfants Kerchouche. Un soir, après l'école, le directeur de l'école, I. J., convoque ma mère pour lui parler de Kader, qui est pourtant un garçon plutôt sage et docile. Il l'accable de reproches. Ma mère se tourne vers Kader et lui demande, en le regardant droit dans les yeux : « Est-ce que c'est vrai, mon fils ? » I. J. fixe le petit d'un air menaçant et lui dit : « Chut ! » Kader se tait, ses yeux s'emplissent de larmes et il se met à pleurer en silence. Ma mère est bouleversée. Elle le prend dans ses bras en lui murmurant à l'oreille : « Ne pleure pas, *oulidi*, ne pleure pas, mon fils. » Puis elle tourne les talons et rentre chez elle, plantant là l'instituteur. Quelques jours plus tard, I. J. vient à nouveau se plaindre, pour Mohamed cette fois. Ma mère vient de revenir de l'usine, exténuée. Ses enfants n'ont rien mangé de la journée. Elle l'écoute patiemment puis lui répond, agacée, résignée et très lasse : « Écoute, c'est Bias qui est comme ça. »

Dans sa baraque, tous les soirs, ma mère tousse, parfois à la limite de l'étouffement. Un mal sournois ronge ses poumons : l'asthme. Les régions froides qu'elle a traversées, en France, dans ses robes d'Algérie, les mois passés sous les tentes et les années dans des préfabriqués humides et mal chauffés ont délabré sa santé. A l'usine, les courants d'air du hangar l'épuisent jour après jour. Elle a 31 ans et en paraît dix de plus sur les rares photos de Bias qu'il me reste. Sur l'une d'elles, debout devant une DS blanche, elle porte un imperméable grisâtre, ses traits sont tirés, ses yeux, presque éteints. Et bientôt elle sera à nouveau enceinte. L'accouchement est prévu à la fin de l'année 1968. Pendant toute sa grossesse, presque jusqu'au terme, elle continue à s'échiner dans les champs et à l'usine. Le neuvième mois, elle attrape une bronchite. Ses poumons lui brûlent horriblement et n'émettent plus qu'un sifflement inquiétant. Trois ou quatre jours avant le terme, à bout de forces, elle consulte le médecin du camp qui lui prescrit des cachets, de l'aspirine et du sirop. Elle prend son traitement le soir même et s'allonge sur son lit. Dans la nuit, elle se réveille en hurlant, pliée en deux par la douleur. Elle se tient le ventre des deux mains, son front est fiévreux. Elle reste couchée pendant trois jours. A l'aube du quatrième, un filet de sang coule le long de ses jambes. Paniqué, mon père prévient l'infirmier qui appelle une ambulance. A l'hôpital, un médecin lui palpe l'abdomen : « Quelque chose ne va pas. » Le travail commence et, le 16 décembre 1968 à 8 h 55, elle met au monde son enfant. Mais elle ne l'entend pas pleurer. Devant son visage interrogateur, une infirmière se penche vers elle et lui dit doucement : « Votre bébé est mort. » Les yeux de ma mère s'emplissent d'horreur. Sa voix rauque murmure des mots en arabe, elle se sent perdue, elle ne comprend pas pourquoi le malheur la frappe à nouveau, personne ne peut lui expliquer la mort de son bébé dans sa langue, ni la rassurer, et personne ne comprend ses questions noyées de larmes. Les médecins la regardent pleurer, impuissants. La même infirmière lui chuchote alors : « Elle était très jolie et avait de beaux cheveux noirs. » Ma mère reçoit ces mots simples tout autant que la chaleur de la voix. Elle ferme les yeux, ses pleurs coulent le long de ses joues brunes et disparaissent dans son cou. Elle l'avait prénommée Yasmina. La tête sur l'oreiller, elle psalmodie quelques sourates du Coran. C'est son seul réconfort.

Quand elle rentre au camp, plusieurs jours plus tard, une grande tristesse s'abat sur la maison. Elle pleure en rangeant dans des tiroirs la layette qu'elle avait préparée. Mon père enterre ma petite sœur au cimetière de Bias. Il pleure en creusant la minuscule tombe. Lui non plus ne comprend pas pourquoi son enfant est mort. « Seul Allah le sait », murmure-t-il. Le médecin du camp lui a-t-il donné de mauvais médicaments ? A-t-elle trop travaillé ? Aucune enquête n'est menée. Ma mère, elle, se forge une certitude qui ne la quittera plus. Dans son malheur, elle se murmure à elle-même : « Ils ont tué mon bébé, ils ont tué mon bébé. » J'ai souvent entendu cette phrase pendant mon enfance. Elle la répète encore aujourd'hui, comme une accusation sans appel de tout ce système qui les a broyés. Ce décès mystérieux a été un grand traumatisme pour ma famille. Encore aujourd'hui, mon père refuse de m'en parler. « Ne me rappelle pas ça, je t'en prie », me dit-il avant de détourner le regard. Je n'insiste pas. Un an plus tard, ma mère attend un autre enfant. Elle appréhende l'accouchement. Le 25 avril 1969, elle donne naissance à un beau garçon. L'assistante sociale le prénomme « Philippe », ma mère l'appelle Tayeb. Mais entre Charles et Tayeb, Yasmina a encore sa place.

Fatima, elle, est devenue une belle adolescente dont les longs cheveux bruns descendent jusqu'à la taille. Les garçons commencent à la regarder mais n'osent pas lui parler. La petite fille qui, à Bourg-Lastic, griffait le visage de l'éboueur en s'esclaffant et courait avec une chéchia trouée sur la tête a perdu le sourire. Chaque soir en rentrant de l'école, elle pose son cartable, goûte d'un morceau de pain et d'un sucre. Fatima cuisine, s'occupe du bébé, pétrit le pain, fait la vaisselle, lave le linge de toute la famille, surveille les devoirs des enfants – vite avant le couvre-feu et la coupure de courant… Depuis l'âge de 5 ans, elle assume des responsabilités d'adulte.

A l'école, elle tente de suivre un cursus normal alors que sa scolarité, de camp en camp, a été chaotique et morcelée. A la fin de l'année 1969, elle sombre dans une grave dépression. Elle a 13 ans, elle ne mange plus, maigrit. Parfois, dans sa poitrine, son cœur s'emballe, palpite, comme pris d'une crise d'angoisse soudaine. Ses grands yeux noirs s'emplissent alors de larmes qu'elle ne peut pas retenir, dans un trop-plein d'amertume, un ras-le-bol de toute une vie de misère, de galère, de privations, de travail, de peur et d'enfermement. Elle a l'impression que partout, à l'école, à la maison, au camp, on lui demande l'impossible : s'adapter à un pays qu'elle ne connaît pas. A aucun moment, depuis qu'elle est arrivée à Bias, elle ne s'est sentie rassurée. Quand elle se couche, le soir, elle fait des cauchemars. Prise de panique, une bougie à la main, elle rejoint ma mère allongée dans son lit, grimpe sur sa hanche et s'accroche à elle en criant : « *Ama*, je vais mourir, je vais mourir ! »

Affolée, ma mère l'emmène consulter le médecin du camp. Celui-ci craint un problème cardiaque et l'envoie passer des examens à l'hôpital d'Agen. Prise de sang, électrocardiogramme... Rien d'anormal n'est détecté. Au bout de quinze jours d'hospitalisation, elle rentre à Bias. Comme ses angoisses persistent, le docteur l'interne alors à l'hôpital psychiatrique d'Agen, la Candélie. En arrivant, Fatima est placée dans le quartier des enfants, au milieu des petits trisomiques et des handicapés. Elle apprend à nager à la piscine, participe à des kermesses, assiste à des spectacles. Les cachets la détendent, une équipe médicale s'occupe d'eux. Pour la première fois de sa vie, elle sent qu'on s'intéresse à elle, qu'on la traite comme un être humain. Dans son lit, elle pense alors : « L'hôpital psychiatrique, c'est mieux que le camp. » La jeune fille revit, prend du poids. Pendant ces quelques mois, dans les couloirs, elle croise de nombreux harkis de Bias, la bouche déformée de tics nerveux. « Que font-ils là ? » se demande-t-elle, perplexe. Tout un quartier de l'HP leur est réservé. Les médecins lui font passer des tests psychologiques et concluent qu'elle est parfaitement normale mais déprimée, surmenée et en échec scolaire.

A sa sortie de la Candélie, pour combler son retard à l'école, l'assistante sociale l'envoie en pension, dans une école catholique d'Agen, L'Hermitage. On est en 1970.

Son gros sac sur le dos, Fatima descend du train et monte péniblement les deux kilomètres de pente ardue qui la mènent à l'imposante bâtisse en pierre construite sur le flanc d'une haute falaise. Les pensionnaires, essentiellement des pupilles de la nation, des orphelines, des enfants de la Ddass et des gamins difficiles, dorment dans des box de deux personnes, sur des matelas rembourrés de paille. Entre ces murs austères qui sentent le renfermé et l'humidité, elle déprime à nouveau. Des crucifix sont suspendus partout, au-dessus des lits, dans les couloirs et dans les salles de classe. Alors qu'elle est de niveau CM1, elle intègre une quatrième normale qu'elle ne peut suivre. Elle est l'attraction du pensionnat, la seule fille du camp de Bias. Les Françaises se moquent de cette étrangère, habillée toute la semaine d'une unique jupe plissée et d'un pull maladroitement tricoté à la main. Elles se moquent de ses tenues, de sa coiffure, de sa peau bronzée : « Tu es sale et tu pues », lui disent-elles en se pinçant le nez. En classe, personne ne veut s'asseoir à côté d'elle. A plusieurs reprises, les filles se plaignent aux religieuses. L'une des sœurs la jette toute nue sous une douche froide et lui intime de se laver. Quand elle proteste, la nonne lui renverse un seau d'eau glacée sur la tête. Les sœurs s'acharnent sur cette petite sauvageonne qu'il faut dresser et remettre sur le droit chemin.

Elle n'a aucune copine. Toute l'année, elle reste seule, sans parler à personne. Dans les moments de grande détresse, elle s'interroge : « Pourquoi est-on venus dans ce pays où il y a tant de misère et où tout le monde nous rejette ? » Elle regarde le mur froid, le crucifix au-dessus de son lit, attendant une réponse de ce Dieu qui n'est pas le sien et qu'elle est forcée de prier. Tous les matins, Fatima doit se rendre à la chapelle, et, avant chaque repas, dire le bénédicité : « Maître du ciel et de la terre, bénis ce pain que nous mangeons. » Le catéchisme est aussi obligatoire. La petite musulmane apprend par cœur « Je vous salue Marie » et « Notre Père qui êtes aux cieux ». Au début, elle se rebelle. Elle crie aux religieuses : « Je suis musulmane ! » « Ça n'existe pas, lui répondent-elles. Tu es chrétienne. »

En cours, il suffit qu'elle froisse un papier pour se retrouver aux cuisines, punie, à gratter et à récurer de gros chaudrons noirs. Son retour au camp, un week-end sur deux, est une bouffée d'oxygène pour elle. Mon père vient la chercher avec sa charrette, à la descente du bus de Villeneuve-sur-Lot. Au bout d'un an, le pensionnat la renvoie parce qu'elle n'a pas le niveau. Le souvenir de L'Hermitage restera une cuisante humiliation pour elle.

Kader, lui, est un garçon calme, placide et doué à l'école. Kader a conscience de vivre dans un camp. Il sent que c'est injuste, sans trop parvenir à le formuler. Au collège, il l'a écrit, une fois, dans une rédaction. Un exercice qu'il déteste : difficile d'être bon en français quand on a des parents non francophones. En cours, le professeur leur demande d'écrire un texte libre sur ce qu'ils apprécient de la France et de la beauté de ses paysages. Pour une fois très inspiré, l'adolescent n'écrit qu'une seule phrase sur sa copie : « Je n'ai jamais eu l'occasion d'apprécier réellement "la beauté de la France", parce que, depuis mon enfance, je vis parqué dans des camps. » Pour la première fois de l'année, le professeur lui met la moyenne et note sur le devoir : « Observations qui méritent d'être approfondies. » Elles ne l'ont jamais été.

« Bias est comme ça »

Dans une vieille maison en pierre, près de Villeneuve-sur-Lot, vit un médecin au chômage, Patrick Jammes. Dans la région, on le surnomme le « docteur des harkis ». Près de son feu de cheminée, il me raconte ses années passées à Bias :

« Quand j'ai été nommé au dispensaire du camp, au début des années 1970, j'avais 25 ans. Les fonctionnaires du ministère des Affaires sociales, à Paris, me l'ont présenté comme une maison de repos pour les anciens supplétifs. Pourtant, j'avais grandi dans la région, à quelques kilomètres du camp, et jamais je n'avais soupçonné que des Algériens qui se sont battus pour la France vivaient dans ce bagne. C'était mon premier contact avec des musulmans. J'ai signé un contrat de trois mois – j'y suis resté presque trente ans.

« Quand je suis arrivé devant cette ancienne prison, j'ai eu l'impression d'entrer dans une citadelle. Le chef du camp m'a remis les clés du grand portail. Mais j'étais troublé, je ne comprenais pas bien pourquoi on enfermait cette population. Et puis j'ai découvert Bias : les paillasses pleines de bestioles, les baraques immondes, la promiscuité des familles, la prostitution, les conflits permanents avec l'administration et ces gens totalement désemparés qui ne parlaient pas français… Des vieux dormaient dans des préfabriqués où il faisait à peine 2 degrés. Les amputés, blessés de guerre et autres handicapés avaient d'énormes difficultés à aller dans les toilettes à la turque avec leurs béquilles. Les premières années, j'ai été bouleversé. J'ai vu des choses horribles. Même pour un médecin, il fallait accuser le coup. Il n'y avait que des hommes physiquement et psychologiquement délabrés. Ils me racontaient leur histoire, la guerre, la torture, leur fidélité à la France, leur attachement à de Gaulle malgré tout, et ça me donnait envie de pleurer. J'avais le choix de rester ou de partir : mais je ne pouvais pas abandonner ces gens. J'étais trop scandalisé, alors j'ai décidé de garder le poste. Je n'ai pas révolutionné le camp. Mais j'ai aidé les harkis comme j'ai pu.

« J'ai été élevé dans le sens de la justice et de la République : au camp, toutes ces valeurs étaient bafouées tous les jours par des fonctionnaires chargés de les faire respecter. Bias, c'était un État dans l'État. Le ministère avait embauché exclusivement des pieds-noirs, parce qu'ils parlaient l'arabe. J'étais quasiment le seul "métropolitain". Ils ont recréé l'Algérie de papa, avec l'anisette, la kémia et tous les poncifs de là-bas. Les pieds-noirs traitaient les harkis comme des indigènes : ils les dépréciaient, les manipulaient, les humiliaient. Ils étaient ravis d'avoir ramené un morceau d'Algérie coloniale avec eux, d'avoir rapatrié leurs fellahs. Les uns dominaient les autres, c'était la logique du système. A Bias, tout se conjuguait pour que les harkis ne s'en sortent pas.

« Je me suis rebellé dès le premier jour. A l'épicerie, les prix étaient exorbitants. Ces pauvres gens n'avaient rien, les parents n'arrivaient pas à joindre les deux bouts et on les escroquait. J'ai téléphoné au contrôle des prix, à Agen, pour les avertir. Quelques heures après, le chef du camp a déboulé dans mon bureau : "C'est vous qui avez appelé ?" "Oui." Blême de rage, C. D. a tourné les talons et il est parti. Il ne pouvait rien contre moi, il le savait. Le guichetier qui remplissait les papiers administratifs des harkis leur demandait 20 à 30 francs par dossier. J'ai pris cinq témoins et je suis allé prévenir la gendarmerie. "C'est au chef du camp, pas à nous, qu'il faut s'adresser m'ont-ils dit. Mais on va le prévenir." C. D. a tancé le planton, qui s'est mis à pleurer. Ça s'est arrêté là.

« Au dispensaire, je traitais beaucoup de gens isolés, de dépressifs, de malades mentaux, de familles démunies. Au bout de quelques années, nous aussi, l'équipe médicale, on se coupait du monde. Je devenais harki moi-même, je réagissais comme eux, j'avais complètement intégré leur sentiment d'injustice.

« C. D. n'était pas un monstre, non, ni un tortionnaire. Ce jeune capitaine de 30 ans recevait son budget et ses instructions de Paris. Les collectivités locales n'avaient aucun droit de regard sur sa gestion. Il s'est enrichi sur le dos des harkis, certes, il a arnaqué beaucoup de gens au camp, c'est vrai, mais il travaillait aussi pour un système établi. Le contrôle du courrier, l'interdiction d'installer des antennes sur le toit, les coupures d'électricité, le couvre-feu, les laissez-passer… ce règlement, C. D. ne l'a pas inventé, il suivait des ordres. C'est le gouvernement qui en est responsable. C'est lui qui a mis ce système en place.

« Dans les années 1960, pourtant, on était dans une période de plein emploi. Les usines tournaient à fond et le chômage n'existait pas. Des milliers de fermes étaient abandonnées et les campagnes vidées par l'exode rural. Il aurait suffi de donner quelques terres à cultiver aux harkis, qui étaient des paysans et des éleveurs pour la plupart. Au lieu de ça, on a financé un système qui les a détruits. Beaucoup d'argent est passé dans les camps, mais les harkis n'en ont jamais vu la couleur. »

Il s'arrête, me regarde longuement, concentré sur les souvenirs qui semblent remonter : « Je me souviens de vos parents. C'était une grande famille. Votre mère était joviale et rondelette, avec une forte personnalité. Votre père aussi s'affirmait. Il conduisait son triporteur avec sa mobylette et il était connu. Il n'était pas résigné, comme beaucoup, mais tonique, entreprenant et volontaire. Il voulait s'en sortir. Il faisait partie des revendicateurs et entrait souvent en conflit avec C. D.

« Aux alentours, la population française se méfiait des harkis. Les anciens supplétifs étaient stigmatisés et traités de "bougnoules". Ils niaient que les harkis s'étaient mouillés pour la France et qu'ils étaient reçus comme des chiens.

« Quand je suis arrivé, une fillette de 6 ans, qui a grandi derrière les barbelés, m'a demandé : "Qu'est-ce que vous avez fait pour être enfermé ici ?" Oui, quelle faute as-tu commise, m'interrogeait-elle. Les harkis et leurs enfants ont développé un sentiment de culpabilité. Ils se sentaient honteux, dépréciés. Quand on vit dans un endroit pareil, quelle image de soi peut-on construire ? Vous en arrivez à vous détester. Une telle expérience, ça forge le caractère ou ça détruit. »

Je pense à mon frère. Je comprends mieux, maintenant, cette haine qu'il avait de lui-même. En se donnant la mort, Moha a terminé le processus de destruction entamé à Bias... Une boule se noue dans ma gorge. Je reste muette.

Le docteur Jammes n'a jamais pu quitter Bias. Il s'est marié avec une fille du camp et a « épousé » la cause harkie. La mairie l'a licencié en 1999. Marqué au fer rouge par ce drame, il a milité dans des associations, alerté les journalistes parisiens qui ont écrit des reportages dans *Le Nouvel Observateur* et *Le Figaro*, mais cela n'a rien changé. La misère, le racket, le harcèlement moral... Je retrouve, dans ce récit, tout ce que mes parents m'ont raconté. De l'entendre de la bouche d'un témoin « européen », ni harki ni pied-noir, m'a fortement impressionnée.

Parce qu'ils ont connu des camps plus « humains », en Lozère et à Roussillon-en-Morvan, où on les respectait, mes parents ont du mal à se plier au règlement draconien de Bias. Ils refusent que C. D. leur dicte leur ligne de conduite et sont parmi les premiers à se rebeller. Au fil des années, la pression administrative pèse de plus en plus sur eux. Les affrontements se multiplient, leur vie au camp est jalonnée de brimades quotidiennes.

Nommés à ces postes pour leur « profonde connaissance de la mentalité musulmane », les fonctionnaires et les travailleurs sociaux appliquent l'adage colonial : un Arabe ne comprend que la force. A Bias, leur gestion des harkis se résume à un contrôle, étouffant, fondé sur les insultes, le mépris et le harcèlement moral. Dans les années 1970, mes parents entament un bras de fer implacable avec C. D.

Chaque semaine, le chef du camp attribue des bons pour retirer un seau de charbon, qui sert à alimenter les poêles. Arbitrairement, il supprime le combustible à mes parents. Lorsque mon père va réclamer dans son bureau, C. D. le toise avec mépris : « Tu te débrouilles seul avec ta remorque pour aller chercher du bois. Tu n'as donc pas besoin de charbon. » Mon père le défie : « Très bien. On verra. » Il sort, déniche une pelle qu'il jette rageusement dans sa charrette. Il se plante devant le charbonnier et tente de forcer le barrage. L'homme, un Marocain, s'interpose. Menaçant, déterminé, mon père lui crache : « Écoute, pousse-toi ou je t'arrache la tête avec ma pelle. » L'homme prend peur. « Bon, bon, d'accord. Mais je préviendrai le responsable. » « *Roh* – vas-y. » Mon père remplit sa carriole à ras bord. Le lendemain, C. D. le convoque dans son bureau et le tance comme un gamin. « Tu as volé du charbon. Je te pardonne pour cette fois. Mais ne recommence pas. » « Si, j'en reprendrai », lui rétorque mon père. Il y retourne à nouveau la semaine suivante. Cette fois, le chef de camp est posté devant le hangar. Mon père tente d'avancer mais mon frère Ahmed le retient, par crainte de représailles, tout en insultant C. D. copieusement : « C'est le charbon des harkis, pas le tien », lui crache-t-il en s'éloignant.

En Lozère, ma mère avait perçu une prime d'installation de 300 francs qu'elle avait placés dans un livret postal. C'est tout ce qu'elle possède et elle y veille précieusement. Quelques mois après son arrivée, elle se rend à pied à la poste du village pour faire transférer son petit pécule. Elle appréhende les formalités administratives, devant lesquelles elle est démunie. Derrière la vitre, la guichetière jette un œil méprisant sur son foulard : « Pour les harkis, le bureau de poste est dans le bureau du chef de camp, lui explique-t-elle. Donnez votre livret à C. D. pour qu'il retire votre argent. » Ma mère a du mal à comprendre. Elle saisit seulement les mots « C. D. » et « argent ». Ce qui lui suffit. « Pas question, c'est à moi ! » proteste-t-elle dans un français maladroit. Elle s'énerve en arabe : « Si vous ne le transférez pas immédiatement, je le déchire devant vous. » Menaçante, elle prend son livret et mime le geste. Effrayée, la guichetière recule, passe un coup de fil et valide la transaction. De retour au camp, ma mère se renseigne auprès des autres femmes : toutes ses voisines ont déposé leurs économies chez le facteur. « Méfiez-vous, ne leur donnez pas votre argent, ce sont des voleurs », les prévient-elle. Quand les femmes sont allées réclamer leur dû, il ne restait plus un centime. Le facteur a quitté le camp et les harkis n'en ont plus jamais entendu parler.

A Mouans-Sartoux, A. B. tentait de les franciser contre leur gré. A Bias, l'ancien capitaine C. D. veut les dresser, les faire marcher au pas, et brise les harkis qui lui résistent. Dans ce monde clos et replié sur lui-même, il ne se contente pas de régenter la vie du camp, il domine totalement les familles. Pour certaines, il contrôle jusqu'à leurs moindres dépenses, leurs rentrées d'argent, gère les vêtements de la Croix-Rouge, les chaussures, les allocations familiales ou les secours.

Le chef distribue, selon son bon vouloir, les secours financiers que le ministère des Affaires sociales accorde aux familles démunies. C. D. leur donne 400 francs par mois, en moyenne, de secours d'urgence. Les plus dociles, qui « collaborent » avec l'administration et courbent l'échine, reçoivent un traitement de faveur. Les récalcitrants, en revanche, qui refusent de monnayer les bonnes grâces de l'administration, sont ponctionnés d'office : mon père, par exemple, ne touche que 70 francs. Le chef du camp fait payer à ma famille son esprit d'indépendance. Pour lui, un Arabe doit être soumis. Mon père, lui, n'est pas un *hazaz* – un vendu, un lèche-bottes.

Au camp, les harkis ne disposent pas du minimum pour vivre. C. D. les maintient sciemment dans la misère. Tous l'accusent de puiser dans les prestations sociales, qui arrivent en espèces dans des sacoches noires, directement dans son bureau. Il détourne jusqu'aux habits de la Croix-Rouge, qu'il revend au prix fort dans sa boutique à Villeneuve-sur-Lot. Enfin, les harkis payent pour des fiches d'état civil, des papiers administratifs ou simplement pour toucher leurs allocations. Tous les harkis de Bias se plaignent d'avoir été volés par l'administration. En avril 1963, déjà, le ministère des Rapatriés avait demandé l'envoi d'un inspecteur comptable à Bias, où des sommes importantes (13 millions de francs) débloquées pour l'accueil des harkis s'étaient volatilisées. La note de l'inspecteur, qui épingle la gestion du camp, n'a rien changé : au fil des années, racket, corruption et spoliation se sont érigés en système à Bias.

Au camp vit une vieille dame aimée de tous, Lalla Kheira, l'une des plus aisées de Bias. Elle aide sans compter les familles les plus pauvres. A sa mort, tous les harkis la pleurent. A peine le corbillard parti au cimetière, C. D. poste sa haute silhouette devant la porte de la défunte et interdit à quiconque d'entrer. Il s'introduit à l'intérieur, fouille la baraque de fond en comble et ressort avec une petite mallette molletonnée de tissu rouge bordeaux, contenant ses bijoux de famille, « main de fatma » en or, bracelets en argent, lourds pendants d'oreilles qu'elle a rapportés d'Algérie et n'a pas voulu sacrifier. Akila Khelfoune, 8 ans, joue sur le trottoir. Portant la mallette sous le bras, l'ancien capitaine passe devant elle sans la regarder, sans jeter un œil à un seul des harkis présents ce jour-là, muets d'horreur. Cet homme vole une femme morte, et l'enfant, sur son trottoir, ressent confusément un cuisant sentiment d'injustice qu'elle n'arrive à formuler que par ces mots : « C'est mal... Très mal... »

Si un harki se plaint, C. D. brandit à tout moment une double menace, dont le seul nom terrifie les harkis : la Candélie – l'hôpital psychiatrique – et le « Centre ». Pour soumettre les fortes têtes, C. D. use d'une arme efficace : l'internement abusif. Bias est une antenne de l'asile d'Agen, la Candélie. Le docteur Jammes en témoigne : « Quand je suis arrivé à Bias, le chef de camp devait faire régner l'ordre. La sanction, la punition, c'était l'internement en hôpital psychiatrique. C. D. avait le pouvoir d'embastiller les harkis comme il voulait. Il internait un mari qui se disputait avec sa femme, un harki qui lui avait mal répondu ou qui buvait trop, un autre qui refusait de lui payer un bakchich. C'était un moyen de répression. Quand je suis arrivé, j'ai mis un terme à ces pratiques abusives. »

Dès que l'ambulance de la Candélie franchit le grand portail, les harkis, effrayés, courent se réfugier chez eux en claudiquant sur leurs béquilles. Le jeune Boussad Azni, un ami de mes frères, a vu son père se faire interner sous ses yeux lorsqu'il avait 10 ans. Il le raconte dans son livre, *Harkis, crime d'État* : « Un soir d'été, en 1970, j'ai vu mon père rentrer paisiblement en vélo. Je jouais au foot avec d'autres enfants. Il a posé son vélo devant la maison, et plusieurs harkis, emmenés par

M. B., un grand costaud, lui sont tombés dessus et l'ont ceinturé. J'ai abandonné ma balle, j'ai couru, en pleurant, et j'ai vu, en même temps, arriver la fameuse 404 blanche, dont sont descendus un médecin et un infirmier. Mon père, à terre, se débattait de toutes ses forces, malgré les cinq types qui le maintenaient. Le médecin lui a relevé sa manche, et malgré ses cris et ses protestations, il lui a fait une piqûre. Là, il s'est calmé, d'un coup. Ils ont sorti un brancard, ils l'ont fait glisser dessus et ils l'ont enfourné dans le break. Je suis resté là à pleurer, à serrer la main de ma mère qui était accourue. Les cinq harkis sont repartis. J'ai suivi du regard l'ambulance. Le portail s'est refermé derrière elle. On venait de m'enlever mon père pour toujours. Ils l'ont emmené à la Candélie. "Pas pour longtemps", avaient-ils promis. En fait, il y est resté de longues, très longues années. La veille, il s'était disputé avec le chef de camp. Cela suffisait pour briser une famille de cinq enfants[1]. » Bourrés de Valium et d'anxiolytiques, les harkis sont « calmés » à coups de piqûres. A la Candélie, Fatima a croisé ces fantômes, aux visages déformés par des tics nerveux. Quand ils rentrent au camp, ils ne sont plus qu'une ombre vide, une enveloppe creuse. Comme le vieux harki sous son abribus.

Au camp, aujourd'hui, un homme s'allonge souvent sur la pelouse, à même l'herbe humide, à l'endroit des anciens baraquements. Il s'appelle Salah et porte un blazer bleu marine élimé. C'est un ancien légionnaire doté d'une force peu commune. Quand ce jeune célibataire est arrivé d'Algérie, il s'amusait souvent à plonger d'un pont sur le Lot, d'une dizaine de mètres de hauteur. Les harkis l'admiraient et le craignaient. Trente ans à Bias et à la Candélie d'Agen l'ont détruit. J'ai essayé de lui parler, en vain. Gentiment, il m'a offert un café dans sa maison, un taudis où règne une puanteur insoutenable. Il me

---

1. Paris, Ramsay, 2002.

dit qu'il connaît mon père mais articule avec difficulté. Longtemps pris de crises de démence, après toutes ces années au camp, il est désormais intérieurement éteint, abruti par les médicaments. Ses phrases sont incohérentes, sa mémoire effacée, sa bouche secouée de tics. Toutes les trois semaines, une voiture le conduit à la Candélie, où on lui injecte des calmants. Il rentre, complètement assommé. Cela dure depuis des années. Oui, Bias est comme ça.

Oui, Bias est comme ça. Bias est à part. Tellement à part, même, qu'en parallèle à l'internement abusif un deuxième système de rétorsion s'est instauré. Fanatique de l'ordre, C. D. ne supporte pas les enfants turbulents. L'ancien capitaine a décidé de s'en débarrasser. Il les arrache *manu militari* à leurs parents et les envoie dans trois centres socio-éducatifs et disciplinaires créés dans les Pyrénées : à Pau, Moumour et Gelos. L'un d'eux est dirigé par la femme du général Massu[1]. Les harkis ne connaissent pas exactement la nature de ce qu'ils appellent, en baissant la voix et avec une terreur superstitieuse, « le Centre ». Ils se murmurent entre eux : « Ce sont des maisons de redressement, des prisons où ils frappent nos enfants et leur cassent les dents avec des clés. » La psychose s'installe. Dès que les DS breaks blanches du Centre entrent dans le camp, tous les harkis et leurs enfants s'enfuient en courant comme des insectes affolés et se barricadent chez eux. Les éducateurs appellent parfois les gendarmes en renfort.

Une voisine de ma mère a refusé le rapt de son enfant. Elle a pris son fils par la main et s'est échappée dans les champs de pruniers qui bordent le camp. Une escouade de gendarmes l'a poursuivie avec des bergers allemands. Ils l'ont rattrapée, lui ont arraché l'enfant de ses bras et

---

[1]. Michel Roux, *Les Harkis, les oubliés de l'histoire*, *op. cit.*

l'ont laissée là, seule, allongée sur la terre, pleurant et implorant leur pitié. En vain…

Comme celle de l'asile, C. D. brandit la menace du « Centre » au moindre prétexte pour briser les tentatives de rébellion. Devant le portail, des enfants de 5 ans ramassent souvent les prunes tombées à terre. Le chef du camp l'a interdit. Ceux qu'il surprend sont envoyés au Centre. Chaque fois que ma mère voit les voitures du Centre arriver par sa fenêtre, elle se précipite vers la porte, tourne la clé dans la serrure et cache ses cinq garçons sous les lits superposés, de peur qu'*ils* ne les emmènent. Un jour, ils ont emmené Ahmed. Ma mère a pleuré. L'adolescent s'est retrouvé à Pau, dans un foyer éducatif, en compagnie de détenus de droit commun. Il a appris un métier, électricien, mais la vie en internat forcé et l'éloignement de la famille lui pesaient. Il a dérobé une baguette de pain, volé un vélo et a parcouru 200 kilomètres pour rentrer au camp. Il n'est jamais retourné au Centre.

Quelques semaines plus tard, les « éducateurs » attrapent Mohamed, qui s'est battu dans le bus. Ils l'ont pris à la descente du car, l'ont saisi par les bras et par les jambes comme un animal. Alertée par une voisine, ma mère sort avec son tablier de cuisine et se jette sur eux. « Mon fils ! hurle-t-elle, hystérique, rendez-moi mon fils ! » Effrayés, les hommes lâchent l'enfant que ma mère enlace de toutes ses forces et emporte chez elle en courant, telle une lionne. Dans ses bras, l'enfant sanglote, terrorisé. Moha…

A 4 ans, en jouant, Charles casse les branches d'une sapinette. Le lendemain, mes parents reçoivent une convocation. Charles va être examiné par un psychiatre puis transféré au Centre. Ma mère sort et crie à C. D., planté devant son bureau : « J'emmènerai mon fils quand tu emmèneras le tien », lui crie-t-elle. Là-dessus, elle lui adresse un insolent bras d'honneur. Et tourne les talons.

En 1972, ma mère accouche d'une petite fille. Elle est folle de joie. Cette enfant lui rappelle un peu le bébé qu'elle a perdu. Elle ne cesse de la pouponner, de l'embrasser. Elle l'appelle Nacera.

Les mois passent. Les harkis s'enfoncent peu à peu dans un climat de délation et de paranoïa, entretenu par l'administration. L'ambiance se durcit, les hommes sombrent dans la violence. Les plus soumis, qui n'hésitent pas à « trahir » leurs frères pour se faire bien voir, prennent du charbon à volonté, tandis que les autres, rationnés et rackettés, vivent dans la double menace de la Candélie et du Centre.

Parqués derrière des barbelés depuis 1962, beaucoup de harkis n'ont vu de la France que cette prison grillagée dans laquelle ils errent, résignés et désœuvrés. Après dix ans d'enfermement, ils étouffent et se battent pour de sordides histoires de voisinage, qu'accentue la promiscuité. Chacun observe ses voisins, s'épie, les familles se dénoncent entre elles, les disputes éclatent pour une broutille. La méfiance s'installe entre les Chaouis, les Kabyles et les Arabes. Quasiment tous ces anciens soldats sont armés et cachent des fusils ou des pistolets dans leurs armoires. Dès que quelqu'un sort de chez lui, les siens craignent pour sa vie. L'ambiance se dégrade au fil des années. Bias est une vraie poudrière.

Un soir, mon père gare précipitamment sa charrette et sa mobylette devant le portail et court chez lui. Ma mère lui ouvre la porte. Elle le voit débouler dans l'entrée, blanc de peur. Elle entend des cris derrière lui, il fait sombre. Elle n'a pas le temps de refermer la porte qu'elle reçoit un énorme coup de bâton sur l'épaule, qui la fait tomber à terre, assommée. Au-dessus d'elle, engourdie par la douleur, elle entend une voix d'homme parler en arabe : « Ne frappe pas, c'est une femme. » Mon père ressort aussitôt avec son bâton. Plusieurs hommes l'entourent, menaçants. Ils commencent à le frapper. Ma mère se relève, tâtonne dans le noir et attrape la planche d'un vieux meuble cassé qu'elle réservait pour le chauffage. Elle se glisse derrière le plus âgé et cogne avec toute la force de ses bras musclés de pétrisseuse de pain. L'homme s'écroule. Les autres, pris de panique, s'échappent. Ma mère n'a pas le choix, elle court prévenir le chef du camp et lui raconte l'agression. Il lui répond : « Rentre chez toi, j'arrive. » Elle retourne chez elle, et trouve mon père barricadé avec les cinq harkis devant sa porte. Quand ils voient C. D., ils prennent peur.

Les maris rentrent souvent ivres le soir, après la tournée des bars, et battent leurs femmes. Mme H., une amie de ma mère, reçoit des bouteilles sur la tête et des coups de c einturon. Par deux fois, son mari lui a tiré dessus. Elle a sauté par la fenêtre pour éviter les balles. Un soir, dans une baraque proche, ma famille entend des cris de femmes, puis le silence, angoissant. Que se passe-t-il ? Ma mère l'apprend le lendemain. Le mari d'une voisine tirait sa femme par sa longue tresse, comme un fou. Il ne voulait plus la lâcher. Il l'a traînée à travers tout le camp. A bout de nerfs, leur fille a pris des ciseaux et a coupé les cheveux de sa mère : c'était le seul moyen de la libérer.

Un matin, un voisin de mes parents, un Kabyle, part travailler chez les paysans du coin sur sa petite moto. Le soir, il rentre fourbu, le dos endolori. Fatigué, il espère se garer dans l'enceinte du camp, devant sa maison. Mais, au portail, le gardien lui interdit d'entrer parce que l'heure du couvre-feu est dépassée. Le ton monte entre les deux hommes, qui en viennent aux mains. Le gardien sort sa matraque et donne un grand coup sur le crâne du Kabyle qui rentre chez lui, fou de douleur et de rage. Le lendemain matin, il en ressort avec un pistolet et se rend chez le gardien, qui habite aussi près de mes parents. C'est l'altercation. Mes frères et sœurs sont sur le pas de la porte, prêts à partir pour l'école. Mon père les fait vite rentrer et verrouille la porte. Devant la maison, un vieux tente de s'interposer entre les deux adversaires. Le Kabyle lève son arme et tire sur lui plusieurs balles à bout portant. Le sang éclabousse la porte. A l'intérieur, en entendant le coup de feu, les enfants crient de panique et se bouchent les oreilles. Le Kabyle se tourne alors vers le gardien, posté devant le fil à linge de ma mère, et tire une autre balle, qui touche son adversaire à l'épaule. Le gardien s'effondre, se traîne jusqu'au seuil de mes parents : « Aidez-moi, je vous en prie ! » Mon père entend des coups de feu mais ignore ce qui se passe dehors. Il veut ouvrir, ma mère l'en empêche. Il entrebâille finalement la porte et aide le malheureux, que d'autres harkis secourent également.

A l'infirmerie du camp, plus tard dans la matinée, Kader somnole dans son lit. L'enfant a eu un malaise à l'école et savoure ce moment de répit. Tout d'un coup, il entend des bruits à l'entrée, et des pas qui s'approchent précipitamment. Deux harkis passent devant son lit, portant par les bras et par les jambes un cadavre criblé de balles. L'enfant voit les auréoles rouges s'élargir sur la chemise du mort et le sang goutter par terre. A partir de ce meurtre, la peur s'installe définitivement à la maison.

Au bâtiment des célibataires, les bagarres éclatent souvent. Les familles fuient ces hommes considérés comme les parias du camp, les « harkis des harkis ». Ces veufs et estropiés de guerre vivent entre eux, dans un long baraquement, dans des chambres de deux personnes, avec une cuisine et des sanitaires communs. Ils n'ont aucune intimité, aucune vie affective, aucun soutien familial. Certains, engagés très jeunes comme harkis, à 14 ans parfois, ne se sont jamais mariés. Les autres, dans l'urgence du rapatriement, n'ont pas pu emmener d'Algérie leurs femmes et leurs enfants. Beaucoup sont dépressifs. Utilisés au départ pour construire les hameaux forestiers, ils n'ont jamais pu intégrer ces structures, réservées aux familles. Rien n'a été prévu pour eux. Ils échouent donc à Bias, à Saint-Maurice-l'Ardoise, dans les hôpitaux psychiatriques, à l'Armée du Salut ou en prison. Ces blessés de guerre claudiquent tristement dans les allées, courbés sur des cannes, dans des fauteuils roulants ou dans des carrioles de cul-de-jatte. Ils se battent à grands coups de béquilles, le sang gicle sur le trottoir devant les badauds impassibles. Pour une vague histoire de moquerie, l'un d'eux a frappé son voisin de chambre avec une hache et lui a arraché un œil. Les harkis contemplent ce triste spectacle de la déchéance humaine. A bout, désespérés, les célibataires se rendent à l'infirmerie où on leur donne des cachets pour oublier leur misère.

Dans les années 1970, la moitié des habitants du camp a moins de 16 ans. Les enfants grandissent dans cette violence et regardent les harkis humiliés se mettre au garde-à-vous devant le drapeau français tous les matins. Moha se bat tous les jours et rentre souvent avec le nez qui saigne. Rebelle, il passe son enfance à lutter. Contre les jeunes du camp, d'abord, puis, au collège et au lycée, contre les Français qui le traitent de « sale bougnoule ». C'est un écorché vif, un solitaire, un rêveur farouche et secret qui passe ses journées à l'extérieur. Il vit à l'écart de la fratrie, supportant difficilement l'ordre établi de ma mère. Il ne supporte ni l'enfermement ni la mainmise de l'administration. Il s'échappe de la maison le matin et ne rentre que le soir, fourbu, sans rien révéler de ses activités. Il sort du camp comme s'il s'évadait, dès qu'il peut, et passe son temps sur les berges du Lot à se construire des radeaux, pour quitter Bias, partir, loin.

D'année en année, les harkis deviennent fous et se suicident les uns après les autres. Un jour, un vieux Chaoui, également arabophone érudit, entre dans le bureau du chef de camp et lui réclame des papiers administratifs.

C. D. refuse, la dispute éclate. Le vieux rentre chez lui, blême. Le lendemain matin, sa femme ne trouve personne à côté dans le lit. Après quelques heures d'attente, elle signale sa disparition. Les chiens des gendarmes vont directement au Lot d'où on retire le cadavre... Oui, Bias pousse les gens à se détester, à se détruire.

Je nais là, le 23 juin 1973. A la maison, ma naissance est accueillie froidement. Après onze grossesses et des années de travail à l'usine, ma mère est très fatiguée. A 39 ans, elle en paraît 50. A la maison, la place est rare : treize personnes vivent dans deux chambres avec des lits en fer superposés et une cuisine. Quand ma mère apprend qu'elle est enceinte, elle pleure de tristesse.

Cette année-là, elle sympathise avec une dame divorcée qui élève seule ses cinq enfants en bas âge. Elle aime beaucoup cette femme douce et courageuse, obligée de fouiller dans les poubelles des autres pour nourrir ses petits. C'est l'une des familles les plus pauvres du camp. L'administration lui a déjà enlevé deux fils pour les envoyer au Centre. Un jour, une camionnette blanche se gare devant chez elle. La porte de sa baraque est entrebâillée, un gendarme la pousse sans frapper. Terrifiée à la vue de cet homme en uniforme venu lui arracher ses enfants, la mère saisit une casserole d'alcool à brûler et la lance au visage de l'intrus. Puis elle craque une allumette et la jette sur lui. Le gendarme prend feu et hurle de douleur. De sa fenêtre, ma mère voit une torche humaine courir vers le bureau du chef de camp. Un employé lui envoie un seau d'eau. Fascinés, des adolescents lui courent après. Le lendemain, les gendarmes reviennent en force chez cette femme. Cette fois, c'est elle qu'ils embarquent. Ils la conduisent directement à la Candélie, où elle reste enfermée des années durant. Tous ses enfants ont été placés.

Un après-midi d'été, ma mère, qui souffre des oreillons, sort de sa baraque et s'allonge sur la pelouse, à l'ombre d'un arbre. Elle surveille Djill et Charles, qui jouent près du terrain de foot. La chaleur est étouffante. De temps en temps, des rugbymen de Villeneuve-sur-Lot viennent s'entraîner dans les espaces verts du camp. Ma mère pose sa main sur son front : elle est brûlante. Fiévreuse, elle retourne chez elle. A peine a-t-elle poussé la porte que Moha, Kheira et Djill rentrent en criant : « *Ama! Ama!* » Ils tiennent, par les épaules, leur petit frère Charles. L'enfant relève la tête. Sa bouche est pleine de terre, son visage et son nez sont ensanglantés. Ma mère se précipite vers lui. Elle apprend que des joueurs de rugby l'ont piétiné. Après son forfait, l'équipe a continué à jouer. Quand Ahmed voit le visage tuméfié de son petit frère, une rage noire le submerge. Il attrape un bâton et court sur la pelouse. Tout seul, il expulse hors du camp l'équipe de rugby au grand complet. De colère, il s'attaque aux voitures rutilantes des joueurs. Pieds nus, il frappe rageusement les portières des véhicules. Toute la rancœur accumulée au cours de ces années d'enfermement explose. « Vous n'avez pas le droit de jouer au milieu des enfants, leur crie-t-il. Vous n'avez pas le droit… » Il s'arrête, essoufflé, à bout de forces.

Le chef du camp accourt, accompagné de gendarmes qui encerclent Ahmed et le menottent. Les joueurs portent plainte contre lui pour la destruction de leurs voitures, et mes parents pour les blessures causées à mon frère Charles. Ma famille passe au tribunal. Leur avocat parle de l'enfermement, de la vie au camp, des joueurs qui brutalisent les enfants… Le juge tranche en leur faveur.

Depuis l'incident avec les rugbymen, ma famille est montrée du doigt. Mal vue, elle est considérée comme une « mauvaise famille », une famille à problèmes. Les harkis l'évitent et tournent le dos, par peur de représailles. C. D. décide d'expulser Ahmed du camp.

Quelques semaines plus tard, Charles se plaint de douleurs dans les jambes. Pendant deux jours, une forte fièvre le ronge et le cloue au lit. Il est incapable de tenir debout, de marcher. Mes parents appellent le médecin du camp. Mais le docteur a reçu l'ordre de C. D. de ne pas soigner la famille Kerchouche. « Tu chasses d'abord ton fils aîné », dit-il à ma mère. Celle-ci lui répond vertement en arabe : « Il ne vient pas manger chez toi tous les jours pour que tu me demandes de le chasser. » Le médecin s'en va. Mon père enveloppe Charles dans une couverture et le pose délicatement dans sa charrette pour le conduire à l'hôpital. Là, un urgentiste l'examine : « Vous avez très bien fait de nous l'emmener. Votre fils a un début de poliomyélite. Quelques jours de plus sans traitement, et il aurait été handicapé à vie. »

Trois mois après ma naissance, ma mère tombe malade. Elle ne ferme pas l'œil de la nuit, souffre d'insomnies, perd l'appétit, maigrit. Le soir, dans son lit, les yeux fermés, elle supplie : « Allah, je t'en prie, laisse-moi dormir, ne serait-ce qu'une minute. » Elle est fatiguée pourtant, si fatiguée, elle n'en peut plus de cette vie de misère et des conflits permanents avec l'administration. Au bout de quelques mois, elle maigrit tellement qu'elle nage dans ses jupes. Hypertendue, dépressive, sa tension monte jusqu'à 28. Mais C. D. s'arrange pour que le médecin ne puisse la soigner.

A Bias, la violence s'insinue jusque dans l'intimité des familles. Les minces parois des préfabriqués tremblent sous les cris. Martinet, fils électriques, ceinturon, balai… Les instruments ne manquent pas. Chacun déverse sur les plus faibles son trop-plein d'amertume. Le chef de camp domine les harkis qui, à leur tour, dominent leurs épouses, mères qui, à leur tour, dominent les filles. Et les enfants les plus âgés frappent les plus jeunes. Chacun est le bouc émissaire d'un autre, le défouloir de son voisin, son exutoire. Bias est comme ça, fondé sur la violence et la domination. Les plus fragiles ne peuvent y survivre.

Dans cet univers oppressant, mes parents sont très sévères avec leurs enfants. Un matin vers midi, en rentrant du marché, ils surprennent Fatima, 17 ans, à une terrasse de café à Villeneuve-sur-Lot. Le sang de ma mère ne fait qu'un tour : « Allah tout-puissant ! Ma fille dans un bar comme une traînée ! » Fatima attrape son sac à la volée et détale dans les ruelles. A bout de souffle, elle s'arrête et respire un grand coup. Que faire ? Elle prend le bus et revient au camp comme si de rien n'était. Ma mère l'attend devant la baraque, le balai à la main. « *Dokhlé !* Rentre ! » lui crie-t-elle. Elle ferme la porte, coince Fatima sur son lit et cogne, cogne, cogne, jusqu'à épuisement. Fatima ne bouge pas, ne se défend pas, attend que la pluie de coups s'arrête. Elle ne sent même plus la douleur sur sa peau endurcie par des années de roustes. Quand ma mère la lâche enfin, la jeune fille fait la grève de la faim pendant trois jours. Au matin du troisième, elle tente de se suicider… en avalant trois aspirines.

Quelques semaines plus tard, ma mère s'en prend à Aïcha qu'elle lacère à coups de ceinturon. Elle frappe sans relâche. Assise sur son lit, Fatima regarde la scène, ma sœur couchée par terre, les mains sur son visage. Soudain, révulsée, elle bondit comme une furie sur ma mère et l'attrape par le cou. Elle lui plante ses ongles dans sa chair. Ma mère hurle, se retourne et se met à cogner Fatima. Au bout de quelques minutes, elle s'arrête brusquement. Le ceinturon tombe de sa main et la boucle en fer vient heurter le ciment dans un bruit métallique. Ma mère leur lance un regard halluciné. Après des années à Bias, elle devient folle.

Mon père, lui, sombre dans la paranoïa. Il vit dans la peur permanente, devient agressif. Impulsif, il se sent comme un animal pris au piège. Toutes les nuits, il a des crises d'angoisse dans son lit. Il ne dort plus. Un jour, il saute sur Aïcha qui lui a mal répondu et lui donne un coup de poing sur la nuque. La jeune fille n'a pas le temps d'esquiver et tombe évanouie sur le ciment froid. Mon père reste paralysé, prostré. Il se prend le visage dans les mains et secoue la tête. « *Ya Lah*, mon Dieu, qu'ai-je fait ? J'ai tué ma fille ! » Il la transporte sur son lit. Au bout d'un quart d'heure interminable, elle commence à gémir doucement. Mon père pleure de joie. Depuis ce jour, il n'a plus jamais porté la main sur ses enfants.

Ma mère sent que la folie les guette. Après plus de sept ans passés à Bias, elle l'a compris. Depuis qu'elle travaille, son caractère s'est affirmé. Elle domine mon père, qui a démissionné de son rôle de chef de famille. A la maison, les rôles se sont inversés. Ma mère s'échine à l'usine et dirige la maisonnée d'une main de fer, tandis que lui ne s'occupe plus que de sa charrette. Inquiet pour ses enfants, il leur donne l'amour que ma mère n'a pas le temps ni l'énergie de leur offrir. Avec une affection particulière pour la plus jeune, son « dernier oiseau du nid »... Ma mère regarde Nacera, 2 ans, l'avant-dernière, qui joue avec un balai à nettoyer le ciment devant la baraque. Ma mère se penche sur mon berceau et caresse ma joue de bébé. « Je ne veux pas que tu grandisses à Bias », me murmure-t-elle à l'oreille. Elle doit nous arracher à ce lieu maudit avant que Bias ne nous détruise. « Dehors, c'est mieux que le camp. » Elle en a l'intuition depuis sa rencontre avec Juliette.

En 1974, peu de harkis ont osé quitter ce mouroir. Car rien n'est mis en place pour les aider à s'extraire de la tutelle administrative. Au contraire, même... A bout, mon père et ma mère réfléchissent pendant deux ans à leur départ. Au début, ils voulaient louer une maison. Mais après plusieurs tentatives infructueuses, un agent immobilier leur lance : « Le propriétaire vous refuse la location parce que vous êtes des Arabes. » Ma mère réplique : « Tant pis pour lui. Si c'est comme ça, je vais acheter. »

Un autre agent l'emmène dans une cabane en terre :

en comparaison, son gourbi en Algérie passerait pour une maison de luxe. « Tu penses que je veux loger des cochons ici ? Ce sont des enfants que j'élève, pas des animaux », persifle-t-elle.

Lors d'une énième visite, l'agent immobilier la conduit en pleine campagne, à un kilomètre d'un village de 400 habitants, Saint-Étienne-de-Fougères. Le premier voisin est à 300 mètres. Au milieu des champs de maïs, des prés où paissent des vaches et des vergers de pruniers, une grande maison carrée à étage se dresse sur le bord de la route. A l'intérieur, ma mère est émerveillée par les quatre chambres avec du parquet au sol et un salon carrelé. A côté de sa bicoque à Bias, cette maison lui semble un palais.

Mes parents l'achètent à crédit avec les maigres économies réalisées grâce aux travaux des champs de toute la famille. Ils s'apprêtent à partir. Quand ils annoncent leur départ, l'assistante sociale frappe à leur porte : « Ne partez pas, leur conseille-t-elle, vous n'avez plus d'argent et la vie est très dure à l'extérieur, beaucoup plus que dans le camp. » Exaspérée, ma mère lui rétorque : « Je préfère me jeter dans le Lot avec mes enfants plutôt que de rester à Bias ! »

Ma famille déménage en octobre 1974. J'ai un an et quatre mois, je commence à marcher. Le jour du départ, leurs ballots sous les bras, mes parents et leurs enfants traversent le camp en procession, dans un lourd silence. Les enfants s'arrêtent de jouer, les familles sortent sur le perron et les regardent partir comme s'ils montaient à l'échafaud. Ils les suivent des yeux, jusqu'à ce que le haut portail aveugle se referme derrière eux, hésitant à les plaindre ou à les envier. Ils sont libres, désormais. Libres mais seuls.

La clé du portail du camp tourne dans sa serrure, et soudain, une peur panique, irrépressible, s'empare de mes parents. Que vont-ils devenir, abandonnés, livrés à eux-mêmes dans ce pays étranger dont ils ne parlent pas la langue ? Alors qu'ils pensaient être soulagés, l'angoisse les étreint. Après douze ans de vie dans les camps, ce départ est un nouveau déracinement. Ma mère s'avance résolument vers la voiture de l'agent immobilier, sans jeter un regard en arrière. Mon père et les enfants lui emboîtent le pas et s'entassent dans le véhicule. Ils plongent dans le vent glacé d'octobre, sans se retourner, sans se douter que Bias les hantera toute leur vie. Au milieu de mes frères et sœurs, Moha regarde par la fenêtre, absent, plus mutique que jamais. Moi, je dors à poings fermés, la tête contre l'épaule de ma sœur Kheira, déjà loin de tout, bercée par le ronflement du moteur. Tandis que, pour ma famille, le lourd chapitre des camps se termine, ma vie commence à peine.

Trente ans plus tard, je quitte Bias pour la deuxième fois de mon existence. Mais cette fois, je ne dors pas, au contraire, j'ai les yeux grands ouverts sur cette réalité monstrueuse que représente Bias dans l'histoire des harkis. « Regarde ce qu'*ils* nous ont fait », m'avait dit mon frère, quelques jours avant de commettre l'irréparable. Moha, je ne connaissais pas ta vie avant que tu choisisses la mort. Maintenant, je sais. Je tremble, de froid, d'émotion. La canicule de juillet me semble si loin. J'ai traversé Bias comme on s'enfonce dans un bloc de souffrance. La misère, l'enfermement, l'embrigadement, le harcèlement moral, la corruption, la répression, la Candélie, le Centre, la violence, la folie... Tant de vies gâchées... Tant de lucidité aussi... Oui, je regarde, Moha, je l'écris et je le crie : la France a trahi les harkis, la France a trahi mes parents, la France t'a trahi, la France m'a trahie. La France s'est trahie elle-même. Toutes les valeurs que l'école de la République m'a apprises, elle les a bafouées, piétinées, méprisées.

Oui, je suis une fille de harkis. J'écris ce mot avec

un « h », comme haine. Car je hais ce système, je hais cette administration, je hais ces gouvernements, je hais de Gaulle, pour leur cynisme et ce qu'ils ont fait subir à mes parents. J'en veux à mon père, aussi, de m'avoir condamnée à vivre dans un pays que je déteste. J'ai l'impression de reproduire sa malédiction : vivre et travailler dans un pays qui m'est odieux, sans avoir d'autre choix. Je me sens envahie par un immense dégoût, un dégoût de moi-même, la honte d'être française. Voilà ce que m'apprend cette histoire : à me détester, à me détruire, comme mon frère. En quittant le camp, je repense à cette petite fille de 6 ans qui demandait au docteur Jammes quelle faute il avait commise pour être envoyé à Bias. Je me demande ce que les miens ont fait, ce que tu as fait, Moha, et ce que j'ai fait. Un cri intérieur résonne dans la campagne muette et se cogne aux parois de mon crâne. « POURQUOI ? »

MIDI

La lettre anonyme

« Pourquoi… ? » Je monte quatre à quatre les escaliers et déboule, tout essoufflée, dans la cuisine de mes parents. Ils sont assis, attablés devant des tasses de thé à la menthe. Dehors, un mistral glacial couche les joncs des rizières. J'enlace ma mère un peu plus fort que d'habitude. Les yeux fermés, ma joue s'attarde contre celle de mon père, dans un geste d'affection qui remonte à l'enfance et que j'avais oublié depuis longtemps. L'un et l'autre m'observent bizarrement, presque inquiets. L'embout de son oxygénateur dans le nez, ma mère me lance un regard réprobateur : « Pourquoi te fatigues-tu comme ça ? Ça ne sert à rien. Ça ne changera rien. » « Repose-toi, *benti*, me dit mon père en me caressant les cheveux de sa main rugueuse. Tu m'as l'air fatiguée. » Non, *apa*, je ne suis pas fatiguée. Mais blessée, indignée, révoltée. « Se souvenir, c'est s'écorcher », écrivait Françoise Giroud. Depuis quatre mois, je m'écorche aux barbelés de mon passé.

Je m'assois près d'eux. Ils sont tels que je les ai laissés quelques semaines auparavant. Ma mère et son éternel foulard noué sur ses cheveux, ses bras forts et sa poitrine tombante. Mon père, moustache et chéchia blanche sur son fin visage bronzé, grand, noueux, sec. Perplexe, troublée, je bois un thé qui me brûle le palais. Après le choc de Bias, cette situation me paraît incongrue, décalée. J'ai du mal à revenir à la réalité. J'avale une deuxième gorgée, tout aussi chaude. Voilà, la première partie de mon périple s'achève ici. Mais je n'ai toujours pas *ma* réponse…

La tête ailleurs, je leur donne des nouvelles du camp, leur raconte par le menu mes rencontres à Bias. Puis je m'arrête brusquement et leur demande : « Pourquoi ? » Interloqués, ils me regardent sans comprendre. Je lâche enfin la question qui me hante depuis des mois : « Pourquoi vous avez été traités comme ça ? » Oui, pourquoi les larmes de mon grand-père devant les chardons de Bourg-Lastic, lui qui a défendu le drapeau français durant trois guerres ? Pourquoi les tentes de Rivesaltes, alors que, ce même hiver, des HLM étaient réquisitionnées pour les pieds-noirs ? Pourquoi ces baraques insalubres isolées sur les hauts plateaux enneigés et inhospitaliers de Lozère, quand les usines de l'Est recrutaient à tour de bras ? Pourquoi cette rencontre manquée avec les Français ? me suis-je demandé dans les ruelles désertes de Roussillon-en-Morvan et dans le dédale de la mémoire de Kader. Pourquoi avez-vous brisé ces familles ? ai-je crié intérieurement à A. B., à Mouans-Sartoux, en le fixant droit dans ses yeux coupables de vieux pied-noir retraité. Pourquoi cette horreur de Bias ? ai-je murmuré au vieux harki effondré sous son abribus. Oui, pourquoi mes parents ont-ils tant souffert en France, alors que mon père s'est battu *pour* ce pays ? S'est-il trompé, finalement ? Les harkis ont-ils eu tort de choisir la France ? Tout mon voyage me pousse à le penser.

« Pourquoi ? » Au bout de quelques secondes, la main serrée sur son verre de thé, ma mère hoche la tête, presque étonnée que je n'aie pas compris, après toutes ces semaines passées à sillonner les routes de France : « Tu veux savoir ? Parce que les Français n'aiment pas les Arabes. Voilà pourquoi, *benti*. » « C'est vrai, ajoute mon père. Un Arabe n'aura jamais raison en France. J'ai voulu mourir quand j'ai compris ça. Rappelle-toi le pont en Lozère… » Je secoue la tête, effondrée. Non, je ne savais pas. Racisme… Voilà ce que je n'entendais pas depuis le début de mon aventure. Voilà ce que mon frère Moha avait compris. Voilà ce qu'il n'a pas supporté.

Cloîtrée dans ma chambre, je fouille fiévreusement dans mes documents. Comment n'ai-je pas saisi cela plus tôt ? Je déniche alors un rapport rédigé en 1985 par deux sociologues lyonnais, et qui porte sur les conditions de vie des harkis[1]. Implacables, édifiantes, lumineuses, ces 30 pages dactylographiées analysent la manière dont les supplétifs ont été traités depuis 1962. Pour la première fois depuis mon départ, j'ai une vision d'ensemble du problème.

Les auteurs, François-Jérôme Finas et Marwan Abi-Samra, affirment que non, la France n'a pas abandonné les harkis à leur triste sort, mais que, au contraire, le gouvernement s'en est « trop » occupé. Au fil de leur enquête, les deux universitaires ont mis en évidence « l'ampleur d'une organisation totalitaire, qui a mobilisé des ressources multiples (dans les domaines juridique et économique...) et qui a lourdement conditionné l'existence et le devenir des Français musulmans ». En France, « de 1962 à 1975, les harkis sont pris en otages à l'intérieur d'un microcosme totalitaire, [...] une véritable machine de guerre permanente qui travaille à désorganiser les groupes et les relations, à bannir et à enfermer et à utiliser des individualités isolées et soustraites d'un tissu communautaire. En même temps que le discours officiel [...] les confirme dans le statut de "Français à part entière", le traitement et le destin qui leur sont réservés font paraître un autre statut, celui de "Français entièrement à part", assignés à des "espaces hors la loi" où règne le non-droit, voire le contre-droit ». Ce dispositif

---

1. Marwan Abi-Samra et François-Jérôme Finas, *Regroupement et dispersion. Le rapport des Français musulmans à l'espace résidentiel*, Lyon, 1985, ARIESE.

disciplinaire vise « une stratégie de désintégration sociale et de marginalisation socio-politique de la communauté française musulmane rapatriée ».

Grillages, contrôle du courrier, surveillance des allées et venues, quasi-captivité dans les hameaux forestiers, chantage au travail et aux prestations sociales, clientélisme, émiettement des grandes familles, obstacle au reclassement individuel, exclusion du logement social, sanctions en cas de départ du camp, coercition à l'encontre des familles « fuyardes »… Dans un terrible vertige de mots, je retrouve trait pour trait cette dictature administrative et psychologique dont mes parents ont tant souffert. Je me rappelle la phrase de A. B., à Mouans-Sartoux, qu'il avait prononcée, pensais-je alors, pour se dédouaner : « J'obéissais à des instructions. » A. B., C. D., et tous les autres, suivaient donc des ordres très précis.

Les deux chercheurs exhument aussi une lettre bouleversante. Un harki anonyme d'un hameau forestier de l'Aude supplie le secrétaire d'État aux rapatriés de changer le chef du camp. Voici ce qu'il écrit :

> *Monsieur le Secrétaire d'État,*
> *Depuis que nous avons été affectés à Pujol-de-Bosc, d'abord on nous a dit que nous trouverions les maisons bien grandes. Mais elles ne le sont pas. Quand nous sommes arrivés dans ces maisons, elles étaient comme des écuries ou des caves que les paysans ont abandonnées. Toutes les maisons sont humides, surtout la mienne.*
> *Si ça continue, nos enfants iront, l'un après l'autre, à l'hôpital. Depuis que nous sommes commandés par des sous-officiers, nous sommes en pleine misère, car si on ne leur donne pas à manger, des bouteilles ou quelque chose, ils se fâchent. Voilà pour la Croix-Rouge : elle donne des vêtements,*

> *mais notre chef de village les distribue à celui qui lui donne des poulets ou des bouteilles de champagne à minuit. Est-ce que c'est du bon travail ?*
> *Nous travaillons à la forêt et nous touchons 15 francs par jour et il veut qu'on lui donne à manger, alors que j'ai neuf enfants. Ce qu'on vous demande de bien, c'est de changer de chef et de nous en envoyer un plus raisonnable. Tous ceux qui nous commandent font pareil.*
> *Si on trouve un moyen de sortir de cette misère, c'est tout ce qu'on veut, ou alors de nous jeter à la mer. La Préfecture a fait don d'une voiture pour aider ceux qui sont malades, pour faire quelque chose d'urgent, mais le chef l'a prise pour lui et personne ne s'en est douté.*
> *Monsieur, on peut pas mettre notre nom parce que si la lettre revient, il va nous faire quelque chose ou faire un rapport pour nous envoyer ailleurs ou en Algérie. Tous les hommes veulent signer mais ils ont peur. Si vous n'y croyez pas, envoyez quelqu'un faire une visite.*
> *Il ne s'occupe pas de nous, le matin, il va à la chasse ou à Carcassonne. Nous voulons un vrai Français honnête. Pour l'instant, c'est tout ce qu'on vous demande.*
> *Veuillez agréer, Monsieur, mes respectueuses salutations et mes meilleurs remerciements.*

En quelques mots d'une maladresse émouvante, cette lettre résume tout le drame des harkis en France. Elle dit bien plus que tout ce que j'ai pu écrire jusqu'ici, et je reçois en pleine figure la difficulté à raconter une histoire que je n'ai pas vécue. Si seulement mes parents pouvaient écrire les phrases que je rédige maintenant… Hélas, ils ne pourront même pas les lire. Cette lettre dit l'humiliation, les brimades, la corruption, mais aussi la résistance de ce harki, son courage de parler, sa confiance et sa foi intacte dans l'équité du gouvernement. Cette lettre dit, et pour moi c'est le pire, la répression. Car le préfet de l'Aude a diligenté une enquête. Une investigation menée, non pour vérifier la réalité de ce qui est décrit, mais pour en identifier l'auteur et le sanctionner ! En punition, l'homme est envoyé dans un camp d'hébergement, probablement Bias ou Saint-Maurice-l'Ardoise, dans le Gard. En enfer.

Cette lettre montre, enfin, que tous les harkis passés par des camps de transit, d'hébergement et des hameaux forestiers ont vécu le même drame que mes parents. Cet homme ne sait pas, pas plus que ma famille, que tous les harkis ont subi le même sort. Alors qu'au départ je ne pensais écrire qu'une histoire individuelle, je me rends compte que ce récit ressemble au parcours de milliers d'anonymes. Que des milliers d'enfants de harkis auraient pu réaliser le même voyage que moi.

Je poursuis ma lecture. « Au prix d'un certain nombre de "bricolages" juridico-administratifs, les Français musulmans sont exclus du bénéfice des dispositions adoptées en faveur des rapatriés, et cantonnés à une juridiction et à un statut particuliers, que couronne leur mise sous tutelle administrative. Prétextant que ceux-ci sont "analphabètes, s'exprimant difficilement en notre langue, n'ont aucune formation professionnelle et sont socialement inadaptés à notre mode de vie", toutes les procédures de discrimination raciale se trouvent ainsi légalisées et institutionnalisées. » Le mot est lâché : « discrimination raciale ». Voilà donc la faute de mes parents : non d'avoir choisi la France, mais d'être des « Arabes », des « musulmans », des « étrangers de l'intérieur ».

Selon les deux universitaires, les circulaires, rapports, directives et courriers des préfets et des inspecteurs en charge des SFM (Service des Français musulmans), cette littérature administrative dessine une image édifiante du harki : les autorités le voient comme un être immoral, jouisseur, oisif, paresseux, nomade dans l'âme, incapable de tenir en place, qui a le goût de la destruction et dont la pauvreté est socialement attachée au vice et à l'irresponsabilité. Cette représentation du harki comme un « asocial dangereux » est un pur produit de la colonisation. « Livré à lui-même, source de désordre et danger moral », poursuivent les deux sociologues en citant une lettre du ministère des Rapatriés au ministère des Finances, datée du 14 mai 1963, ce « perturbateur ivrogne, insatisfait, chômeur professionnel, éternel rouspéteur troublant la vie des habitants et des autorités locales » est l'objet d'une inquiétude généralisée, qui assigne sa mission humaine et morale aux instances dévouées à la prise en charge du Français musulman, « pour éviter que se constitue une population oisive s'installant définitivement dans une misère subventionnée ».

L'État français a donc programmé la mort sociale des harkis. L'État français les a psychologiquement détruits. Pourquoi ? Parce qu'ils étaient musulmans. Les autorités de l'époque ne pouvaient concevoir qu'ils puissent être « français » *et* « musulmans ». Dans la France chrétienne, c'était un non-sens. Bien sûr, l'immigration maghrébine existe depuis les années 1920. Mais elle est constituée, pour l'essentiel, d'hommes seuls – le regroupement familial ne commencera qu'en 1974. « Le bannissement de cette population vaut comme l'illustration d'un processus par lequel la France pense son histoire, construit sa mémoire en conjurant et en refoulant la proximité inquiétante et périlleuse du Français musulman. » Je réalise soudain que, dans l'histoire de France, les harkis étaient le premier enracinement massif de familles musulmanes dans l'Hexagone.

Tout était donc programmé, planifié. Une législation

parallèle a géré les harkis, pour les acculturer, les briser, les soumettre, les rendre dociles, les éduquer, les dresser, les contrôler. Car les harkis faisaient peur. Peur à la population locale, qui n'avait jamais vu de Maghrébins, peur au gouvernement, qui n'avait jamais reçu une telle masse de population musulmane. Je m'aperçois avec douleur que c'est encore, aujourd'hui, ce que je ressens. Je comprends mieux la vision que les Français ont des musulmans : ils s'en méfient, en parlent souvent de manière passionnelle, oscillent entre rejet et angélisme.

Bouleversée, indignée, je rejoins ma mère dans la cuisine : « La France est raciste, *ama*. Pourquoi vous nous avez emmenés dans ce pays ? » « Non, ma fille, corrige-t-elle. Tous les Français ne sont pas racistes. Je vais te raconter une histoire. Une année, à force de trop travailler, je suis tombée gravement malade. Ma tension montait dangereusement, j'ai été hospitalisée à Villeneuve-sur-Lot. Le premier soir, dans ma chambre, une infirmière est restée auprès de moi, me prenait le pouls de temps en temps et surveillait ma tension artérielle. Les heures s'écoulaient, elle ne bougeait pas de son fauteuil. J'ai fini par m'endormir. Je me suis réveillée plusieurs fois dans la nuit et je voyais le visage inquiet de cette femme penchée sur moi. Elle me demandait d'une voix douce : "Ça va ? Comment vous sentez-vous ?" Je hochais la tête, touchée par cette inconnue qui m'a veillée toute la nuit comme si c'était ma propre mère. Cette infirmière, je ne l'oublierai jamais. C'était une deuxième Juliette. Ce jour-là, j'ai compris qu'à l'extérieur les Français n'étaient pas comme les pieds-noirs du camp. Non, tous les Français ne sont pas racistes. » Je l'écoute avec attention. Bien sûr, de bonnes âmes ont aidé les harkis. Mais combien y eut-il de Juliette pour les aider contre cette administration kafkaïenne ? « Appelle M. Alis, me conseille-t-elle en scrutant mon visage tourmenté. Et tu comprendras. »

SAINT-ÉTIENNE-DE-FOUGÈRES

Un jambon à Noël

Je claque la portière de la voiture. Une voix joyeuse, familière, haut perchée, résonne derrière moi : « Tu n'as pas changé ! » Je me retourne, surprise. Les deux instituteurs de Saint-Étienne-de-Fougères, qui ont accueilli mes frères et sœurs dans leurs classes à la sortie du camp, n'ont pas changé non plus. Ils sont là, souriants, sur le seuil de leur maison, à Pujols, au-dessus de Villeneuve-sur-Lot. Les Alis m'embrassent chaleureusement. Elle, jolie brune, coupe au carré qui encadre un visage mutin, a toujours ce malicieux grain de beauté sur la lèvre qui me fait chavirer. Lui, en revanche, a perdu sa barbe qui lui donnait l'air un peu sévère. Pierre Alis tient une place importante dans la mythologie familiale. Mes parents l'évoquent avec des trémolos dans la voix et mes frères lui vouent une admiration sans bornes. Quant à moi, j'ai une affection particulière pour sa femme, qui a été ma première institutrice, en primaire. C'est elle qui m'a appris à lire, elle qui m'a donné le goût de l'écriture. Même s'ils m'accueillent comme une vieille amie, je n'ai pas revu ce couple d'enseignants depuis vingt-deux ans. Autour d'un thé chaud, les souvenirs remontent.

« Je me rappelle parfaitement tes parents, commence M. Alis. Quand ils sont arrivés à Saint-Étienne-de-Fougères, ils étaient un peu perdus, désorientés. On savait qu'ils venaient de Bias, mais le camp ressemblait à une forteresse. On ignorait ce qui se passait à l'intérieur. J'entendais dire que ce ghetto représentait un enjeu électoral. Les harkis n'étaient sollicités qu'au moment des élections. Ils devaient avoir certains avantages, je suppose. » Je me crispe perceptiblement, mais ne dis rien. « Le reste du temps, on n'entendait pas parler d'eux. Vos parents étaient les premiers de Bias à s'installer dans le village, et vous, les premiers enfants de harkis dans nos classes. »

Une question me chiffonne : « Mes parents vous ont-ils parlé des camps ? » « Non. Ils restaient très discrets sur leur passé. » J'hésite. Dois-je leur dévoiler ? Non, je préfère me conformer à la réserve de mes parents. J'espère qu'ils ne m'en voudront pas, mais je ne me sens pas la force de tout raconter à nouveau. Mieux vaut qu'ils le découvrent dans mon livre…

En quittant Bias, en octobre 1974, mes parents s'installent à Saint-Étienne-de-Fougères. Le 24 décembre, le soir de Noël, mes frères et sœurs sont invités au loto du village, organisé dans la petite salle des fêtes illuminée. Kader, Fatima, Moha, Kheira, Djill, Charles et Tayeb ont revêtu leurs plus beaux habits : c'est leur première sortie avec des Français. Ils sont tout excités. Sous les lampions colorés, le tirage commence. Arrive le dernier carton… « Bingo ! » s'écrient mes frères et sœurs en sautant de joie autour de mon frère Tayeb, 5 ans, qui emporte la mise. « Le premier prix est… un énorme jambon ! » annonce fièrement l'animateur dans son micro. La joie des miens retombe aussi sec. Ils se regardent, incrédules. Ils sont musulmans, ils ne mangent pas de porc et gagnent un jambon à Noël ! Un comble… Le maire, compréhensif, vient à la rescousse et règle leur embarras : il échange le lot contre une belle dinde vivante. Mes frères et sœurs la rapportent triomphalement à la maison.

L'euphorie de ce soir de Noël 1974 ne dure pas. Les premiers mois sont difficiles. Privés des structures du camp et de la solidarité communautaire, les miens sombrent à nouveau dans une misère noire. Avec le crédit de la maison à rembourser, les factures d'électricité – qu'ils ne payaient pas à Bias –, les allocations familiales irrégulières et le travail qui fait défaut, mes parents ont du mal à joindre les deux bouts. Ils n'ont plus rien à manger. Les enfants ont faim, ma mère a une ardoise chez l'épicière. Elle n'a pas 10 centimes, dans son porte-monnaie, pour acheter une boîte d'allumettes. Chaque matin, quand le boulanger klaxonne devant la maison, elle enferme ses enfants dans sa chambre, pour éviter qu'ils ne se précipitent dans l'escalier et ne se brisent le cou, pour un croissant ou un pain au chocolat. Au bout de plusieurs jours, ma mère lui demande de ne plus venir.

En juillet 1975, après des mois de famine, elle s'inscrit à la conserverie de fruits et légumes de Sainte-Livrade. Fin août, toutes les femmes de Bias prennent le chemin de l'usine. Sauf elle, qui n'est pas convoquée. A bout de forces, elle prend ses enfants affamés par la main et se rend à la mairie du village. Elle supplie la secrétaire : « Je suis dans une grande misère avec mes enfants, nous n'avons plus de quoi manger, je vous en prie, aidez-moi. Je dois travailler. » La femme la regarde, étonnée : « Vous travaillez, vous ? », avant de téléphoner à l'usine. Deux jours plus tard, ma mère reçoit une convocation. Elle en pleure de joie. Dans l'après-midi, la secrétaire de mairie toque à sa porte. « C'est le chef du camp qui a bloqué votre candidature, lui explique-t-elle. Parce que vous avez quitté le camp. » Ma mère est horrifiée. Bias les poursuit donc encore… Voilà les représailles qui attendent les familles fuyardes.

Tandis que mon père défriche un demi-hectare de terre et revient à ses racines paysannes, ma mère retourne à l'usine. Mais elle se retrouve isolée en pleine campagne, sans aucun moyen de transport : les patrons maraîchers ne passent que devant le camp de Bias. Elle doit donc se débrouiller avec la charrette et compte sur mon père pour l'emmener et la ramener. Parfois, il oublie d'aller la chercher. A 4 heures du matin, adossée contre le mur de l'usine, elle l'attend seule, en pleine nuit. Le gardien des hangars, un pied-noir, la trouve souvent là, les mains dans son pardessus gris, dans la lumière blafarde des lampadaires. Quand il peut, il la raccompagne gentiment chez elle. Après les heures éreintantes à l'usine, elle rentre parfois à pied. Huit kilomètres dans la nuit noire... Vêtue de sa blouse, elle marche sur la départementale obscure, effrayée à l'idée d'être surprise par l'orage. C'est sa hantise, sa grande frayeur. Lorsque les éclairs zèbrent le ciel d'encre au-dessus de la route goudronnée, elle enfonce un peu plus sa tête dans ses épaules. Bien plus que les mauvaises rencontres dans l'obscurité, la foudre la terrorise. Les grondements du tonnerre résonnent dans sa tête. De peur et de superstition mêlées, elle manque défaillir sous la pluie battante. Désespérée, oppressée, épuisée par le rythme infernal de l'usine, lasse de cette vie de misère, elle s'arrête sur le bas-côté. Le vertige l'envahit. Le foulard ruisselant de pluie, les yeux hallucinés par la souffrance, elle fixe le fossé rempli d'eau. Une forte envie l'étreint, celle de s'allonger dans l'herbe mouillée, de se laisser porter par l'eau qui coule au fond de la rigole, de se laisser mourir... Mais non, elle ne peut pas abandonner ses enfants, elle doit continuer, pour eux, pour nous. Elle se fait violence et poursuit son chemin sous l'orage. Les lueurs du village de Saint-Étienne-de-Fougères brillent au loin. Rassérénée, elle dépasse le bourg désert et rentre à la maison, son pardessus tout trempé. Elle ouvre la porte de la cuisine et trouve mon père paisiblement attablé, devant un bol de café au lait fumant. Elle éclate : « Tu m'as encore oubliée ! C'est toi qui devrais aller travailler, pas moi ! » Il détourne la tête et ne répond pas. Elle lui lance un regard noir et claque la porte de sa chambre.

Pendant cet été 1975, à Bias, la révolte gronde aussi chez les harkis. Si ma mère ne veut plus retourner au camp, mon père, lui, sait que des événements graves se préparent là-bas. Un homme venu du nord de la France, M'Hamed Larradji, président d'une association de harkis, sillonne les camps et incite les habitants à se rebeller. Quand il arrive à Bias, Larradji tient un discours virulent : « Assez du grillage, nous ne sommes pas des prisonniers ! Pourquoi notre famille doit-elle demander des autorisations pour nous rendre visite ? Pourquoi y a-t-il un couvre-feu tous les soirs ? Pourquoi met-on nos enfants dans des classes poubelles ?... » Cet orateur qui parle parfaitement français séduit mon père par son charisme. Il est le premier harki qui ose braver publiquement les autorités. Il casse ainsi l'image de l'éternel supplétif soumis, docile et fidèle. Les habitants prennent en otage, dans le local technique, le responsable de l'Amicale des Algériens et membre du FLN. Effrayés, les travailleurs sociaux se terrent dans leurs bureaux. Cinq cents CRS appelés à la rescousse encerclent le camp, tandis qu'un half-track se gare devant le portail et qu'un hélicoptère survole l'enceinte.

Armés d'une quinzaine de fusils apportés par Larradji, déterminés à en finir, les harkis bloquent le portail. Mon père ramasse des pierres, empoigne un bâton et s'apprête à se battre si les CRS forcent l'entrée. Mais les représentants de l'ordre ne bougent pas. Larradji parlemente avec le préfet. Cet été-là, décision est prise de raser le camp. Ce qui ne sera fait qu'en 1983... L'histoire n'est pas si simple. En réalité, cette révolte était pilotée par des associations de pieds-noirs pour faire pression sur le gouvernement, auquel ils réclament une deuxième loi d'indemnisation. Après des années à ignorer les anciens supplétifs, les pieds-noirs se soucient d'eux pour faire peser sur l'État la menace d'une explosion du milieu harki. « Les pieds-noirs avaient le sentiment de détenir une créance sur l'État français pour les biens perdus en Algérie, écrit Michel Roux, dans son ouvrage

Les Harkis, les oubliés de l'histoire, et il était tentant d'ajouter à la pression électorale sur le débiteur la pression sociale qui pourrait résulter de la mise en mouvement des harkis. Non seulement le classement de ces derniers avait été pour le moins aléatoire, mais encore ils restaient les laissés-pour-compte de la loi [d'indemnisation] de juillet 1970 ; leur patrimoine ayant été considéré à la fois comme négligeable et inévaluable. » En somme, le milieu harki était une poudrière, et les pieds-noirs avaient le doigt sur le détonateur. Une alliance toute au bénéfice de certains rapatriés européens.

Loin de ces grandes manœuvres, mes parents reconstruisent leur vie à Saint-Étienne-de-Fougères. Fin janvier 1976, ma mère touche son premier mois de chômage, après avoir fait les « deux-huit » pendant dix ans. Mon père, lui, vend ses premières récoltes de fraises à une coopérative agricole. Financièrement, ils commencent à respirer. Mais ils se heurtent, encore une fois, aux pieds-noirs installés dans le village. Le chauffeur du car scolaire refuse de s'arrêter devant leur maison, alors qu'il stationne chez les voisins, à 300 mètres de là, pour laisser monter leurs enfants. Chaque matin, mes frères et sœurs doivent courir après le bus qui passe juste devant notre portail. Par la fenêtre, ma mère voit ses enfants partir sous l'averse, avec leur cartable sur le dos. Le car passe près d'eux, les éclabousse, mais ne s'arrête pas. Elle se cogne le front contre la vitre ruisselante de pluie, et en pleure de rage.

Avec les autres habitants du village, en revanche, la cohabitation se déroule sans heurts. Au contraire, même : les agriculteurs stéphanois manifestent de vrais élans de solidarité à l'égard de cette famille démunie, discrète et travailleuse. Un voisin nous donne des salades à volonté ; un autre nous autorise à ramasser des pommes après la cueillette ; chaque saison, le propriétaire d'un château, près de chez nous, laboure le champ de mon père avec son tracteur. Nos voisins d'en face achètent tous nos billets de tombola. Lorsqu'un fermier, que Kader et Moha ont aidé à fumer son champ, leur donne du pain et de la confiture, mes deux frères sont fous de joie. La boulangère, elle, fait crédit à ma mère et vient l'avertir jusqu'à la maison quand la famille, installée dans les Bouches-du-Rhône, donne des nouvelles de ma grand-mère, qui souffre d'un cancer.

Enfin, Mme Calcatt, l'une des voisines les plus dévouées, conduit souvent ma mère en voiture chez le médecin, à Sainte-Livrade, ou même à la CAF, à Agen. Cette femme s'est aussi prise d'affection pour moi. J'ai 3 ans, je suis une petite fille sage et discrète, très attachée à mon père avec qui je passe des journées entières, lui travaillant entre les rangées de fraises, moi me roulant dans la paille ou construisant des cabanes avec les foulards de ma mère. Tous les matins, Mme Calcatt m'emmène à la maternelle avec sa fille. Elle toque à la porte et grimpe les escaliers jusqu'à la cuisine. Elle me couvre de baisers puis m'enfile mon manteau à capuche et me prend dans ses bras. Ma mère regarde la scène, amusée et touchée qu'une Française témoigne autant d'amour pour sa fille. Elle en rit encore aujourd'hui : « Elle t'écrabouillait contre elle et t'emportait comme si tu étais un trésor ! »

Au village, lorsque mon père traverse la rue principale, tractant sa charrette avec sa mobylette, il salue de la main M. Alis qui, debout dans la cour de récréation, surveille ses élèves. L'instituteur, qui le voit passer tous les jours avec sa carriole, l'interroge à brûle-pourpoint : « Mais enfin, monsieur Kerchouche, qu'est-ce que vous transportez dans votre charrette ? » « Je vends des frisses. » M. Alis soulève un sourcil : « Des quoi ? » « Des frisses », répond patiemment mon père. Perplexe, embarrassé, l'instituteur n'ose pas reposer la question.

Au bout de quelques secondes, il s'exclame : « Ah, des *fraises* ! » L'instituteur réalise alors à quel point l'obstacle de la langue handicape mon père. « C'était très dur, pour eux, de ne pouvoir ni comprendre ni se faire comprendre. »

« Pourtant, ton père aimait parler, se rappelle-t-il. Il essayait de discuter, d'apprendre, de s'informer, même s'il ne saisissait qu'à moitié. Un jour, il m'a invité à visiter son potager. Il expérimentait la culture des tomates dans une grande serre, mais ses plants grimpaient dans tous les sens. Elle ressemblait à une forêt vierge. Les pieds étaient énormes mais totalement improductifs. Mais il persistait et cherchait à deviner pourquoi aucun légume ne poussait. Il était patient, ton père, très obstiné aussi. Je me rappelle un homme intelligent, très digne. Il remettait gentiment mais fermement à leur place ceux qui lui manquaient de respect, même s'ils n'étaient pas nombreux. Les plus hostiles étaient les anciens immigrés italiens. Peut-être avaient-ils peur que vous ne preniez leur place... Mais le fait que vous soyez minoritaires dans le village vous a aidés à être acceptés par la population. Tes parents ont tout fait pour que vous soyez intégrés. Une fois, Philippe a lancé des marrons contre les vitraux de l'église. Je l'ai signalé à ton père : ton frère ne l'a plus jamais refait. »

Les Stéphanois voient d'un bon œil ces parents qui participent à la vie du village, assistent aux fêtes et suivent attentivement les études de leurs enfants. « Ton père se préoccupait beaucoup de votre scolarité, poursuit M. Alis, plus que dans les autres familles. Il me questionnait sans cesse sur vos résultats, on sentait que l'école était une priorité pour lui. » Quand ils sont arrivés à Saint-Étienne, dans sa classe, mes frères et sœurs avaient d'énormes retards scolaires. « Je ne me rappelle pas, dit-il en se concentrant. Il me semblait que tous les enfants

Kerchouche marchaient bien à l'école. » Je lui raconte à mon tour : « Vous avez peut-être oublié, mais chez nous mes parents en parlent encore. Lorsque Djill est arrivé dans votre classe, il était en CM2. Après une semaine, vous l'avez rétrogradé d'une classe, parce qu'il n'avait pas le niveau. Il savait à peine lire et écrire. Grâce à vous, il a rattrapé son retard et, des années plus tard, il a décroché une maîtrise de physique-chimie et un diplôme de troisième cycle dans une école de commerce. Il dit encore aujourd'hui qu'il vous la doit. Depuis, vous êtes entré dans la légende familiale. » Il me regarde, ému. « Je l'ignorais, répond-il. Je ne faisais que mon travail. » « C'était déjà énorme, pour nous. » Ma mère avait raison : tous les Français ne sont pas racistes, comme j'ai pu l'écrire dans la colère. Grâce à lui, presque toute la fratrie a suivi des études. Contrairement à beaucoup d'enfants de harkis restés à Bias, qui ont fini, au mieux, dans des lycées techniques puis au chômage, au pire, en prison, toxicomanes, alcooliques ou à l'asile psychiatrique. Arrachés tôt des camps, mes frères et sœurs ont vite réintégré un cursus scolaire normal et s'en sont sortis : une chance, offerte par l'école républicaine, que les enfants de Bias n'ont pas toujours eue.

Ce couple d'instituteurs les a tellement marqués que ma mère ne jurait plus que par la lecture. Un jour, désespérée que Tayeb n'ouvre jamais un livre, elle est allée seule au centre commercial de Villeneuve-sur-Lot. Désemparée devant les rangées identiques, elle a pris un bouquin au hasard, parce qu'il avait une belle couverture bleue. Au retour, elle l'a mis entre les mains de son fils… Il a lu le titre : c'était *Le Comte de Monte-Cristo*, d'Alexandre Dumas. L'histoire d'une évasion… Parfois, l'après-midi, Charles et Djill sèchent les cours et filent à la salle de jeux du centre commercial. Ma mère, qui passe devant avec son chariot de courses, jure entre ses dents. « *Istinew* – attendez… » Elle se faufile derrière eux sans qu'ils la voient et, devant leurs copains, elle les attrape par la tignasse en les insultant copieusement puis les traîne jusqu'à la sortie. Mortifiés, ils la supplient : « Lâche-nous, on vient avec toi, mais ne nous mets pas la honte ! » Elle nous interdit la télé le soir, et, bâton à la main, nous oblige à finir nos devoirs. A la maison, elle impose une vraie dictature.

« Et votre père, a-t-il décroché son permis de conduire ? m'interroge M. Alis. Il galérait, avec sa charrette. » « Oui, en 1980, mais il a mis six ans à l'avoir. Ce fut épique. Les inspecteurs de Villeneuve-sur-Lot refusaient de le lui donner. Alors qu'il récitait le code de la route par cœur, il était recalé parce qu'il comprenait mal le français. Il râlait, et c'était normal, mais les inspecteurs le traitaient comme un chien. Pour la conduite, il a dû carrément changer de département et la passer à Dax. Là-bas, il est tombé sur un jeune inspecteur parisien, qui n'en revenait pas : "Mais vous conduisez parfaitement, monsieur Kerchouche !" Et pourtant, il a dépensé une fortune pour avoir le droit de tenir le volant. Mais quand il l'a eu, ç'a été la fête à la maison : on est passés de la charrette à la 4L. »

« Que sont devenus vos frères et sœurs ? » Je leur raconte brièvement le parcours de ma famille : Ahmed est devenu électricien, Aïcha, fonctionnaire, Fatima, aide-soignante ; Kader, lui, a passé un DUT d'informatique. Reçu premier de sa classe, il a été le dernier à trouver un emploi. Confronté au racisme à l'embauche, il a monté sa propre société d'informatique. Kheira, elle, est comptable et a arrêté de travailler pour élever ses trois enfants. Djillali, le petit bègue, après avoir réussi ses études, travaille avec Kader dans leur société de négoce familiale. Tayeb a suivi le sillage des aînés et monté une boutique d'informatique à Bordeaux. Charles, lui, est ingénieur à Paris. Nacera est commerciale, et moi, journaliste.

J'hésite à poursuivre. « Vous êtes au courant, pour mon frère Mohamed ? » Leur visage s'attriste. « Oui, nous avons appris sa mort, murmure M. Alis. Quand il avait 20 ans, il venait m'aider à construire le hourdis de ma maison. On maçonnait, on fumait, on discutait. Il était très intelligent, mais je le sentais vulnérable, fragile, comme s'il avait une fêlure intime. Il ne parlait jamais de son passé et n'extériorisait rien. Est-ce son enfance à Bias qui le rongeait de l'intérieur ? » Oui, Moha était un écorché. Petit de taille, brun de peau, avec un prénom difficile à porter, il était souvent la cible des racistes. Impulsif, comme mon père, il réagissait au quart de tour et s'exprimait avec ses poings, faute de pouvoir mettre des mots sur sa souffrance. « Il était très proche de ma fille Hélène, rajoute M. Alis. Il lui confiait qu'il n'arrivait pas à trouver sa place en France. » A sa manière, tragique, il a dit non à la société. Il a mis un terme à son « voyage » parce qu'il ne supportait pas que l'histoire se répète. D'être relégué à son tour, parce qu'il était un « Arabe ».

La nuit tombe, je les salue une dernière fois. En repartant, dans la voiture, je repense à ces mots. « Sa place... » Mon frère l'aurait-il trouvée en Algérie ? En tout cas, les harkis et leurs enfants ne l'ont pas trouvée en France. Barricadé dans sa chambre, prisonnier de son mal-être après l'avoir été des camps, mon frère entendait-il, à travers les chants humides et rocailleux de ma mère, cette Algérie qui l'appelait irrésistiblement ? Il y est reparti, avide, lui aussi, de fouler la terre de leurs ancêtres. Qu'a-t-il découvert, là-bas ? Je l'ignore.

L'Algérie... Mes parents n'y sont jamais retournés. Peut-être parce qu'ils ne l'ont jamais quittée, au fond. S'ils ont beaucoup sillonné les routes de France, dans leur tête, ils n'ont jamais renoncé à leur pays. Le foulard de ma mère tient bon sur ses cheveux, elle s'achète des kilos de figues de Barbarie – sa madeleine à elle. Mon père, lui, porte toujours sa djellaba et son turban de montagnard vissé sur la tête et reste des heures devant la chaîne algérienne avec la télécommande dans sa main, songeur, mutique, ailleurs.

Je me surprends à rêver, moi aussi. A l'Algérie, à ses collines mystérieuses, si lointaines et si familières, si dangereuses aussi, avec ses maquis islamistes... L'Algérie de ma mère, celle d'avant les camps et leur cortège de malheurs, celle où Moha était toujours en vie... L'Algérie et sa guerre sans nom dont mon père rechigne toujours à me parler. Pourquoi s'est-il engagé aux côtés de la France ? Pourquoi a-t-il renoncé à son pays ? Je ne sais toujours pas. Il ne m'a encore rien dit, ou à peine. J'ai glané quelques bribes, mais, plus le livre avance, plus je m'approche de lui avec mes questions, et plus il fuit, se rétracte, m'échappe, prétextant fatigue, heure du journal télévisé ou de la prière, ou des courses à faire... Pourtant, c'est là-bas que la vie de ma famille a basculé. Là-bas que mon père est devenu harki. Là-bas que mon frère Moha a voulu retourner. Là-bas, aussi, que je poursuis, après les camps, ma quête « harkéologique » dans le passé, mon voyage à la source du drame.

2
ALGÉRIE
La quête harkéologique

CHLEF

Au fond de l'oued asséché

« Alors, tu es prête ? » Casquette vissée sur la tête et sac rouge sur l'épaule, mon cousin Ahmed m'attend à la descente du train, sur le quai de la gare Saint-Charles, à Marseille. Je lui réponds, très sûre de moi : « Absolument pas. » Il me sourit. On est partis.

« Al-gé-rie. » Je détache chaque syllabe de ce nom familier et étranger à la fois pour me persuader de la réalité de ce voyage. Depuis une semaine, je n'en dors pas, obsédée chaque nuit par cette traversée que je repousse depuis plusieurs mois – en fait des années, je m'en rends compte. Même là, assise dans ce bus qui m'emmène à l'aéroport, mon cerveau, bloqué, refuse toute projection au-delà de la Méditerranée. Mes parents m'en parlent depuis mon enfance mais excluent toujours l'idée d'y retourner. Comme eux, je porte ce pays contre mon cœur, mais j'y vais presque à contrecœur... Ai-je envie, au fond, de briser le mythe ? Non, je ne suis vraiment pas prête.

Jusqu'à présent, durant mon périple de Bourg-Lastic à Bias, je n'ai pas rencontré de réactions hostiles... Mais là-bas ? Comment les Algériens se comporteront-ils quand je leur dirai : « Je suis une fille de harkis » ? Devrai-je affronter la haine que mes parents ont fuie il y a quarante ans ? Si je parviens à retrouver la famille de mon père – ce qui n'est pas gagné –, comment va-t-elle m'accueillir ? Les villageois vont-ils me chasser à coups d'insultes et de jets de pierres ? Vont-ils rejeter la « fille du traître » ? Les doutes m'assaillent.

Là-bas, le mot « harki » vaut toujours l'infamie. C'est une insulte, et même l'une des pires. Officiellement, les anciens supplétifs n'ont pas le droit de retourner dans leur pays, sous peine d'être bloqués à la frontière. Interrogé à leur propos lors de sa visite en France, en juin 2000, Abdelaziz Bouteflika au journal de 20 heures, sur TF1 et sur France 2, a dit : « Vous ne pouvez pas demander à Jean Moulin de serrer la main à des collabos. » Devant mon écran de télé, je suis restée sidérée. Et les timides protestations de la classe politique française, quelques jours plus tard, m'ont encore plus scandalisée. En traitant les harkis de « collabos », le président algérien compare la France à l'Allemagne nazie, et cela ne choque personne... !

Officieusement, en revanche, quelques supplétifs passent la douane discrètement, sans encombre, et rendent visite à leur famille. Mais ils risquent leur peau : l'année dernière, murmure-t-on, une femme de harki de Bourges a été égorgée dans le village de mes parents. Et trois harkis venus de France y sont morts ces dernières années. Vais-je rencontrer la même haine qui a jeté mes parents sur les routes de l'exil ? La seconde guerre civile l'a-t-elle ravivée ? Ou, au contraire, le peuple algérien, enlisé dans la lutte contre l'islamisme depuis dix ans, a-t-il « pardonné » aux harkis ?

Il y a quarante ans, mes parents ont fui un pays en guerre. Aujourd'hui, je retrouve une terre meurtrie par un autre conflit fratricide. J'ai, au ventre, la même peur de mourir qui les a menés, en juin 1962, dans les froides forêts d'Auvergne. Comme eux, je vais traverser un pays déchiré. Je monterai dans le djebel, près de Chlef (ex-Orléansville), dans l'Ouest algérien. Des GIA (groupes islamiques armés) et des GSCP (groupes salafistes pour la prédication et le combat) y sévissent encore aujourd'hui. Fille de harkis ou pas, le danger existe bel et bien. A commencer pour les Algériens eux-mêmes. Quelques jours avant mon départ, vers la mi-décembre, quatre bergers ont été massacrés dans le lieu où je me rends. C'est, probablement, la région la plus dangereuse du pays.

La fin de l'année approche. L'Algérie est l'ultime étape, la plus difficile, la plus mystérieuse aussi. Sans mon cousin Ahmed, je n'aurais jamais eu la force d'y aller. Lui aussi est un enfant de harkis. En 1999, comme moi maintenant, il est parti en quête de ses racines. Il avait 25 ans, l'âge que son père avait en quittant l'Algérie. « Ne t'inquiète pas, je connais le chemin, je te guiderai », m'a-t-il assuré. Il m'a prise par la main. A l'aéroport de Marseille-Marignane, je lui emboîte le pas, soulagée, dans le dédale des files d'attente et des bagages qui s'entassent sur les chariots.

A l'enregistrement, je pose mon gros sac de voyage sur le tapis roulant et tends mes papiers au guichetier algérien. Il fronce les sourcils. Debout devant le comptoir de la compagnie aérienne, il feuillette mon passeport rouge bordeaux. Il tombe sur la page timbrée, tamponnée la veille au consulat. Mon visa bien en vue, il me fixe sans sourciller : « Je ne vois pas votre visa. » Se moque-t-il de moi ? Interloquée, je réponds : « Mais vous l'avez devant les yeux ! » « Où est votre passeport algérien ? » réplique-t-il. Je me décompose. « Je… Je n'en ai pas. » Agacé par la curiosité du guichetier, mon cousin Ahmed coupe court à l'interrogatoire : « *Chouf*, elle a le même visa que moi, daté du 19 décembre. » Il rajoute en arabe : « Tu es aveugle ou quoi ? » Le planton se renfrogne, regarde à nouveau puis lâche, agacé : « Ça va, ça va, je l'ai vu. C'est bon, passez. » Il me rend mes papiers sans un mot puis enregistre mon bagage comme si de rien n'était. Je suis perplexe. Les enfants de harkis n'ont que le passeport rouge ; les enfants d'immigrés, eux, sont en général binationaux. Quand il a vu mon nom arabe et mon passeport français, le planton a tiqué. Il a deviné. Mon voyage commence mal...

A bord de l'Airbus, la tête tournée vers le hublot ruisselant de pluie, je pense à mes parents. Ils ont tiré un trait sur leur pays. Trop de temps s'est écoulé... Ma mère se veut pragmatique : « Revenir, à quoi bon ? Pour revoir mon gourbi ? Il ressemble à une maison d'Afghanistan. Et puis je n'ai personne, là-bas. » Mon père, lui, est inquiet : « Comment ma famille va-t-elle m'accueillir ? Comme un traître ? Les gens vont m'insulter et m'égorger. A cause du passé. C'est fini, maintenant. C'est trop tard. » Non, pour moi, c'est le début du périple : en effectuant ce retour que mes parents n'ont jamais fait, je termine cette histoire.

Tous deux ne savent rien de mon voyage. Je n'ai pas eu le choix : ils m'auraient empêchée de partir. Une semaine avant mon départ, finaude, ma mère s'en est doutée devant mes questions insistantes. Flairant une embrouille, elle m'a dit avec sa délicatesse habituelle : « Méfie-toi, *benti*. Si tu pars en Algérie, je t'arrache la tête. » Puis elle m'explique : « Tu comprends, ce serait une honte pour une fille seule d'aller là-bas. Qu'est-ce que les gens vont penser ? Tout le monde se moquera de toi. » Voilà bien ma mère : plus préoccupée par ma réputation que par ma sécurité. D'ailleurs, si les islamistes n'ont pas ma peau, visiblement, elle s'en chargera elle-même. Je la rassure : « Non, non, ne t'inquiète pas, je n'irai pas... » Me voilà dans l'avion. J'ai menti. Comment faire comprendre à ma mère que j'ai besoin de connaître mes origines ? Impossible. Je connais sa réponse : « Tu as un toit, un travail et tu manges à ta faim. Qu'est-ce qu'il te manque ? » L'essentiel : « Une identité, *ama* », ai-je envie de répondre. Mais je ne connais pas le mot en arabe...

Atterrissage en douceur sur l'aéroport Houari Boumediene, à Alger. L'avion ralentit, mon cœur s'accélère.

Le bruit du moteur se confond avec le bourdonnement de ma tête. La rampe d'accès s'accroche à l'appareil. Après toutes ces aventures, de Bourg-Lastic à Bias, mon périple ressemble à un long oued ruisselant de larmes, de caillasse et de colère. Et maintenant… ? Je regarde mon cousin. « Ça y est, Ahmed, je suis en Algérie. Je n'arrive pas à le croire. » Il lit mon désarroi et me serre le bras pour me donner du courage. Dehors, il fait nuit, la piste est luisante de pluie. Mes jambes se dérobent. Pour la première fois de ma vie, je vais poser le pied en Algérie, toucher le sol natal de mes parents, la terre de mes ancêtres… C'est le rêve de trente ans, un vieux fantasme enfin réalisé. En descendant la passerelle, dans ma tête qui s'embrouille, je vois mes parents partir, fuir avec leurs ballots sous le bras, j'ai l'impression de les croiser, je tourne la tête en arrière, ils semblent m'attirer vers eux, vers la France, en me criant : « Non, ne va pas là-bas, c'est dangereux… » Mais l'attrait de l'Algérie est le plus fort. Le pays m'aspire irrésistiblement. Je ne résiste plus. J'oublie toutes les souffrances de mon voyage et j'accélère sur les dernières marches. Plus que cinq, quatre, trois, deux… Impatiente, je saute par-dessus la dernière et tombe à pieds joints dans une flaque d'eau qui m'éclabousse. Je ris aux éclats. Ça y est, c'est fait. Je m'étonne même que ce soit si simple ! Un bonheur intense, totalement inattendu, m'envahit. Toutes mes angoisses s'envolent et, avec, toutes mes peurs et mes souffrances. Jamais je n'aurais pensé être aussi heureuse… Une vieille brisure se répare en moi, la déchirure ancienne de l'exil dont j'ai hérité et qui, à cet instant, se raccommode par la magie d'un vol au-dessus de la Méditerranée. J'avance de quelques pas. Je foule enfin le sol de mes aïeux, et brusquement, je me sens réconciliée avec mon histoire, avec mon pays, avec moi-même. Quoi qu'ait pu commettre mon père pendant la guerre, quelle qu'ait pu être sa culpabilité, je suis « revenue ». Pour moi, « l'exil » psychologique se termine.

Je passe ma première nuit en Algérie chez une amie avocate, Anissa. Fourbue, je m'endors en pensant aux dernières heures que mes parents ont passées dans cette ville, dans leur pays, il y a quarante ans. La nuit de la séparation. La nuit de la rupture. Cette nuit, aujourd'hui, est celle de la réconciliation. Ils étaient terrorisés, je suis heureuse. Je crois que je commence à écrire ma propre histoire…
Où est-elle, mon histoire ? Dans ces rues d'Alger que j'arpente en ce matin lumineux avec Ahmed, dans ces avenues qui portent toutes des noms de héros de la révolution ? Avenues Larbi-Ben-Mhidi, Didouche-Mourad, Krim-Belkacem… Je me sens un peu mal à l'aise devant ces hommages ; chaque pancarte ravive mon sentiment de culpabilité et me renvoie au choix de mon père. Son nom aurait pu être sur ces plaques… En sillonnant la ville, je réalise que, d'où que l'on soit, on aperçoit le Monument des martyrs qui surplombe la baie. A l'opposé, lui répondent, dans le port, les bateaux en partance pour la France, les cargos de l'exil. L'étau du passé se resserre. Harkis ? FLN ? Qui choisir ? J'admire sincèrement les combattants algériens qui ont pris les armes contre la colonisation française ; mais je ne peux rejeter les harkis, qui les ont pourtant combattus… Comment renier mon père ?
Par l'intermédiaire d'un ami, je fais la connaissance d'un architecte mozabite, Rachid, un jeune homme brun, longiligne, avec des sourcils en accent circonflexe qui lui donnent l'air constamment étonné. Il est pourtant pétri de certitudes : « Pour moi, les harkis sont des traîtres, tranche-t-il. Peu m'importent les raisons pour lesquelles ils se sont engagés, ils ont fait le mauvais choix, c'est tout. Mais le passé ne m'intéresse pas. C'est mon avenir

qui me préoccupe, et celui de tous les jeunes Algériens, dans un pays gangrené par le chômage et la corruption. Voilà mon problème aujourd'hui. » Son discours me heurte, mais je comprends son point de vue. Je sens, malgré tout, une rancœur très vivace envers les harkis. Étonnante même, chez quelqu'un qui n'était même pas né pendant la guerre d'Algérie...

En traversant Bab-el-Oued, me revient en mémoire la visite éclair de Jacques Chirac, le 1er décembre 2001, après les pluies diluviennes et le torrent de boue qui a fait plus de mille morts dans l'oued asséché : des jeunes « hittistes[1] » et des femmes en foulard traditionnel brandissaient des drapeaux tricolores, applaudissaient le président français en criant « Chirac, des visas ! » ou « Chirac, président ! ». Quelle ironie... Ainsi, tandis qu'en France je soupirais sur mon passé, nostalgique d'un pays que je ne connaissais pas, les jeunes Algériens, eux, n'aspirent qu'à traverser la Méditerranée.

Le lendemain, vers 10 heures du matin, Anissa nous dépose à la gare centrale d'Alger. Direction les montagnes de Chlef. Le taxi jaune quitte la ville et emprunte l'autoroute d'Oran. Les hauts immeubles d'Alger accrochés à flanc de colline cèdent la place à des vergers verdoyants. J'entre enfin dans l'Algérie profonde. Tous les 500 mètres, des barrages militaires ralentissent les voitures et rappellent la guerre larvée qui ronge encore le pays. Kalachnikov au poing, les soldats jettent un coup d'œil rapide à l'intérieur des véhicules qui roulent au pas. Passé la guérite, le chauffeur accélère de nouveau. La voiture traverse la plaine de la Mitidja, ses hectares d'orangers et de citronniers à perte de vue. J'imagine les anciens domaines des colons, Borgeaud, Germain... Avant de s'engager comme harki, mon père a vendangé

---

[1]. Jeunes désœuvrés qui « tiennent » les murs.

chez ces grands propriétaires terriens. Lui aussi a sué sous son burnous de fellah, sous l'œil de contremaîtres intraitables. Aujourd'hui, ces terres sont cultivées par des Algériens. Sur l'autoroute, des petits marchands ambulants vendent des salades. Des enfants qui n'ont même pas 10 ans...

Après deux heures de route, le taxi nous dépose à El Attaf, un modeste bourg posé sur le bord de la nationale. Des baraques en parpaings se succèdent le long d'une route terreuse où courent des poulets et des chèvres. Des enfants galopent pieds nus après un ballon de chiffon, les hommes, barbiers, vendeurs, paysans, vaquent à leurs occupations ou prennent un thé à la menthe sous des auvents poussiéreux. Pas une femme ne marche dans les rues peuplées de jeunes désœuvrés. Je suis la seule. En pensée, je remercie Anissa qui m'a conseillé de me couvrir les cheveux d'un chèche. A vrai dire, je me sens un peu handicapée avec ce fichu vert kaki qui me bouche la vue aussi sûrement que des œillères. Malgré mon visage voilé, les hommes que je croise dans la rue me harponnent de leurs prunelles de braise. Si je soutiens leur regard ne serait-ce qu'une seconde, leurs yeux s'accrochent à moi comme si cela valait une invite. Je suis une intruse dans ce monde masculin où personne, ni le chauffeur de taxi qui nous a conduits ici, ni le serveur au restaurant sur le bord de la nationale où nous avons mangé, ne m'adresse la parole.

« Regarde, un cousin à nous ! » Ahmed fuse dans la rue et agrippe le bras d'un homme de 40 ans. Il porte un blouson de cuir noir et un turban jaune sur la tête, la coiffe typique des montagnards, surnommée aussi « trente-trois tours » – comme les vinyles. Après des retrouvailles étonnées et joyeuses, El Hadj – tout le monde l'appelle ainsi – nous propose de nous emmener au village, *mon* village.

L'homme est un notable : je souris en entrant dans sa

Ford bleue décorée d'une rose en plastique rouge posée sur le tableau de bord. La voiture quitte El Attaf et grimpe sur une route déserte envahie de poussière. « Il y a deux ans, plus personne n'empruntait ce chemin à cause des islamistes, raconte le chauffeur. Ils ont égorgé beaucoup de gens, ici. » Quand la voiture ralentit devant les guérites militaires plantées en rase campagne, je frissonne en pensant aux faux barrages montés par les GIA. Des milliers d'Algériens y sont morts. El Hadj passe la troisième et peine à gravir les 1 000 mètres d'altitude. La terre, omniprésente, s'infiltre partout, dans les champs, sur la route, sur les vêtements et jusque dans les plis des peaux tannées. A l'affût de sensations familières, je baisse la vitre pour mieux admirer, sentir, humer les odeurs de ces collines rondes et chaudes. Devant moi s'étend un désert de terre rouge brique, un paysage aride de caillasse et de poussière hérissé d'arbustes rabougris, qui dégage quelque chose de doux et de sauvage à la fois. « Stop ! » crie Ahmed. Il est aussi excité que moi. La voiture se gare sur le bas-côté, je pousse la portière d'un coup sec et bondis à l'extérieur. Plantée sur le bord de la route, j'embrasse le panorama du regard, ces collines que ma mère m'a si souvent décrites, ces montagnes où elle courait pieds nus derrière son troupeau de chèvres, ces grands espaces que j'ai imaginés tant de fois sans parvenir à en sentir cet air pur, ces essences, ce ciel voilé comme les femmes d'ici et cette terre rougeoyante dans le soleil couchant... Après l'étouffante traversée des camps, j'ai l'impression de revivre : je respire à grandes bouffées, l'oxygène pénètre par tous les alvéoles de mes poumons. Cette terre que mes parents pleurent depuis quarante ans se matérialise soudain devant moi : je n'imaginais pas que c'était si simplement beau. Voilà donc mes racines... Voilà donc, aussi, le berceau de la tribu de mes parents, de « ma » tribu : les Beni Boudouane.

Je repense aux découvertes que j'ai faites au Centre des archives d'outre-mer, à Aix-en-Provence. En fouillant dans les dossiers sur les tribus anciennes, je suis tombée sur une monographie microfilmée relatant l'histoire de mes ancêtres. En lisant ce vieux document, je n'en croyais pas mes yeux. Moi, la fille de harkis sans passé et sans racines, j'avais des ancêtres, non pas arabes comme j'en étais persuadée depuis mon enfance – et comme toute ma famille le croyait depuis des générations – mais… berbères ! C'était stupéfiant. Je découvrais une facette cachée de mon identité. Arabisés et islamisés quelques décennies avant la conquête française, les Beni Boudouane qui errent sur ces collines descendent des grandes tribus berbères de l'Ouarsenis, une chaîne de hautes montagnes enneigées dont les pics dentelés, devant moi, hérissent l'horizon. A l'arrivée des Français, les Beni Boudouane avaient déjà oublié leur culture d'origine, même si les plus anciens parlaient encore le berbère. Cette révélation m'a bouleversée, parce qu'elle désensablait tout un pan de mon histoire. Je suis donc berbère… Je suis rassurée, rassurée parce qu'il y a déjà eu un changement culturel dans ma famille. De Berbères, nous sommes devenus Arabes. Et d'Arabes, aujourd'hui, nous devenons Français. Comme moi, mes ancêtres ont changé de langue, de coutumes, d'identité… En basculant dans l'islam, ont-ils eu le sentiment de « trahir » leurs origines, comme j'ai pu l'avoir en devenant française ? Apparemment, non. Cela dédramatise mon histoire…

J'ai appris aussi que les Beni Boudouane descendent d'un marabout, Sidi Ali Ben Haï – mon ancêtre. Autour de ce vieux sage, ils organisaient souvent des *diwan*, ou assemblées de justice. L'équité de ces *diwan* était reconnue dans toute l'Algérie, à tel point que le terme dériva en « Bou douane ». Érudite, cultivée, éprise de sciences et de lettres, la tribu entretenait de bons rapports avec le bey d'Oran, représentant de la présence ottomane dans la région. Presque totalement décimée par une épidémie, puis par une guerre avec la tribu voisine des Attafs, la tribu s'est farouchement battue contre l'armée française durant la conquête. Elle a été l'une des dernières grandes tribus de l'Ouest algérien à se soumettre. Mes aïeux ont combattu sur ces collines de terre sous l'égide de l'émir Abd el-Kader jusqu'en 1841. C'est très romanesque... Mais quel paradoxe ! Ils ont résisté à l'envahisseur pour, un siècle plus tard, se battre aux côtés du colonisateur contre l'indépendance ! En tout cas, une fois vaincus, ils ont prêté serment d'allégeance à cette nouvelle puissance dominante.

Cet historique, daté de 1861, a été écrit au moment du *senatus-consulte*, par un administrateur français chargé de délimiter les terres dans un pays où la propriété privée n'existait pas. En fouillant davantage dans cette monographie, j'ai relevé d'autres détails édifiants. La tribu de mes ancêtres s'est vue expropriée, par le gouvernement français, de 3 000 hectares de ses meilleures terres, sur les quelque 36 000 qu'elle occupait, gardant juste le droit d'usage des forêts. Toutes les réclamations d'« indigènes » ont été déboutées, hormis celles qui portaient sur des sols inexploitables par l'État. Chassés de la vallée du fleuve Cheliff, les Beni Boudouane ont dû s'installer sur des plateaux incultes, en altitude. Écrasée sous le joug colonial, appauvrie, clochardisée, cette grande tribu de sages et de guerriers est devenue un agrégat de paysans miséreux grattant des terres impropres à la culture : ces collines arides qui ont vu naître, se battre et mourir mes ancêtres, ces mamelons de terre rouge devant lesquels je me tiens aujourd'hui.

Des bêlements suivis d'éclats de voix me tirent de ma rêverie. Mené par un groupe d'enfants, un troupeau de chèvres s'approche au loin. Les gamines, dont certaines n'ont même pas 5 ans, courent pieds nus sur les talus en nous interpellant gaiement : en elles, je vois ma mère, fillette brune avec un fichu sur la tête, des vêtements rapiécés, des cheveux pleins de poussière et le nez coulant de morve, menant des bêtes dans le djebel du matin au soir.

Je remonte mon chèche qui ne cesse de glisser sur mes épaules. Immobile sur le bord de la route, je n'arrive plus à m'arracher à ce spectacle. Inquiet devant le soleil qui décline, Ahmed me tire par la manche : « Allez, viens, ce n'est que le début… » On remonte en voiture. La Ford renâcle sur la route en lacets recouverte d'une fine pellicule de terre. Un village de préfabriqués surgit au détour d'un virage. Sur la droite, une caserne où des hommes vêtus d'un uniforme bleu montent la garde. Des dizaines de soldats déambulent dans l'unique rue principale, avec un fusil à pompe en bandoulière et un uniforme bleu brodé de lettres arabes maladroites. Recrutés par le gouvernement, ces gardes communaux surveillent le douar où les terroristes des GIA ont beaucoup sévi. Ils sont les supplétifs de l'armée algérienne. Et si le Front islamique du salut (FIS) avait pris le pouvoir – je l'envisage avec horreur –, que serait-il advenu de ces hommes ? En passant devant eux, je pense à mon père qui patrouillait dans le village il y a quarante ans avec son uniforme kaki, son arme en bandoulière et sa cartouchière à la ceinture. Dans sa tête, il avait le même but que ces hommes : défendre les siens… Il avait le même but, certes, mais évidemment pas le même ennemi. Je lève la tête. Au sommet de la colline, j'aperçois une autre caserne hérissée de barbelés, cernée d'un haut mur d'enceinte de couleur ocre où stationnent des chars et des half-tracks : c'est l'ancienne SAS du village où l'armée française était postée. Mes parents m'ont parlé de ce camp militaire qui surplombe la vallée et semble inaccessible, seule trace, à l'époque, de la présence européenne dans cette région sous-administrée. Aujourd'hui, des soldats algériens y campent, affairés à une autre guerre. A nouveau j'ai le sentiment de revivre l'histoire de mes parents, à nouveau passé et présent se confondent. Mais cette fois, la ressemblance ne se limite pas aux chars muséifiés posés à l'entrée de Bourg-Lastic, cette fois, la guerre n'est plus un décor. A l'instar de mes parents, j'entre dans un conflit qui, hier comme aujourd'hui, ne dit pas son nom...

La voiture quitte la route goudronnée et s'engage sur une piste de terre jonchée de déchets ménagers, de bouteilles vides et de sacs en plastique. Sur le chemin qui serpente entre des oliviers noueux, des eucalyptus, des agaves et des figuiers de Barbarie, des paysans grattent leur terre avec un soc archaïque et fouettent des ânes maigrichons. Comme mon père il y a quarante ans, les fellahs labourent à la traction animale... Il est 18 heures, la nuit commence à tomber. Ahmed presse notre chauffeur. Il faut vite se rendre chez son oncle, avant l'obscurité totale. L'homme stationne quelques minutes devant chez lui, rentre dans sa maison et en ressort armé d'un fusil. Je m'en inquiète. « Tu crois que c'est dangereux d'aller là-bas ? » Il me sourit dans le rétroviseur : « N'aie pas peur, c'est juste pour chasser le gibier. » Du gibier à longue barbe et aux yeux cernés de khôl, plutôt... Je m'enfonce dans mon siège arrière et remets encore une fois mon chèche rebelle.

La voiture roule en première sur une piste défoncée où un 4×4 ne s'aventurerait pas... Elle borde des ravins encaissés, slalome entre des rochers, des arbres effondrés et des nids-de-poule, s'enfonce dans un oued asséché. Le relief se durcit, devient plus montagneux. Le djebel nous entoure complètement. Il fait nuit noire. Des insectes s'écrasent contre la lumière des phares. Je regarde par la vitre ces montagnes obscures que les groupes islamistes armés sillonnent encore probablement, terrorisant les maisons éparpillées dans ces collines. Nous sommes à leur merci. Je frissonne à nouveau. J'ai hâte d'arriver...

Au bout d'une heure de cahotements et de secousses où j'ai manqué plusieurs fois m'assommer contre la vitre, les phares accrochent soudain un groupe d'hommes, quatre ou cinq, peut-être plus, assis sur un talus, qui discutent dans l'obscurité. Tous armés. Qui sont-ils ? Visiblement sur leurs gardes, ils se redressent brusquement à notre approche et pointent leurs fusils vers nous. Je transpire sous mon chèche, mon cœur bat à tout rompre. Pourquoi me suis-je aventurée dans ce djebel isolé où même les soldats ne se hasardent pas ? Je réalise, trop tard, mon inconscience. Ahmed bondit hors de la voiture. Les hommes, dont on ne voit que l'éclat de leurs armes, entourent désormais le véhicule. Leurs silhouettes inquiétantes se découpent derrière la vitre. Ils s'approchent pour regarder à l'intérieur... Terrifiée, je m'enfonce dans la banquette. J'entends des éclats de voix... Et aussitôt après des embrassades ! « *Salam aleikoum !* » s'exclame Ahmed, qui a reconnu ses cousins avec soulagement... Il les salue à grands coups de tapes dans le dos et de baisers bruyants, tandis que je soupire d'aise. Je sors à mon tour dans la nuit d'encre. Je me sens tellement soulagée que j'ai, moi aussi, envie de les embrasser. Mais la pudeur naturelle des filles du bled à laquelle j'essaie, tant bien que mal, de me contraindre, me freine quelque peu. Je me borne à serrer des mains calleuses.

Alors qu'Ahmed finit le voyage à pied, bras dessus bras dessous avec ses cousins, je remonte frileusement dans la voiture. Quelques mètres plus loin, derrière des arbustes, une ampoule isolée signale la présence d'une habitation. La maison de l'oncle d'Ahmed. Le véhicule freine brutalement, dans une tempête d'aboiements de chiens jaunes déchaînés. Un homme de haute stature sort du gourbi. Il porte un sarouel bleu marine, une cape brune sur les épaules et un chèche jaune-orange sur la tête. Imposant, très digne avec sa canne à la main, je l'imagine davantage en cavalier de la smala de l'émir Abd el-Kader qu'en fellah labourant ses montagnes. Mon cousin m'a un peu parlé de lui dans la voiture : « Mon oncle est un ancien collecteur de fonds du FLN. Son frère, mon père donc, était harki. Malgré la guerre qui les a séparés, ils sont restés toujours très proches. Mes parents m'ont donné son prénom. Pour moi, il est mon deuxième père. » Je ravale ma salive. M'acceptera-t-il, moi, la fille d'un traître contre qui il a peut-être combattu ? Jamais je n'aurais imaginé débarquer en Algérie directement chez un ancien militant du FLN, plonger ainsi en plein cœur de l'Histoire. Je sors de la voiture et m'avance vers lui. « Qui es-tu ? » me demande-t-il en arabe. Je lui réponds d'une voix que j'espère ferme : « Je suis une Kerchouche et je suis venue de France avec Ahmed. » Son regard s'adoucit : « Entre, ma fille, tu es la bienvenue dans ton pays. » Soulagée, je lui souris. Il penche sa tête vers moi et, comme le veut la coutume, je l'embrasse sur son chèche, au-dessus du front, pour le saluer. Intimidée, j'entre dans la cour. Et m'immobilise.

Sous le porche, le passé me saute au visage. Je vacille, prise de vertige. Au pied d'un figuier, cavalant après un gros lapin gris, des enfants jouent pieds nus dans la terre glacée de décembre, les cheveux emmêlés, le visage écorché, les vêtements déchirés, et je ne sais plus si ce sont les cousins d'Ahmed ou mes frères et sœurs qui courent dans l'Algérie rurale des années 1950. Un chevreau noir bêle après sa mère tandis qu'une fillette d'à peine 5 ans, telle une petite mère, porte un bébé d'un an à califourchon sur son dos. Vêtu d'un maillot de foot, un adolescent, 17 ans tout au plus, se balade fièrement d'une pièce à l'autre avec son fusil à l'épaule. Les images que j'ai devant les yeux correspondent exactement aux scènes de vie quotidienne que ma mère m'a longuement décrites pendant des années, se parlant davantage à elle-même qu'à moi, sa fille. Je « vois » ce qu'elle m'a raconté. Dans une pièce, au fond de la cour, une femme en foulard et vêtue d'une robe traditionnelle prépare du couscous, accroupie à même le sol devant un feu de bois. Est-ce la tante d'Ahmed occupée à sa tâche ou ma mère qui surgit du passé ? Je ne sais plus. J'ai le sentiment que, depuis quarante ans, rien n'a changé. La même misère d'avant guerre règne dans ce gourbi aux murs blanchis à la chaux. Dans le salon, un frigo flambant neuf, dont la blancheur tranche avec l'ambiance rustique de la maisonnée, rappelle que l'électrification a quand même atteint les maisons les plus reculées du bled. C'était il y a deux ans.

Dans une grande pièce nue au sol en terre battue, meublée sommairement, l'oncle d'Ahmed s'assoit devant une table basse. Une assiette de couscous, une casserole de lait de chèvre, un bol rempli de graines de grenades décortiquées nous attendent déjà. Je m'installe à côté de lui. « *Bismillah* – au nom de Dieu… » Il rompt le pain et commence à manger en silence. Je l'imite, intimidée. Au bout de deux cuillerées de couscous, un goût rance envahit ma bouche. Par politesse, je me retiens de grimacer, peu habituée à ce goût fort de beurre de lait de chèvre. Je me rabats sur les grenades. Tout en avalant les graines, je brûle de l'interroger… « Pendant la guerre, tu as travaillé avec le FLN tandis que ton frère était harki. Est-ce qu'il y avait de la haine entre vous ? » Ses mains rugueuses de paysan posées sur ses genoux croisés, il sourit, nullement gêné, et dévoile de toutes petites dents blanches : « Quand la guerre s'est déclenchée, *benti*, il fallait choisir son camp. Mes trois frères se sont engagés comme harkis, il ne restait plus que moi. On s'est réunis tous les quatre à la maison, et on a parlé. Si je m'engageais comme eux, nous aurions été menacés par les djounouds

– les soldats du FLN. Je me suis alors rangé dans leur camp, pour protéger ma famille de ses exactions. Ainsi, nous étions à l'abri des deux côtés. Si l'on rencontrait une patrouille française, mon frère montrait sa carte de harki. Si l'on tombait sur un groupe de moudjahidin, je donnais mon nom. On pouvait passer tous les barrages. » Plus qu'une réelle conscience politique, c'est le bon sens terrien qui anime cet homme posé, dont émane une grande sagesse. « Mais l'indépendance de l'Algérie, ça ne comptait pas ? » « Si, bien sûr, mais ce n'était pas notre priorité. On ne pensait qu'à survivre dans un pays où la guerre augmentait le risque de famine. Avec leur solde, mes frères m'aidaient à nourrir mes enfants. Nous étions solidaires. Sinon, je n'aurais jamais pu tenir. » « Et si, au cours d'une mission, tu avais croisé la patrouille de tes frères, est-ce que tu aurais tiré sur eux ? Est-ce qu'ils auraient tiré sur toi ? » « Sur un champ de bataille, nous n'étions plus frères, mais ennemis. Dieu merci, cela n'est jamais arrivé. » Il hoche la tête, puis reprend : « Tu sais, j'ai bien connu ton père. Je l'appréciais beaucoup. J'étais très ami avec son grand frère, ton oncle Latrache, qui est décédé – que Dieu ait son âme. Lui aussi travaillait au FLN. C'était pareil chez toi. Ton père était harki, son frère Latrache, au FLN. »

Je le fixe à mon tour, comme frappée par la foudre : « Non, ce n'est pas possible. J'ai posé la question vingt fois à mon père. Vingt fois il m'a affirmé que personne, dans notre famille, n'était monté au maquis rejoindre les moudjahidin. » « Si, je t'assure, *benti*. Je travaillais avec ton oncle. Lui aussi collectait de la nourriture, des munitions et de l'argent pour les maquisards. Il ramenait tout chez moi, ici au fond de l'oued asséché, parce que ma maison était l'une des plus isolées. Grâce à nous, les moudjahidin se ravitaillaient chaque nuit... » Je ne l'entends plus, ébranlée par cette révélation. Mon père ne m'a pas dit la vérité. Pourquoi ne m'a-t-il jamais parlé de son frère ? Se haïssaient-ils à ce point ? Peut-être que l'engagement de Latrache le renvoyait à sa propre culpabilité... A la chape de plomb qui pèse sur l'histoire des harkis, s'ajoutent les dissimulations de mon père. Je pensais qu'il ne voulait pas en parler. Mais pas qu'il me mentait. Qu'a-t-il donc à se reprocher ?

Je questionne à nouveau l'oncle d'Ahmed. Apparemment, les langues se délient plus facilement en Algérie qu'en France. « Qu'est-ce que tu as fait, à l'indépendance ? Tu as été récompensé, je suppose... » « Non, ma fille, je n'ai eu aucune reconnaissance pour mon engagement aux côtés du FLN. Des ralliés de la dernière heure ont bénéficié de médailles et de pensions à vie, parce qu'ils connaissaient des gens dans les ministères. Moi, je n'ai rien eu. Ici, ce n'est pas le mérite qui compte, ce sont tes relations. Quand la France était là, ce n'était pas pareil. Maintenant, je fais plus confiance aux Français qu'aux Algériens. Les Français, au moins, te respectent. Pas les gens de chez nous. » « On dirait que tu es nostalgique de l'Algérie française... » « Non, mais de l'ordre français, oui. Je suis déçu de l'Algérie d'aujourd'hui, le FLN nous a volé notre indépendance et pille les richesses du pays, tandis que le peuple vit dans la misère. Pour moi, ce sont de nouveaux colons. Je vais te dire autre chose : je regrette de ne pas être devenu harki. Si je l'avais fait, mes enfants ne vivraient pas dans une telle pauvreté. Ils vivraient heureux en France, auraient du travail et ils mangeraient à leur faim. » Ses mots se gravent dans mon cerveau : « *Je regrette de ne pas être devenu harki.* » Jamais je n'aurais cru entendre cette phrase dans la bouche d'un ancien moudjahid... Je regarde à nouveau le sol en terre battue, les enfants pieds nus sur le sol glacé, leurs vêtements poussiéreux et déchirés... La seule cause que cet homme défend est la survie des siens. L'oncle d'Ahmed aurait pu, indifféremment, devenir harki ou moudjahid : au fond, cela lui importait peu. Comme mon père, probablement...

Après le repas, malgré mes protestations, la tante d'Ahmed me prépare le lit des invités – le seul de la maisonnée. Eux dorment à même le sol, avec les enfants, sur des nattes d'alfa. Je me glisse tout habillée sous les lourdes couvertures tissées à la main. A cette altitude, le froid est mordant. La tante d'Ahmed éteint la lumière. Emmitouflée jusqu'au nez, dans l'obscurité totale, je repense à cette étonnante journée. Pas un bruit alentour. Toutes ces révélations m'ont troublée. Un moudjahid qui envie les harkis... Et je me découvre un oncle au FLN ! Tout se bouleverse dans ma tête. Et je ne suis sûrement pas au bout de mes surprises. Je m'endors un peu inquiète, avec la conscience d'être égarée au fond d'un oued asséché, en plein maquis islamiste. Avant de sombrer dans le sommeil, j'essaie de me rassurer : demain, je vais enfin pénétrer dans la maison de mes parents. Demain...

Le couscoussier ébréché

La lumière du jour filtre à travers les interstices de la porte en bois. Je m'éveille doucement, tout engourdie, comme après un rêve. Pourquoi ai-je si froid ? Quelle est cette pièce inconnue ? Je réalise que je suis en Algérie. Au cœur des montagnes de Chlef. Chez mes parents… Le puzzle se reconstitue dans ma tête. Groggy, je sors du lit et enfile mes baskets. J'entends la tante d'Ahmed qui s'affaire depuis l'aube dans sa cuisine, pétrissant le pain et nourrissant les bêtes. Sa fille Djamila, 8 ans, a emmené le troupeau au pacage. Je me débarbouille dans la cour, devant la maison, avec pour récipient une boîte de conserve remplie d'eau. Pas de toilettes ici, les besoins se font dans la nature. Je fais quelques pas dans l'aube fraîche avec Ahmed, apaisée, sereine. Du flanc de la colline, le panorama sur l'oued asséché tapissé de pousses de blé vert est magnifique.

Je retourne à la maison, où un plateau m'attend. Pendant que je mange ma galette de semoule avec du thé à la menthe, Ahmed entre en trombe, tout essoufflé : « Il y a des gens pour toi. » « Pour moi ? » La surprise me cloue sur place. Qui vient me voir ? Au village, personne ne sait que je suis là. « Ce sont tes cousins, je crois. » Surprise, je répète bêtement : « Mes cousins ? » Curieuse et inquiète à la fois, je traverse la cour en quelques enjambées et franchis le portail. Assis sur un banc devant la maison, deux inconnus m'attendent.

L'un d'eux ressemble à mon père. Âgé de 50 ans environ, il porte une veste kaki et un énorme turban jaune sur les cheveux, qui s'enfonce sur son long visage tanné par le soleil. Son large sourire découvre des dents noircies et métalliques, probablement abîmées par des années de *chema* – le tabac à chiquer. Je lui tends une main timide, il m'embrasse avec enthousiasme. « *Salam aleik*, s'exclame-t-il, je m'appelle Djamel. Tu es la fille de mon oncle, sois la bienvenue dans ton pays. Ta famille est venue t'accueillir et te chercher. » « Me chercher ? » « Oui, prends tes affaires, tu viens avec nous. » Leur ton est ferme. J'hésite. Je ne les connais pas, après tout. « Maintenant ? » « Oui, nous sommes descendus du village spécialement pour toi. » Je retourne dans la maison, indécise. « Vas-y, me persuade Ahmed, sinon, ils vont se vexer. C'est mon oncle qui les a prévenus ce matin. » Rassurée, je prends mon sac à dos et les rejoins dehors. Je lance : « Je suis prête. »

Je monte dans leur Peugeot 404 bâchée, la voiture typique des gars du bled qui ressemble à une bétaillère. Dans le véhicule qui nous ballotte de tous côtés, Djamel me questionne longuement sur ma famille en France. Je réponds comme je peux dans un arabe aussi chaotique que la piste. « Bravo, tu parles très bien notre langue », me félicite-t-il. Il n'a pas l'air ironique… « D'habitude, les rares enfants de harkis qui viennent ne connaissent pas un mot. Toi, tu t'exprimes comme une fille d'ici. » Je souris du compliment, évidemment exagéré tant mon accent français passe difficilement inaperçu. « Pourquoi ton père ne t'a-t-il pas accompagnée ? me demande-t-il enfin. J'étais tout petit quand il est parti, mais je me souviens très bien de lui et de son nez abîmé. » Je me sens un peu gênée… Que lui dire ? Je finis par lui avouer avec franchise : « Il a peur de venir. A cause du passé. Il craint que les gens ne lui en veuillent. » « Pas du tout ! s'exclame Djamel. Tu sais qu'il y a encore plein de harkis qui vivent ici ! Certains ont été tués à la fin de la guerre, c'est vrai, mais après les autres n'ont jamais été inquiétés. Ton père peut revenir quand il veut, personne ne lui reprochera rien. A part de ne pas être rentré plus tôt. On a tellement envie de le voir... »

Je l'observe du coin de l'œil. Sa tristesse semble sincère. Intérieurement soulagée, je n'en laisse rien paraître. Mon attention se reporte sur le paysage, que j'ai traversé hier en pleine nuit. Un soleil éclatant inonde la piste et les coteaux bordés de ravins, plantés de lentisques et envahis de broussailles. Je découvre une terre encaissée, torturée comme les hommes l'ont été par deux guerres fratricides. Ainsi, ils ne lui en veulent pas. Ainsi, ils n'ont gardé aucune rancœur. Quand je pense qu'à Alger certains jeunes considèrent les harkis comme des traîtres... La voiture croise des fillettes au foulard coloré ployant sous des outres d'eau aussi grandes qu'elles. Des hommes âgés, assis à califourchon sur leur âne, transportent des fagots de bois dans des paniers de raphia. Enfants ou vieillards, tout le monde travaille ici. J'ai l'impression de basculer des siècles en arrière... Djamel reprend : « Tu veux voir la maison de tes parents ? » « Ah oui, je suis venue pour ça... »

A 600 mètres de l'entrée du village, la 404 bâchée bifurque à un virage et emprunte une petite piste. Il s'arrête. « Ça y est, on est arrivés. » « *Win ?* Où ça ? » « Chez toi. » A 50 mètres de l'endroit où stationne le véhicule, je ne vois rien qu'une bergerie plantée sur un tertre. Sceptique, je descends de voiture. Je m'avance à pas lents vers cette cahute en pierres cernée de ronces, d'eucalyptus, d'amandiers et de cyprès desséchés. Je contourne un tas de fumier jeté au milieu du chemin. Sur le côté gauche, dissimulés sous des branchages, j'aperçois les restes d'un grand récipient en bois, cassé, délavé par la pluie et craquelé par le soleil. Djamel le ramasse : « C'est le plat à couscous de ta grand-mère. » Je repense à la photo de la mère de mon père arrivée dans une enveloppe chez mes parents, lorsqu'ils vivaient à Roussillon-en-Morvan. Ce vieux cliché sépia d'une squaw au regard vide avait glissé sur le sol en ciment. Il annonçait à mon père pétrifié la mort de sa mère en Algérie. Le plat dans les mains, mon cœur se serre.

J'arrive devant un portail en bois blanchi par le soleil de quarante étés. Les planches se disloquent dans les broussailles. Je lève la tête vers un gourbi en forme de L, dont l'un des murs est noirci de suie. La suie de ma mère. Le gourbi de mes parents. La porte composée de planches mal dégrossies. L'esprit vide, je n'arrive toujours pas à réaliser ce qui m'arrive. Tout est trop rapide, tout se bouscule dans ma tête. Cette bergerie ne peut pas être leur maison, parce que ce n'est pas une maison. Je m'approche de la porte faite de planches mal dégrossies. Je ne ressens aucune émotion. Le décalage est trop grand. C'était il y a trop longtemps et ce monde est trop loin de moi.

Djamel disparaît derrière un talus puis redescend en portant, comme un trophée, une sorte de récipient ébréché, percé, au fond, de gros trous maladroits. « C'est le couscoussier de ta mère... » J'empoigne l'ustensile en terre cuite et gratte avec un bâton la terre humide qui s'est logée au fond. Je dégage les alvéoles de leur gangue. Oui, c'est bien son couscoussier. Je le retourne de tous les côtés, émue, soudain, devant ce modeste objet en argile que ma mère a modelé de ses mains et percé de ses doigts. En France, de Bourg-Lastic à Bias, je n'ai jamais rien retrouvé qui lui appartienne. Il m'a fallu traverser la Méditerranée et remonter quarante ans en arrière pour dénicher, ici, ce vieil ustensile. Et pas n'importe lequel. J'ai vu tant de fois ma mère rouler la semoule avec ses mains expertes que j'ai l'impression que toute mon enfance filtre à travers ces alvéoles. J'annonce à mon cousin : « Je vais le rapporter à ma mère, en France. Elle sera très heureuse de le retrouver. »

Djamel hausse ses sourcils charbonneux, perplexe. « Tu crois ? Elle ne pourra rien en faire, il est cassé ! » « Ce n'est pas grave, elle le gardera en souvenir. » « Comme tu veux », répond-il en haussant les épaules, pas très convaincu. Je me tourne vers le gourbi. Ça y est, je suis prête. Le couscoussier à la main, je pousse la porte de la cahute en pierres, comme si le passé m'aspirait à travers l'ouverture…

En cercle autour du *kanoun* – un fourneau de terre à trois pieds – presque éteint, dont les braises rougeoient encore faiblement dans l'obscurité, ils sont là, ma mère, mon père et leurs enfants, assis sur une natte d'alfa posée à même la terre froide, mangeant un morceau de *kesra*, serrés les uns contre les autres. C'est l'hiver, il y a plus de cinquante ans, bien avant la guerre d'Algérie et bien avant les camps. Dehors, la neige recouvre les figuiers de Barbarie. Moha n'est pas né. Mon père n'est pas encore harki.

Les conditions de vie sont très dures pour les Algériens. En un siècle de présence française, la population rurale s'est clochardisée. De l'autre côté du pays, l'ethnologue Germaine Tillion le constate dans les Aurès. Les plus pauvres quittent les montagnes pour aller gonfler les bidonvilles d'Alger. Avant de se marier, mon père, orphelin et vagabond, dort dehors à même le sol, son bras replié sous la tête en guise de coussin. Pour survivre, il offre sa force aux colons de la Mitidja et aux propriétaires musulmans. Née en 1936, ma mère emmène son troupeau de chèvres dans le djebel. Depuis l'âge de 5 ans, elle travaille sans relâche et ne mange qu'un bout de pain dans la journée, sans connaître un jour de repos. Elle n'a jamais été scolarisée et n'a aucune instruction. D'ailleurs, hormis en Kabylie, la France a construit très peu d'écoles dans la campagne algérienne. Il n'y a pas de routes, pas d'électricité, pas d'eau courante et pas d'administration : contrairement à ce qu'affirment les pieds-noirs, la France coloniale n'a pas vraiment mené de mission civilisatrice dans la région de mes parents. Hormis les colons de la vallée du Cheliff, il n'y a aucun Européen dans ces collines arides : ils se concentrent sur le littoral et les grandes plaines fertiles. A l'âge de 18 ans, ma mère n'a jamais vu un seul Français de sa vie. Les premiers sont des gendarmes à cheval qu'elle croise un jour en menant son troupeau. Effrayée, elle s'est enfuie.

1939. La Seconde Guerre mondiale éclate. Les Algériens sont mobilisés. Mon grand-père et ses trois frères embarquent dans un bateau pour aller défendre une métropole qu'ils ne connaissent pas. Mon grand-père est un vétéran. Avant de mourir, il avait commencé à me raconter ses trois guerres sous le drapeau français. A 18 ans, en 1930, dans le 13e régiment de tirailleurs, il s'est battu dans le Rif contre les « rebelles » marocains. Deux ans et demi « d'une vie de rat dans la montagne », se rappelait-il. Dix ans plus tard, la France l'enrôle à nouveau pour lutter contre l'Allemagne nazie. Il se bat à Sarreguemines, Nancy, Soissons... « On savait qu'il fallait obéir ou mourir. Certains pleuraient. Il faisait froid. Notre train a été bombardé. » Dans l'enfer des forêts de Lorraine, il patauge dans la boue jusqu'aux genoux, les balles sifflent au-dessus de sa tête. Ses camarades sont capturés par les Allemands. Blessé à la jambe par un éclat d'obus, il est sauvé de justesse puis rapatrié et soigné à l'hôpital d'Alger. Après la débâcle, en 1940, il reste mobilisé jusqu'en 1945 à la caserne d'El Attaf, où il garde des prisonniers italiens et allemands. Mon grand-père entend parler de De Gaulle pour la première fois. « Il promettait l'indépendance après la guerre. Les colons l'ont empêché après 1945. » Mon grand-oncle Ali, lui, embarque pour la Corse. En 1942, dans une caserne d'Ajaccio, il sert le vin au général de Gaulle pendant que celui-ci joue aux cartes. Le débarquement en Sicile se prépare, Ali y participe aux commandes de son char. La mer est recouverte de bateaux et le ciel est noir d'avions de combat : l'impressionnante armée des Alliés affronte la Wehrmacht et les troupes italiennes. Au cours de l'assaut, une bombe explose près du char d'Ali. L'engin se retourne, mon grand-oncle est touché à la jambe. Il est rapatrié en Corse puis en Algérie. Avec deux blessés de guerre dans ma famille, les miens ont payé un lourd tribut à la France.

Pendant la guerre, ma mère et ma grand-mère rendent visite à mon grand-père, mobilisé alors dans sa caserne d'El Attaf, à 40 kilomètres. Les deux femmes se lèvent à l'aube et marchent toute la journée, avec leur mule, pour arriver le soir au camp militaire, complètement fourbues. Elles croisent les prisonniers allemands qui cassent des pierres dans une carrière. Elles libèrent la mule et s'assoient sur une botte de foin. Mon grand-père les rejoint. Il est très amaigri. Ma grand-mère lui a ramené de la *kesra*, des œufs de pintade que ma mère a dénichés dans la forêt, des figues et du lait caillé. Il mange avidement et le sourire revient sur son visage émacié. Le lendemain, il les emmène au marché d'El Attaf. Mais les étals sont vides. Hormis des chèvres, des moutons, des vaches, des bourricots, des mules, il n'y a aucune nourriture. En fouillant dans le souk, il trouve une paire de chaussures, qu'il paye avec l'argent de sa solde. Il les tend à sa fille. Ma mère les prend avec précaution, les admire sous toutes les coutures puis les enfile fièrement. A 8 ans, elle porte des souliers pour la première fois de sa vie.

Loin des soubresauts politiques, la vie communautaire du village se déroule, immuable, depuis des décennies. Pendant les fêtes du village, l'Aïd, en hommage au sacrifice d'Abraham, ou le Miloud, l'anniversaire du Prophète, ma mère aime écouter les chants sacrés des marabouts, qui psalmodient des sourates du Coran. A chaque naissance, elle participe à la fête : la tradition veut que les jeunes filles portent le nouveau-né de maison en maison, sur un baldaquin, pour annoncer sa « venue au monde », et reçoivent une galette ou des figues de Barbarie en cadeau.

Ma grand-mère paternelle, elle, vit dans une maison voisine, à quelques centaines de mètres. Veuve très tôt, la Bartouchia a élevé seule ses six enfants. Mon père est le plus jeune d'entre eux. Pour survivre, elle ramasse de l'argile en forêt et moule des poteries qu'elle vend au souk, le vendredi. Elle vend aussi des fagots de bois, des glands et tout ce qu'elle peut troquer contre un peu de nourriture. Dans les collines, mon père croise souvent une jeune bergère brune assez farouche, à la peau mate et aux yeux en amande. Occupée à sa tâche, elle ignore ce fellah au nez amoché.

Mon grand-père, en revanche, remarque ce solide gaillard de 25 ans à la voix puissante, qui chante des refrains ancestraux, joue de la *gasba* – flûte en bois – et manie le bâton avec une adresse redoutable. Il conclut un accord avec lui. Si mon père travaille une saison pour mon grand-père, en échange, ce dernier lui offrira son aînée. Le marché est conclu : ma fille contre tes bras. En 1951, quand ma grand-mère lui annonce son mariage, ma mère n'a que 15 ans. « On va te donner au jeune Kerchouche », lui annonce-t-elle. Mais mon père ne lui plaît pas et il ne possède qu'un misérable gourbi en terre séchée construit à la main. « Non ! » s'écrie-t-elle. « Tu sais bien que ce n'est pas moi qui commande », lui répond ma grand-mère avec lassitude. Elle n'a pas le choix. Le jour de ses noces, résignée, elle se laisse doucher par sa tante aux bains maures. Mais elle refuse obstinément la présence de ma grand-mère, à qui elle reproche sa soumission. « Je ne veux pas te voir », lui dit-elle. Puis la Bartouchia et ses fils viennent la chercher. Ils lui enfilent un burnous et l'emmènent, assise à califourchon sur une mule, sous les youyous et le baroud, les tirs de fusil en l'air. A cette joie fait écho sa tristesse. Ce soir, elle va dormir à côté d'un inconnu. Ils arrivent devant le gourbi. Elle pousse la porte entrebâillée.

J'entre, alors, à l'intérieur. Les yeux éblouis par le soleil, j'ai du mal à m'habituer à l'obscurité. Au bout de quelques secondes, la fraîcheur du gourbi m'envahit, les contours se précisent. Sur les parois, l'humidité de quarante hivers a dessiné des auréoles verdâtres. Par endroits, la terre s'effrite sur les murs et laisse la pierre à nu. De la paille, des crottes de moutons et des outils de jardinage, tuyaux d'arrosage, bêche, pelle ou râteau, jonchent le sol en terre battue. « C'est mon matériel, explique Djamel. Je cultive la terre de ton père. Tu pourras lui dire que j'ai planté des fèves et du maïs. » Une longue étagère en bois, qui traverse la pièce sur toute sa largeur, s'est effondrée dans un enchevêtrement de poutres cassées. Au fait, où sont les fameuses jarres en terre cuite dont ma mère était si fière ? Elle y stockait ses graines, son huile d'olive et son lait caillé. « Cassées depuis longtemps », soupire mon cousin. Mes yeux tombent sur une fourche. Elle a l'air ancienne. Je l'empoigne et la montre à Djamel, le regard interrogatif : « C'est celle de ton père », me répond-il. Le couscoussier de ma mère et la fourche de mon père : ces deux objets résument à eux seuls l'existence rurale et fruste de mes parents.

Je tourne dans la pièce : on dirait vraiment l'intérieur d'une bergerie. J'ai du mal à imaginer que cinq de mes frères et sœurs sont nés là, que ma mère a vécu les onze premières années de son mariage dans cette mansarde. Que Moha ait vu le jour ici. J'ai l'impression de me retrouver dans la cabane du jardin de mes parents, là où il s'est donné la mort. Ainsi, il a commencé et terminé sa vie dans une baraque. Quelques années avant son suicide, il est revenu dans cette maison, en quête des odeurs du passé, de souvenirs, d'attaches. Ce voyage l'avait marqué. J'interroge Djamel : « Est-ce que tu as aussi emmené mon frère Mohamed dans cette maison ? » « Oui, répond-il, le visage soudain grave. Il était bouleversé. Il est resté des heures à l'intérieur, prostré. Il a habité deux mois chez nous et venait souvent discuter avec moi pendant que je labourais les champs. Il se plaisait beaucoup. Il descendait voir cette maison tous les jours. Il voulait s'y installer et cultiver la terre de ses ancêtres. Il n'aimait pas sa vie en France. Il disait que son pays, c'était l'Algérie, que tes parents n'auraient jamais dû partir. Il ne supportait pas le racisme. C'est ça qui l'a tué, je crois. Il parlait aussi d'une chaleur entre les gens qui n'existe pas là-bas. » Je ne dis rien. Je ne peux rien dire. Tout s'éclaire. Moha le déraciné, l'exilé, tu ne voulais pas de cette vie en France que nos parents nous ont offerte et pour laquelle ils ont tout sacrifié. Le prix à payer était trop élevé : un pays, une identité, des racines. Sans cela, tu n'as pas pu te construire un avenir. Tu poursuivais des chimères, tu rêvais d'un monde sans racisme, sans agression, sans haine. Enfermé toute ton enfance dans les camps, tu n'étais pas prêt à affronter une société où tu te sentais rejeté. Tu as fui, dans ce gourbi d'abord, dans cette chambre où tu t'es enfermé, et enfin dans cette baraque du jardin…

Comment aurais-tu pu vivre, toi, l'enfant de France, dans ce taudis où, les jours de grande froidure, quand la neige recouvrait les collines, mes parents dormaient avec leurs ânes et leurs chèvres ? Pour réchauffer la pièce et pour que les bêtes ne meurent pas de froid, ils vivaient avec leurs animaux. Ils vivaient comme des animaux – ma mère me l'a dit. Je les imagine, sur ce sol en terre, dormant serrés les uns contre les autres. Lorsque le feu s'éteint, l'un d'eux se lève et remet des bûches, toute la nuit durant, toute l'année durant. Ils n'ont pas d'allumettes : pour allumer le foyer, ils cognent des pierres entre elles pour créer des étincelles. En ouvrant cette porte, je me retrouve à la préhistoire.

Réticente au début de son mariage, ma mère abdique et décore sa maison, peint des poteries, jette des nattes d'alfa sur le sol, moule un couscoussier qu'elle perce avec son index... Elle le pose sur l'étagère que mon père a construite.

Un soir, mon père rentre dans son gourbi après une journée harassante dans les champs. Il trouve ma mère allongée sur sa natte d'alfa, brûlante de fièvre. « Ton frère Bouthbouth me martyrise quand tu es absent », gémit-elle. Elle est allée ramasser du bois en forêt, quand elle a entendu les cris de ses enfants. Elle a jeté son fagot et couru chez elle : son beau-frère poursuivait ses petits autour du gourbi avec un bâton. Elle s'interpose : « Pourquoi tu frappes mes enfants ? » Il la fixe avec des yeux fous, lui donne un coup de poing et lui mord le bras jusqu'au sang. Elle tombe dans la poussière, il continue de la cogner avec ses pieds. Quand il s'épuise, il la laisse là, couchée dans la poussière, le corps endolori. Elle se relève. De rage, elle empoigne la pelle de mon père et lui assène un coup violent sur le crâne. Furieux, il pousse un cri de douleur et s'éloigne en courant. Voilà la vie de ma mère en Algérie. Mais un jour, elle partira, elle quittera ce pays de misère où les femmes n'ont que le droit d'être battues.

Plus que la violence des hommes, ma mère craint la maladie. Un jour, son fils Ahmed, âgé de 2 ans, se réveille en pleurant. Elle touche son front brûlant. Elle n'a aucun médicament et il n'y a pas de médecin au village. Elle doit agir. Mais comment ? Elle prend alors une *kesra* que la Bartouchia a préparée et porte son fils, sur son dos, jusque chez le wali, à Sidi Youcef. Toute la journée, assise sur le sol en terre, elle reste cloîtrée dans la pièce devant les tentures vertes et blanches du saint. Le vieux marabout, gardien du tombeau, lui écrit alors une sourate du Coran sur une feuille. Mon père, venu la rejoindre, fait fondre le talisman dans de l'eau chaude. Goutte à goutte, ma mère verse ce liquide sacré dans la bouche déshydratée d'Ahmed. Puis elle lui masse le corps avec. Au bout de dix minutes, l'enfant s'agite doucement et se réveille en pleurant. Il cherche son sein. Elle l'allaite, l'embrasse, puis rentre chez elle.

Elle pousse la porte entrebâillée de son gourbi, en remerciant Sidi Youcef à voix basse, l'implorant, aussi, de veiller sur sa famille. Mais le wali la protégera-t-il de la guerre qui, sans qu'elle s'en doute, menace leur existence ? Dans l'obscurité de la pièce, un rai de lumière éclaire les lézardes humides de la mansarde. J'entre, moi aussi, dans le cœur de l'histoire, au moment où la vie de mes parents a basculé. Quand mon père est devenu un harki.

Mon oncle d'Algérie

Je referme la vieille porte derrière moi et tourne la clé dans la serrure rouillée. Mon couscoussier ébréché toujours à la main, je remonte dans la voiture et dépose le précieux objet à mes pieds. La journée avance, il est presque midi. Mes cousins m'emmènent chez eux, au cœur du village. Les hommes se retournent sur mon passage, démasquant l'intruse en jean et en baskets qui se balade cheveux au vent avec un chèche kaki autour du cou. Leurs regards ne m'impressionnent plus. Désormais, je me sens protégée. Une autre femme, la seule, attire mon attention, furtive silhouette blanche qui descend d'une fourgonnette garée devant une cour. Une voilette brodée couvre la moitié de son visage.

« C'est une ancienne terroriste, m'apprend Djamel, qui a suivi mon regard. Quand son mari est monté au maquis, il y a sept ans, elle l'a suivi. Ils se cachaient dans les anciennes casemates du FLN, dans les montagnes de l'Ouarsenis que tu vois là-bas, à l'horizon. » Il tend son bras vers les hauts pics déchiquetés qui pointent dans le lointain. « Elle cuisinait et soignait les blessés, reprend-il. Au bout de deux ans, son mari a été tué lors d'un accrochage avec des militaires. Elle s'est retrouvée seule dans le djebel. Le soir même, un homme l'a épousée. Il a ouvert le Coran, a récité la Fatiha – la première sourate – à voix haute, et voilà, elle était sa femme. Le lendemain matin, il l'a répudiée. A la fin de la journée, un autre a pris le relais. Tous les soirs, elle dormait avec un terroriste différent. » Il s'arrête. Je termine en pensée, sans le dire, bien sûr, par pudeur : ces « mariages » ne sont rien d'autre que du viol, du viol collectif. De nombreuses jeunes filles ont été enlevées dans les maquis dans ce but.

En marchant, on arrive devant la maison de mon cousin, située près de la place du village, en retrait de la rue. « Avant, je n'habitais pas ici, raconte Djamel, mais dans un gourbi isolé, pas loin de chez tes parents. Avec mon frère Tayeb, on a dû quitter nos terres il y a quatre ans, quand les *Irhabs* – les terroristes – nous ont rackettés et menacés. » Il déverrouille un haut portail vert. A l'intérieur, les femmes, sœurs, filles et belles-filles me sautent au cou. Elles m'entourent chaleureusement, m'embrassent sur les joues jusqu'à dix fois et me serrent dans leurs bras comme une sœur qu'elles auraient perdue il y a longtemps. « On t'attendait, Djamel nous a dit que tu allais venir ! Comment tu t'appelles ? Comment vont tes parents ? On ne les connaît pas mais tu les embrasseras très fort de notre part. Pourquoi ne sont-ils pas venus avec toi ? » Assommée, je croule sous les questions, distribue tant bien que mal des réponses, des baisers et des sourires. Je suis prise dans le même tourbillon de foulards bariolés qu'à mon arrivée à Bias. « Laissez-la ! » D'autorité, Djamel tente de les chasser. Je m'interpose : « Non, ce n'est pas grave, j'ai envie de les voir. Laisse-moi discuter avec elles. » Il hausse les épaules : « Comme tu veux... » Les femmes m'emportent dans leur antre, une pièce meublée uniquement d'un buffet, d'une banquette tendue d'un tissu bleu, d'un tableau de La Mecque et d'une table basse. Où, comme par magie, apparaissent café, thé à la menthe, pâtisseries arabes, galette de semoule... « Tu dois être fatiguée, me dit l'une d'elles. Tu veux que je te lave les pieds ? » Je secoue la tête, choquée : « Non, pas du tout, je ne veux pas, je veux discuter avec vous, c'est tout. Racontez-moi comment vous vivez. » Elles se regardent en haussant les épaules. « Notre vie n'est pas intéressante. On reste cloîtrées ici toute la journée, dans la maison et dans la cour. On ne voit pas grand monde. » Je repense au portail verrouillé : oui, mon cousin les enferme quand il sort. Elles vivent donc comme des prisonnières. Si jamais un incendie se déclarait, elles mourraient brûlées vives avec leurs enfants. Je les questionne : « Comment vous vous occupez ? » La femme de Djamel, une quadragénaire qui paraît dix ans de plus, me répond : « On nettoie la maison, on coud, on parle, on regarde les feuilletons égyptiens sur la chaîne nationale… Heureusement qu'on a la télé. Sinon, on deviendrait folles. » « Vous ne sortez jamais ? » « Rarement. Ou alors pour rendre visite à une femme du village qui tombe malade ou qui a accouché. On met notre voilette et on demande l'autorisation à Djamel. » Je leur emprunte le bout de tissu brodé tendu d'un élastique et le pose sur mon visage. « Quelle chaleur là-dessous… Comment vous faites pour la supporter ? » « On a l'habitude, on la porte depuis dix ans… » « Depuis le début de la guerre ? » Elles acquiescent. Ma mère, elle, ne l'a jamais portée. Je m'emberlificote en essayant de l'enlever. Elles rient de ma maladresse, puis, curieuses, m'interrogent à leur tour : « Est-ce que tu es mariée ? » Je fais « non » de la tête, bataillant toujours avec l'élastique récalcitrant qui se prend dans mes cheveux. « Chez nous, tu as l'âge d'être grand-mère ! » s'exclament-elles. On rit toutes de bon cœur. J'arrache la voilette d'un coup sec, soulagée. « Et toi, comment tu vis, en France ? » me demandent-elles à nouveau. J'hésite à leur répondre, tant le décalage me semble énorme. Tant pis, elles ont le droit de savoir : « J'habite seule dans un appartement à Paris. Je travaille, j'ai le permis de conduire, une voiture, et je suis libre d'aller où je veux. Voyez, je suis venue vous rendre visite toute seule. » Elles ouvrent de grands yeux : « Ça, on ne peut même pas l'imaginer. Mais c'est normal, tu vis en France.

En Algérie, ce n'est pas pareil. » « Non, j'ai vu des filles à Alger qui vivent comme moi. L'avocate chez qui j'ai dormi a fait des études et voyage dans le monde entier sans son mari. Et pourtant, c'est une Algérienne d'ici ! » Elles se regardent, brusquement muettes. « Ce sont nos hommes qui nous l'imposent », hasarde l'une d'elles.

A cet instant, un petit garçon de 5 ans environ pénètre dans la pièce. Comme il ne reste plus de tabouret libre, il pousse brutalement une fillette d'une dizaine d'années, qui manque tomber par terre. Elle se lève sans rien dire tandis qu'il s'assoit à sa place. Je regarde la scène, puis les cinq femmes qui m'entourent. « Vous ne dites rien ? » Elles me dévisagent sans comprendre. « Dire quoi ? » « Vous n'avez pas vu ce qu'il a fait ? » « Si. Et alors ? » « Mais c'est grave, c'est vous qui éduquez vos garçons. Plus tard, cet enfant traitera sa femme comme vos maris vous traitent aujourd'hui. » Je n'ose pas les brusquer, mais j'ai envie de les secouer, de les sortir de leur passivité. Je mesure, aussi, le fossé qui me sépare d'elles. Voilà la vie que j'aurais eue si mes parents n'avaient pas quitté l'Algérie. A cet instant, je me sens française, définitivement française.

Au bout d'une heure de discussion, une fillette me tire par la manche : « Ton cousin Tayeb vient d'arriver. Il veut te voir. » Je l'accompagne dans une autre pièce. Un homme grand, élégant avec son blazer et son turban noir et blanc, s'approche pour m'embrasser. Je le reconnais immédiatement. Je m'écrie : « Tayeb ! » Il m'adresse un large sourire. Il y a plus de douze ans, il a passé quelques jours chez mes parents. « Tu te souviens de moi ? Moi, je me souviens de ta sœur Nacera mais pas de toi. » J'étais une adolescente si discrète… Nouvelles questions sur mes parents, mêmes réponses de ma part. Je remarque : « Tu n'habites plus dans le village ? » « Non, j'ai déménagé il y a quatre ans parce que les terroristes m'ont chassé. » On s'assoit sur une banquette. « Raconte-moi comment ça s'est passé… » « J'avais ouvert un petit commerce sur la piste qui descend du douar vers la maison de tes parents. Un soir, un groupe d'hommes armés est venu chez moi, en exigeant 250 000 dinars. J'ai payé. Un mois plus tard, j'ai reçu une lettre. Cette fois, ils me demandaient un million. Je n'ai pas répondu. Une semaine après, je marchais dans la rue principale quand une 404 bâchée s'est arrêtée à ma hauteur. Des terroristes armés en sont sortis, ils m'ont sauté dessus, m'ont lié les poignets et bandé les yeux avec mon turban. Ils m'ont jeté comme un paquet à l'arrière de la voiture. On a roulé une heure environ. Ils m'ont fait descendre du véhicule, toujours aveuglé, et on a marché dans la forêt, enfin, je crois que c'en était une. Une fois arrivés dans une grotte éclairée de torches, ils m'ont enlevé le bandeau. Une dizaine d'hommes en armes m'entouraient. Je les ai dévisagés, un à un. Je les connaissais tous : c'étaient des jeunes du village. Cette grotte, c'était une ancienne cache du FLN. "Alors, tu as reçu la lettre depuis une semaine, a crié l'émir, un gros barbu aux cheveux sales. Pourquoi tu n'as pas payé ?" "Je n'ai pas reçu de lettre, ai-je nié. Si vous voulez que je paye, libérez-moi et je vous apporterai l'argent. Je vous en donne ma parole." A cet instant, j'aurais offert tout ce que j'avais au monde pour sortir vivant de ce traquenard. Mais je me savais condamné. Peu de prisonniers revenaient vivants du maquis. "Je ne te crois pas !" a-t-il répliqué. Il a sorti un long couteau à cran d'arrêt. Terrifié, j'ai commencé à réciter une sourate du Coran, en attendant ma mise à mort. Soudain, une voix forte a retenti du fond de la caverne : "*Estena !* – Attends !" J'ai regardé dans cette direction : le jeune homme qui s'interposait avait travaillé pour moi. "Je le connais bien, reprend-il, c'est un homme de parole. Il payera. Libérons-le." L'émir s'est approché à quelques centimètres et m'a fixé de ses yeux noirs cernés de khôl : "Regarde bien ce visage, m'a-t-il murmuré tout près en montrant son ami. Parce qu'il t'a sauvé la vie." Ils m'ont relâché sur une route, en pleine nuit, au bord du village. Je me suis assis sur le bas-côté, assommé. Les larmes coulaient toutes seules sur mes joues. Je me suis levé, et, comme un fantôme, j'ai quitté le douar. Je suis descendu à pied à El Attaf, puis j'ai pris un taxi jusqu'à Oran. Je suis resté deux mois là-bas, me saoulant tous les soirs pour oublier ma frayeur. Ensuite, j'ai acheté une maison, et mon frère Djamel m'a ramené ma femme et mes enfants. Pendant tout ce temps, ils m'ont cru mort. » Je le sens encore troublé par cette histoire. « Je n'ai pas remis les pieds ici pendant trois ans. Je ne passe que de temps en temps. Et encore, je ne suis venu que parce que tu es là. » Je lui pose la main sur le bras, bouleversée par ce récit. Je ne sais pas quoi répondre. Je finis par dire : « Je ne pensais pas que les miens souffraient encore de la guerre. »

Je lui demande : « Pourquoi les villageois montent-ils au maquis ? » « La religion n'est qu'un prétexte. Ils se sont engagés dans les GIA pour piller, racketter, violer ou voler des armes… Ils ont égorgé des villageois seulement parce qu'ils possédaient une carabine. Ils portaient des pantalons coupés à mi-mollet et se noircissaient les yeux de khôl. Ils se déplaçaient par groupes de quatre ou cinq. Tout le monde les connaît. Ce sont des jeunes du douar, attirés par l'argent facile. Pour tuer, certains ont pris des drogues. Ils se terrent encore aujourd'hui dans les anciennes caches du FLN, retranchés dans la haute montagne. » Il marque une pause. « J'ai revu l'un des terroristes de la grotte, l'émir. Depuis la concorde civile [1], il est redescendu au village. Je l'ai croisé dans la rue en venant te voir. On se regarde mais on ne se parle pas. Le gouvernement lui a donné une maison et une

---

1. Loi de réconciliation nationale votée en 1999.

pension. Tout le monde sait qu'il a assassiné des gens, mais personne ne peut rien lui dire, parce que les soldats le protègent. » J'ouvre de grands yeux. « Tu sais, continue-t-il, des Kerchouche sont montés au maquis. Et d'autres, parmi tes cousins, sont gardes communaux... » « J'ai des cousins terroristes ? Ce n'est pas possible... » « Si, ça l'est. » Comme il y a quarante ans, ma famille est écartelée entre deux camps. Un frère au FLN, un autre harki ; un frère terroriste, un autre garde communal. L'histoire se répète, et les miens, comme par le passé, sont déchirés par la guerre. Une phrase de l'oncle d'Ahmed me revient en mémoire : « Même si le combat du FLN et des islamistes est différent, je vis dans la même peur que par le passé, la peur de mourir. Le peuple est racketté, égorgé, massacré. Depuis dix ans, j'ai l'impression de revivre la guerre d'Algérie. »

La porte s'ouvre, et Djamel, qui s'était absenté, pénètre dans la pièce en soutenant un vieil homme claudiquant. Il l'assoit péniblement sur une chaise en plastique. Ce visage fin en triangle, ces pommettes hautes, cette moustache blanche et ces yeux noisette presque verts me sont étrangement familiers... « Embrasse ton oncle M'Hamed », me dit Djamel. Sous le choc, j'en lâche mon bout de pain par terre. Je me penche pour le ramasser. « Mon oncle ? Mais je n'en ai pas en Algérie ! Mon père m'a dit qu'ils avaient tous disparu... » « C'est le dernier survivant de ses frères. Tout le monde l'a cru mort pendant trente ans. Il est réapparu il y a cinq ans. » Le patriarche me regarde comme s'il émergeait d'un long sommeil : « Bonjour, *benti*. Qui es-tu ? » Je me présente solennellement, très émue : « Je suis la fille de ton frère Ali. » Un sourire enfantin illumine son vieux visage ridé. « Non ? C'est vrai ? Et tu es venu de France pour nous voir ? » « Oui... » « Comment va ton père ? Comme il me manque. J'ai 84 ans et il est plus jeune que moi.

Je l'aime beaucoup, tu sais. Parfois, je regarde les avions dans le ciel et je leur dis : "Je vous en prie, ramenez-moi mon frère Ali, je voudrais tellement le revoir avant de mourir !" » Je retiens mes larmes et l'embrasse comme si j'embrassais mon père, en fermant les yeux et en m'attardant quelques instants sur sa joue pour en sentir la chaleur et graver cette sensation dans ma mémoire. Je l'observe plus attentivement : il porte une djellaba brune qui n'a pas vu de savon depuis longtemps, un turban jaune plus grand que son visage de souris et une barbe blanche coupée en pointe. Claustrophobe, il préfère s'allonger dehors, près d'un feu de bois plutôt que de dormir à l'intérieur. Assise tout près, je suis restée des heures à discuter avec lui, à lui donner des nouvelles de son frère et à prendre des siennes. M'Hamed m'a raconté ses années d'errance : « Avant la guerre, j'ai été marié à une jeune fille du village. Je suis tombé fou amoureux d'elle, mais au bout de quatre mois elle n'a plus voulu de moi et elle est retournée chez ses parents. J'en étais malade de chagrin et j'ai perdu la tête. J'ai quitté ma maison et j'ai erré dans la forêt, à moitié nu, ne mangeant que des racines et des glands. Tes parents me ramassaient souvent à moitié évanoui et me ramenaient chez eux. Ils me nourrissaient, me lavaient, m'habillaient, mais je ne pouvais rester nulle part. J'étouffais. Quand mon frère est parti, j'étais tellement triste que j'ai marché jusqu'au désert. Je suis entré dans une *zaouia*[1], où j'ai vécu pendant trente ans. Tout le monde m'a cru mort. Peu à peu, j'ai recouvré mes esprits. Et je suis revenu. Aujourd'hui, je suis vieux et je n'espère qu'une chose : revoir mon frère Ali avant de mourir. » « Tu le reverras, je t'en fais la promesse. La prochaine fois, je reviendrai avec lui. » Si seulement mon père pouvait surmonter sa culpabilité... Quarante ans qu'ils ne se

---

1. Une sorte de monastère musulman.

sont pas vus… « Que Dieu te bénisse d'être venue nous voir, reprend mon oncle. Va, et que Dieu te protège. N'aie plus peur, désormais. » Non, mon oncle d'Algérie, je n'ai plus peur. Il récite pour moi des sourates du Coran en égrenant son chapelet. Je l'écoute, recueillie à son côté. En cet instant, ma quête prend tout son sens : je cherchais un père, j'ai trouvé un oncle. Je regarde à nouveau son visage fin. Dans ses yeux, je vois mon père, ce père harki dont je cherche la trace dans le passé depuis des mois et que je désespérais d'atteindre un jour. Mon père, sa tendresse, son amour, sa foi protectrice, que j'ai oubliés si longtemps, je les retrouve dans les yeux de mon oncle d'Algérie, mon oncle miraculeux…

Ces prunelles noisette, ces pommettes hautes, ce nez amoché, cette silhouette haute et sèche : oui, c'est lui que je vois courbé dans un champ, son turban sur la tête et sa bêche à la main, répétant les gestes ancestraux des fellahs des montagnes. Mon père vit dans l'Algérie coloniale. Il est considéré comme un indigène. Il travaille dans les vignes de la Mitidja, qui, depuis la conquête, appartiennent à des colons français. Ceux-ci gèrent leur domaine de loin et ne s'aventurent guère dans les champs. Les contremaîtres musulmans s'en occupent. Il n'est pas maltraité, non, mais son salaire, pour lui qui s'échine de l'aube jusqu'à la tombée de la nuit, est dérisoire. Quand le contremaître lui verse quelques francs, à la fin de la journée, il se désespère : « Je travaille gratuitement… » Lorsqu'il voit les colons cultiver les meilleurs sols, les Algériens gratter les plus mauvaises terres et ses enfants vivre dans la misère, il se dit que quelque chose ne va pas dans ce pays.

Dans cette région reculée, les nouvelles ne parviennent pas jusqu'à mon village. Quand, le 8 mai 1945, des policiers tirent dans la foule musulmane dans un stade à Sétif et à Guelma, en réponse aux meurtres d'Européens, mes parents ne l'apprennent pas. Ils ne savent pas non plus situer les Aurès sur une carte. A la Libération, en 1945, mon père entend prononcer, pour la première fois, les noms de Ferhat Abbas et de Messali Hadj, les pères du nationalisme algérien. Les villageois chuchotent entre eux, toujours en se cachant, par crainte des pieds-noirs. Mon père n'en dit mot, mais dans son cœur, secrètement, pour lui, l'Algérie appartient aux Algériens. Cependant, comment lutter contre l'occupant français, qui est là depuis des décennies ? Il n'y pense même pas. Que peuvent de pauvres fellahs sans armes devant une armée d'avions et de chars ? Les anciens évoquent encore la défaite des Beni Boudouane contre l'armée française, lors de la conquête. Pour mon père, la France est invincible.

Le 1er novembre 1954, un couple d'instituteurs est tué dans les Aurès, assassinat qui marque le début des événements d'Algérie. La même nuit, soixante-dix attentats sont perpétrés dans tout le pays, revendiqués par un groupe totalement inconnu : le FLN, le Front de libération nationale. Mais l'information n'atteint pas les villages reculés : par des rumeurs colportées au douar, mon père entend vaguement dire que des troubles ont éclaté dans les Aurès. Cette année-là est plutôt marquée par un terrible tremblement de terre qui secoue la région. Orléansville a été quasiment rayée de la carte. Mes parents dormaient sur la terrasse de leur gourbi, quand, en pleine nuit, les poules, affolées, se sont mises à caqueter bruyamment, les chèvres et les vaches à paniquer et à s'agiter. Le bruit des animaux les a réveillés. Un énorme grondement de tonnerre est monté des collines et le sol s'est mis à vibrer. Les secousses ont été de plus en plus violentes. Ma mère allaitait ma sœur Aïcha. Ils ont pris leurs deux enfants et sont vite descendus du toit, pour se réfugier dans les champs, complètement paniqués, pensant à une colère divine. Quelques minutes après, la campagne obscure a repris son calme. Les jours suivants, d'autres secousses moins fortes ont suivi celle-ci.

En 1956, mon père a 29 ans et trois enfants en bas âge, Ahmed, Aïcha et Fatima. Depuis deux ans, il travaille chez un garde forestier musulman, qui habite à une quarantaine de kilomètres du douar. Ma mère s'occupe des bêtes et mon père cultive la terre. En échange, le garde forestier promet de leur reverser la moitié de la récolte de blé. Au bout de deux saisons de travail, le fonctionnaire musulman refuse de les payer et garde tous les sacs pour lui. Ruinés, mes parents rentrent au village, sans aucune graine pour la récolte à venir.

La même année, la guerre les rattrape. Ruiné, il entend dire que des hommes s'engagent dans l'armée et la police françaises en échange d'une solde. Le notable du coin, le bachaga Saïd Boualem, encourage fortement les hommes du village à s'engager. Mon père, qui n'a plus rien pour nourrir ses enfants, suit le mouvement. Il se présente à la caserne d'El Attaf et postule pour un poste dans son douar : hélas, il y a peu de fellagas dans la région. Il signe alors un contrat de neuf mois à Dellys, en Kabylie, où le FLN est bien implanté. L'officier l'affecte à un groupe mobile de police rurale (GMPR), contre 250 francs par mois. Pour ma mère, c'est une fortune : elle n'a jamais vu autant d'argent. Pour mon père, c'est un travail comme un autre. Il ne sait pas, au moment où il appose une croix en guise de paraphe au bas de son contrat, qu'il devient un « harki », un traître à une cause qu'il ne connaît pas et qui le dépasse. Le 18 mai 1956, mon père prend le bus à El Attaf et rejoint le GMPR n° 24, à Dellys, un port de pêche en Petite Kabylie. Dans ce camp, les harkis viennent de toutes les régions d'Algérie : des Aurès, du Sahara, de Kabylie... Mon père quitte son sarouel de civil et revêt une tenue de combat de couleur grise. Il enfile des godasses militaires et prend son arme en bandoulière. Son turban toujours sur la tête, il s'occupe d'abord de la surveillance de la caserne, dédiée à l'instruction des élèves officiers. Dépendant du ministère de l'Intérieur, les GMPR sont l'équivalent des CRS. Ces supplétifs de la police française doivent assurer l'ordre contre des bandes armées qui terrorisent la population. Il y en eut environ 15 000 en Algérie. Policiers et non-militaires, ils ne sont pas à proprement parler des harkis. Mais le terme « harkis » est devenu générique et désigne toutes les catégories de supplétifs, qu'ils soient moghaznis (chargés de la sécurité des SAS), GMPR, GAD (groupes d'autodéfense) ou affectés à des commandos de chasse.

À l'entraînement, le sergent-chef remarque rapidement un bon élément, qui atteint toujours ses cibles. Mon père... Au bout de plusieurs mois, il passe de deuxième à première classe : c'est une belle promotion pour lui. « Continue, et tu deviendras caporal », l'encourage son supérieur. Durant la patrouille, mon père se place juste derrière celui qui tient le fusil-mitrailleur. Si le tireur tombe sous les balles ennemies, il doit le remplacer. Je l'ai interrogé à plusieurs reprises sur cette période, quand il était détendu et avec mille précautions parce qu'il se referme vite dans son silence : « *Apa*, as-tu tiré sur des fellagas ? » « Non, je n'ai jamais tué personne. Je faisais semblant de viser à côté. » « Mais tu m'as dit que tu étais le meilleur tireur ! » Silence... « Est-ce que tu tombais dans des embuscades ? » « Jamais ! J'ai toujours eu de la chance. Les autres compagnies s'accrochaient avec eux ; nous, quasiment pas. » À l'écouter, parfois, j'ai l'impression qu'il a traversé la guerre en fantôme. Je sens qu'il me cache des choses. Mais jusqu'où puis-je exiger qu'il me parle ? S'il veut le garder pour lui, après tout ? Quand il m'échappe, prétextant une tâche urgente à accomplir, je le laisse partir. Pour mieux l'approcher la fois suivante.

Après quelques mois de formation, mon père devient tireur. Au sein de sa compagnie, vingt-deux viennent de la tribu des Beni Boudouane, ils patrouillent de jour comme de nuit avec la Mass 56, portant leurs cartouchières en bandoulière. Ils sillonnent le djebel, marchent 10 ou 15 kilomètres par jour, sortent parfois avec des chars et des half-tracks. En Petite Kabylie, une région assez calme, ils croisent rarement des fellagas : les djounouds sont plus actifs vers Tizi Ouzou, foyer de contestation ancestrale. Parfois, mon père aperçoit les rebelles, au loin, silhouettes furtives glissant derrière les rochers. Le groupe tire, mais sans pouvoir les atteindre.

Sa compagnie appelée en renfort lors d'accrochages, mon père voit des harkis et des soldats français achever des prisonniers. Écœuré, il détourne le regard. Il se pose des questions ; lui qui pensait devenir policier se rend compte qu'il accomplit des tâches de soldat. Il comprend que l'Algérie est en guerre. Il assiste, chaque jour, à de nouvelles horreurs et n'en dort pas de la nuit. Il souffre d'insomnies. Devant lui, les soldats français, surtout les légionnaires, malmènent des villageois. Il a l'habitude que des Européens maltraitent les Algériens. C'est ainsi depuis le début de la colonisation, depuis cette période de la conquête et des terribles « enfumades » : l'armée enfermait hommes, femmes et enfants dans des grottes, allumait le feu et asphyxiait les prisonniers.

A Dellys, les GMPR sortent souvent dans le djebel pour fouiller les mechtas, chercher des caches d'armes du FLN ou des fellagas embusqués. « N'hésitez pas à malmener les villageois pour leur soutirer des informations ! » leur ordonne le sergent-chef. Les harkis rassemblent les habitants sur la place du douar et leur demandent : « Des fellagas sont-ils venus vous voir ? » « Oui, répond le chef du village. On les nourrit parce qu'on n'a pas le choix. Si, demain, des soldats français frappaient à nos portes, nous ferions la même chose. Si on ne leur donne rien, ils vont nous tuer. Si on ne vous répond pas, c'est vous qui allez nous tuer. » Le sergent s'approche pour frapper l'insolent, mais plusieurs harkis, dont mon père, s'interposent : « Ces gens n'y sont pour rien, répète-t-il au soldat. Laissez-les tranquilles, ils ne sont pas responsables. » Même s'il n'est qu'un simple supplétif, mon père se sent utile dans son rôle. Depuis qu'il est promu, surtout, il n'hésite pas à hausser le ton, voire à devenir menaçant. « Si les harkis n'avaient pas joué ce rôle de bouclier, m'a-t-il affirmé, le nombre de civils tués aurait été beaucoup plus important. » Hélas, il y en eut déjà trop...

Après le rassemblement, les harkis entrent dans les maisons. Mon père pénètre dans un gourbi avec le sergent. Les deux hommes voient alors briller un énorme *halhal* (bracelet de pied), posé par terre dans un coin. Le gradé lance à mon père une œillade complice et lui dit : « Prends-le. » « Non, je ne prends rien aux civils, rétorque-t-il. On cherche des fellagas, on n'est pas des voleurs. » Le sergent lui adresse alors un coup d'œil méprisant. En fixant mon père droit dans les yeux, il prend le halhal, le fait tomber par terre, et, d'un coup sec, il l'écrase sous sa pataugas. Mon père soutient son regard. D'autres harkis, eux, ne s'encombrent pas de ses scrupules et n'hésitent pas à se servir au passage. Ils sortent des gourbis les poches pleines de bijoux et les bras chargés d'œufs et de sacs de farine. Ma mère, pourtant toujours prompte à le critiquer, me l'a juré : « Je n'ai jamais vu ton père revenir avec des objets volés ! »

En patrouille dans le djebel, le GMPR aperçoit des fellagas cachés derrière un rocher. La compagnie se scinde en deux. Mon père et d'autres harkis se couchent près d'un talus tandis que le reste de la troupe contourne les rebelles et les attaque par-derrière. Ils lancent l'assaut et capturent deux prisonniers, dont un gradé, qui jette son fusil et lève les bras en signe de reddition. Ils grimpent dans leur camion. Le sergent se met à insulter le prisonnier : « Espèce de maquereau, on t'a enfin attrapé. » L'autre le scrute sans sourciller et rétorque dans un français parfait : « Il n'y a pas plus maquereau que toi. Ce sont les harkis, les fils de mon pays, qui m'ont attrapé. Pas toi. » Il crache par terre. « Si tu étais seul, je n'aurais fait qu'une bouchée de toi. Eux sont des guerriers, pas toi. » Puis il répète les mots en arabe pour que les harkis comprennent. Les supplétifs éclatent de rire. Quand le djounoud prononce les mots « fils du pays », le cœur de mon père se serre. Assis près du captif sur les bancs brinquebalants, mon père observe la scène : le prisonnier ne manifeste aucun signe de peur. Même s'ils sont harkis, cet homme, qui est pourtant leur ennemi, les considère comme des Algériens. Ça le rend heureux. « N'intervenez pas, ordonne-t-il aux autres harkis en arabe. Le détenu a raison : c'est nous qui l'avons attrapé, pas lui. C'est une affaire entre eux, ça ne nous concerne pas. » Humilié devant ses hommes, le sergent se lève, menaçant, s'avance pour frapper l'insolent. Les harkis s'interposent : « Le prisonnier dit la vérité. Sans nous, vous ne l'auriez pas attrapé. C'est notre prisonnier. Vous ne le toucherez pas. » Le sergent s'est rassis sans mot dire.

Lors d'une fouille de routine près d'un village de Dellys, à Chrarda, mon père entre seul dans un gourbi. Il s'arrête un instant, le temps que ses yeux s'habituent à l'obscurité. Il ausculte l'intérieur de la maison et énumère mentalement ce qu'il voit : les jarres d'huile d'olive, les sacs de semoule, les peaux de mouton tannées, les couvertures bariolées tissées à la main, un lit en bois… et deux fellagas armés cachés. Un mélange de crainte et de défi se lit dans leurs yeux sombres qui luisent dans la pénombre ; le regard de mon père s'arrête sur eux. Le chef de famille entre à son tour, complètement affolé : « Je t'en prie, mon frère, ne dis rien, le supplie-t-il. Si tu les vends, leurs amis nous tueront tous les deux. Si tu ne parles pas, nous aurons tous la vie sauve, eux et nous. Et personne ne le saura. » Mon père réfléchit un instant. Il veut rester en vie et sa morale musulmane interdit la délation. « Oui, cet homme a raison », se dit-il intérieurement. « Je ne vous vendrai pas, dit-il aux fellagas, parce que aucun de nous ne veut mourir. » Il s'éclipse et retourne vers sa compagnie. « Alors ? » l'interroge le sergent. « Rien », répond mon père. Cette histoire, il ne l'a racontée à personne depuis quarante ans. Même pas à ma mère. Je suis la seule à la connaître. « Est-ce que tu as protégé d'autres fois les maquisards ? » « Je te jure, ma fille, c'était la seule ! Je n'ai plus jamais aidé le FLN ! »

De retour à la caserne, mon père remarque d'étranges allées et venues. Soutenus ou traînés par des soldats, des prisonniers algériens sortent d'une baraque à l'écart, le visage ensanglanté et salement amochés. Il questionne les autres harkis : « Qu'est-ce qu'ils leur font ? » « Ils les emmènent au deuxième bureau », lui explique l'un d'eux. « Qu'est-ce que c'est ? » « Une salle de torture. Ils les passent à l'électricité pour les faire parler. » Mon père ne dit rien, mais intérieurement il est choqué. Je l'interroge à mon tour : « Qu'est-ce qu'ils leur faisaient ? » « Ils les passaient à la gégène. » « Tu sais comment c'était ? » « Non. » « Tu n'as jamais participé ? » « Je te jure que non, ma fille. Les harkis en parlaient entre eux, c'est tout. » « Ils l'ont fait, eux ? » « Je ne sais pas... » Cette fois aussi, je choisis de le croire. « Qu'est-ce qu'ils faisaient des détenus, ensuite ? » « Ils les ramenaient à leur cellule. » « Est-ce qu'ils les emmenaient à la corvée de bois ? Est-ce qu'ils les tuaient ? » « Ça, ma fille, je ne peux pas dire, moi, je n'ai pas vu ces choses-là... »

Si mon père nie avoir torturé, il n'empêche que des harkis ont commis ces actes dégradants. Pour de multiples raisons, par esprit de vengeance, soumission aux ordres ou peur des sanctions, certains ont été de véritables bourreaux aux côtés des soldats français. A quelques dizaines de kilomètres de la caserne de Dellys, à Palestro, en Grande Kabylie, vit un jeune homme qui s'appelle André Séby. Il habite aujourd'hui dans une villa sur la côte d'Azur et préside une association de harkis. Je l'ai rencontré. Ce sexagénaire au visage rond, maître de deux gros bergers allemands, m'a raconté sa guerre d'Algérie. « La torture n'était pas systématique, mais cela arrivait, bien sûr. Elle fait partie de la guerre. Ceux qui affirment le contraire sont des menteurs. J'ai torturé et je l'assume. Je l'ai fait pour venger les meurtriers de ma famille. » Un jour de l'année 1957, dans son village de Kabylie, André retrouve ses deux cousins égorgés et son oncle sauvagement assassiné, avec une hache plantée dans le crâne. André a 18 ans. C'est lui qui découvre les cadavres sur une colline, derrière des arbres. Fou de douleur, le jeune Kabyle se renseigne et découvre l'identité des tueurs : des hommes du village montés au maquis. Ils les ont massacrés pour avoir refusé de rejoindre les rangs du FLN ou de payer l'impôt de guerre.

Il fonce à la caserne et s'engage dans un commando de parachutistes. Un jour de patrouille, un para le contacte par radio : « André, on a capturé tes meurtriers. » Il se précipite sur le poste : « Laissez-les-moi », dit-il d'une voix sourde. Il saute dans un hélicoptère avec sept membres de sa famille également devenus harkis. Ils traînent les trois prisonniers vers un village classé « zone rouge », vidé par ses habitants suite aux ratissages de l'armée française. Pendant un après-midi entier, ils s'acharnent sur ces hommes. Ils les passent à tabac, les matraquent durant des heures jusqu'à leur faire éclater les organes. A la fin, avec un canif, André leur découpe des poches à même la peau, au niveau de la poitrine, et remplit les entailles de sel. Les prisonniers hurlent de douleur. André est impassible. Au coucher du soleil, son oncle sort son arme et les achève.

D'autres harkis ont torturé. Je me rappelle aussi, à Bias, cet article de *L'Humanité*[1], dans lequel Lucien

---

1. 11 décembre 2000.

Rafa, un ancien habitant du camp qui vit à Pau, encourageait tous les enfants de harkis à regarder en face le passé de leurs pères. Parce qu'il les aidait dans leurs démarches administratives, Lucien a recueilli les confidences des vieux de Bias qui se vantaient de « savoir faire parler les prisonniers » en leur écrasant les *claouis* – les couilles en arabe. « Mon oncle Rabah, ancien combattant, médaillé, avec qui j'entretenais les liens les plus affectueux, me conta l'histoire de ces deux fellagas qui refusèrent de parler et qui furent arrosés d'essence en même temps que trois renards, juste le temps de voir quel serait le gagnant de cette course morbide. Quelques années plus tard, mon père accepta enfin de me confier son histoire. "Te souviens-tu de cette baraque située après le terrain de foot et l'école de la caserne de Mihoub ? Te souviens-tu de ce lieu que l'on vous interdisait d'approcher ? C'était là que les harkis volontaires faisaient parler les fellagas à coups de trique, d'électricité." Oui ! Des harkis ont volontairement participé à des exactions contre la population algérienne. Cette minorité, poussée par certains officiers, ou par le simple désir d'acquérir une promotion, n'a jamais pu mesurer l'importance et la gravité de son acte : la torture lui apparaissait comme un acte militaire dicté par la nécessité et par les supérieurs. Oui ! Des harkis ont volontairement frappé, violé, torturé ! Ce sont ceux-là qui sont à jamais bannis du sol algérien ! Mais combien sont-ils à n'avoir eu qu'à obéir aux ordres, se limitant à défendre et protéger les propriétés des riches colons ? Les officiers et les appelés reconnaissent la valeur et l'intégrité de la quasi-majorité des supplétifs de l'armée française. Oui ! Des harkis – il est temps pour nous, leurs enfants, de regarder cette douloureuse et pénible page de l'histoire – ont participé à l'aventure colonialiste de la France en Algérie en brimant un peuple – le leur – et une culture – la leur. Oui ! Ce sont ceux-là qui, avec leurs enfants, réclament justice et réparation pour le rôle que la République leur a fait jouer, souvent malgré eux. Oui ! Ce sont ceux-là, qui n'ont jamais participé à une quelconque exaction, mais ont porté avec fierté, en tout temps et en tout lieu, l'uniforme français, que je m'efforce de représenter. […] Près de quarante ans après, j'estime que ceux qui n'ont rien eu à se reprocher se grandiraient en dénonçant les actes répréhensibles commis par une minorité de harkis. » Il conclut : « Il faudra bien qu'un jour tout le monde sache… » Oui, il le faut.

C'était la première fois qu'un fils de harkis osait aborder ce sujet, totalement tabou dans les familles. Je l'affirme à mon tour : oui, des harkis furent des bourreaux de la population algérienne. Mais tous ne le furent pas. Oui, des combattants de l'ALN (Armée de libération nationale, branche armée du FLN) se sont comportés en terroristes envers la population algérienne. Mais tous ne l'ont pas fait. Oui, des soldats français ont été des tortionnaires pendant la guerre d'Algérie. Mais tous ne l'ont pas été. A force d'exactions, de terreur et de massacres, le FLN a poussé bon nombre d'Algériens dans le camp français. Tout comme l'armée française, à force de tortures, de ratissages et d'assassinats de villageois, a conduit les Algériens à grossir les rangs du FLN. Sale guerre, dans laquelle personne n'a les mains propres…

Quand ses neuf mois de service se terminent, en février 1957, mon père demande à retourner dans son douar. « Tu ne veux pas rester ? lui demande le sergent. Tu pourrais devenir caporal, tu sais. » « Non, je préfère rentrer chez moi. » Mon père prend son ballot et quitte la caserne. En sortant, il se jure de ne plus jamais s'engager comme harki. Il refuse de soutenir la France dans cette guerre qui n'est pas la sienne et qui ne dit pas son nom. De cœur, il est avec les Algériens, avec ce FLN qu'il ne connaît pas. Il l'a compris à Dellys. Trop tard, hélas…

Le wali de Sidi Youcef

Des cailloux blancs dévalent la pente raide et tombent au pied du mausolée. Mes baskets glissent sur les pierres, je m'accroche tant bien que mal aux racines. Tayeb, très à l'aise, descend la côte en quelques enjambées. Je le rejoins péniblement devant le tombeau de Sidi Youcef. Le mausolée est situé en pleine forêt, à 200 mètres d'une route qui part du village et monte en lacets dans la montagne. Ce saint est le protecteur de ma famille ; sa sépulture, l'endroit où ma mère emmenait ses enfants pour les soigner. Tous les gens de la région, jeunes et vieux, vénèrent Sidi Youcef comme un prophète. Les islamistes ont voulu le détruire à plusieurs reprises, considérant ce culte comme une hérésie en islam et une menace à l'unicité de Dieu. « Ils n'y sont jamais parvenus, affirme Tayeb, parce qu'une force mystérieuse les a repoussés. Pendant la guerre, quand les fellagas passaient à côté, ils étaient protégés. Les Français leur tiraient dessus mais les balles étaient déviées comme par magie. » « Ah bon… » « *Wolah*, je te jure ! » ajoute-t-il en voyant ma moue sceptique. A défaut de magie, la beauté du lieu m'enchante. En plein cœur de la forêt d'eucalyptus, une vieille coupole blanche au dôme moucheté de mousse se découpe sur un ciel d'un bleu électrique. Cette violence des couleurs contraste avec le calme saisissant qui enveloppe les visiteurs.

Un vieil homme en burnous terreux, dont la longue barbe immaculée tranche sur le visage buriné, s'approche de nous. C'est le marabout, le gardien du temple. « *Salam aleikoum !* » dit-il d'une voix chevrotante. Je réponds « *Aleikoum salam !* » et lui glisse 400 dinars dans la main : « Pour mes parents et ma famille. » « Que Dieu te bénisse, ma fille, je prierai pour eux. » Voilà, en quelques secondes, j'ai fait une offrande dont ma mère, elle, rêve depuis quarante ans. Pendant toute mon enfance, elle m'a répété : « Je voudrais retourner en Algérie juste pour "zorer" le wali de Sidi Youcef. » Sans le faire jamais…

Je marche autour du mausolée sur les pas de mon cousin. Le parfum des eucalyptus embaume l'air ensoleillé d'une clarté incroyable en cette fin de matinée. Je suis là depuis à peine deux jours et je ne cesse de m'émerveiller… J'en oublie même, dans mon inconscience, mes frayeurs du premier soir et les islamistes qui rôdent peut-être dans les bois.

« Est-ce que ton père t'a raconté la guerre ? » me demande Tayeb. Je soupire. « Un peu. Mais j'ai du mal à discuter avec lui. Il fuit quand je lui pose des questions. Les harkis n'aiment pas parler du passé, ça leur rappelle de mauvais souvenirs. Et puis ils se sentent tellement coupables qu'ils se réfugient dans le silence… » Il m'interrompt brutalement : « Ton père ne t'a rien dit ? » Je ne comprends pas. « Dis quoi ? » Je m'immobilise, inquiète tout d'un coup. Que sous-entend-il ? Il se ravise : « Non, il te le dira lui-même. » « Ah non, je veux savoir. Je suis l'invitée, j'ai tous les droits, non ? » Ma boutade reste sans effet. Il hoche la tête, indécis. « Bon, d'accord… Tu l'auras voulu. » Il lâche alors : « Ton père travaillait avec le FLN… »

Le sol se dérobe sous mes pieds et la foudre de Sidi Youcef me tombe sur la tête. Pourquoi me ment-il ? Pourquoi me tourmente-t-il ? Mon fardeau est déjà assez lourd à porter ! Mon père était harki, pas moudjahid ! « Pourquoi tu me dis ça, après tout ce temps ? » « Je croyais que tu le savais. Je te jure que c'est vrai, jure-t-il devant mon expression incrédule. Il y a quatre ans, j'ai perdu une lettre signée du responsable FLN de la katiba [la compagnie] prouvant que ton père les avait aidés et qu'il était protégé. » Des supplétifs ont joué double jeu… Et si c'était vrai… Non, mon père n'a pas pu me cacher ça. Pas à moi qui l'interroge depuis des mois ! Je repense à la révélation de l'oncle d'Ahmed : mon père m'a bien dissimulé l'engagement de son frère Latrache aux côtés du FLN. Au lieu de me réjouir, je me sens trahie par mon propre père, trahie par son silence… Tayeb scrute mon visage décomposé. « Viens, assieds-toi, je vais te raconter… » Prise de vertige entre le soleil de midi qui me chauffe le crâne, l'aura mystique du mausolée et cette révélation bouleversante, je m'effondre au pied d'un chêne, la tête bourdonnante…

Quand mon père quitte Dellys et rentre chez lui, le 10 février 1957, écœuré par la guerre et se jurant de ne plus revêtir l'uniforme français, il découvre l'Ouarsenis transformé. Quatre campements militaires ont surgi autour de son douar. Au sommet de la colline du village, une SAS surplombe désormais la vallée. La guerre le rattrape même dans son foyer.

Depuis quelques mois, l'armée quadrille le djebel et implante des casernes dans tous les douars. Par l'intermédiaire des SAS et des services d'action psychologique, elle mène une intense activité de propagande pour faire basculer la population musulmane dans le camp français, distribuant des tracts en arabe et s'occupant des villageois que la métropole délaissait jusque-là. Les premières harkas – compagnies de harkis – de l'Ouarsenis sont armées à partir de septembre 1956. En mars 1957, la région est désignée comme « zone pilote ». Selon Michel Roux, « l'armée veut en faire une vitrine de "la pacification[1]" ». Elle recrute à tour de bras des

---

1. *Les Harkis, les oubliés de l'histoire*, *op. cit.*

formations supplétives pour leur parfaite connaissance du terrain : harkas, moghaznis, groupes d'autodéfense, commandos de chasse... Les officiers multiplient les promesses à l'encontre de la population musulmane et affirment que la France ne quittera jamais l'Algérie et n'abandonnera pas les supplétifs. Le colonel Verkinder prête ce serment solennel aux harkis des Beni Boudouane.

Parce qu'il avait mené une campagne de solidarité très active après le tremblement de terre de 1954, le Parti communiste exerce une forte influence dans la région et s'engage dans la lutte en juin 1955. On parle alors des maquis rouges de l'Ouarsenis. Par ailleurs, en s'inspirant des méthodes appliquées en Indochine, l'armée française allume des foyers de contre-guérilla. A partir d'octobre 1956, la force K[1] sévit dans le djebel environnant. Surveillée et pilotée par la DST d'Orléansville, elle recrute une soixantaine de combattants déchirés entre le FLN et le MNA (le Mouvement national algérien, le parti de Messali Hadj), et se présente comme la véritable armée de libération nationale. Au bout de quelques mois, la force K parvient à chasser le FLN du secteur. Elle sera dissoute en avril 1958 et dispersée dans les harkas : les djounouds, qui pensaient se battre pour l'indépendance du pays, réalisent qu'ils sont harkis, à la solde de l'armée française, sans le savoir. La majorité des harkis sont des pauvres fellahs manipulés. Entre les vrais rebelles et les faux maquisards, les luttes entre FLN et MNA pour le pouvoir, la population est perdue, désemparée, prise en otage. Les paysans deviennent méfiants, ne sachant jamais à qui ils ont affaire.

Enfin, la région des Beni Boudouane est le fief du bachaga Boualem. Francophile convaincu, farouche

---

1. Comme Kobus, nom de guerre d'Abdelkader Belhadj Djillali, chef de l'opération.

partisan de l'Algérie française, celui qui écrira plus tard *Mon pays la France* se démène pour constituer des harkas et s'imposer en leader musulman pro-français sur le plan national. Le notable fait basculer la majorité des Beni Boudouane dans le camp français. « La France gagnera la guerre et vous aurez tout à y gagner », les persuade-t-il dans les réunions qu'il organise. Les fellahs s'engagent en masse. Mon père écoute, très partagé. Lui, la guerre, il connaît.

Ignorant toute cette agitation politique et militaire, il cherche du travail dans son douar pour nourrir ses enfants. Les casernes en construction recrutent des hommes et l'embauchent comme menuisier. Mieux vaut cela que de courir après les fellagas dans le djebel, se dit-il. D'autant qu'il aime le travail du bois : il peut tailler à la hache des madriers de huit mètres de long, avec une grande régularité. Rendu à la vie civile, le charpentier sympathise avec le capitaine F. qui dirige la caserne.

En 1960, ma mère l'envoie au souk pour vendre ses deux chèvres. Le garde champêtre, qui s'appelle Ackermi, loue les emplacements de marché. Tarif : 1 franc par animal. C'est un homme redouté dans le douar : ce harki invective les villageois, leur crie : « Vous êtes des fellagas ! », frappe et tue sans sommation, par excès de zèle, pour se faire bien voir des soldats français et obtenir un grade dans l'armée. Tous les villageois le craignent. Mon père tente de négocier : « Écoute, je n'ai pas de monnaie. Patiente le temps que je vende mes bêtes et après, je te donne l'argent. » « Pas question, *Bounif* [l'homme au nez amoché], tu payes maintenant. » La discussion s'envenime, Ackermi s'énerve.

Une quinzaine de harkis en armes le rejoignent et grossissent l'attroupement autour de mon père. Soudain, sur un signe du garde champêtre, deux d'entre eux l'attrapent par les poignets. Ackermi se glisse derrière lui. Il lève la crosse de son fusil au-dessus de sa nuque. Mon père voit venir le coup et il se baisse d'un geste vif. L'un des harkis qui le maintenait prend la crosse en pleine poitrine et pousse un cri de douleur. Profitant de la panique, mon père se dégage de leur étreinte et, d'un bond, s'échappe du groupe. Paralysés, les supplétifs le regardent partir sans un geste, sans tirer. Les commerçants du souk sont stupéfiés par l'agilité du fellah qui a tenu tête à quinze hommes. « Tu as la baraka, mon ami, viens, je t'offre un café », lui dit un marchand. Mon père refuse poliment et court jusqu'à la caserne : il toque à la porte du capitaine F. et lui raconte. Le gradé convoque Ackermi : « Tu veux tuer cet homme pour 1 franc ? Si jamais tu touches un seul de ses cheveux, tu auras affaire à moi. Compris ? *Mchi !* Va-t'en ! » Ackermi lance un regard noir et quitte le bureau. Malgré cette protection, mon père se sait condamné. Le garde champêtre a tué des hommes pour moins que ça. Quelques semaines auparavant, il a attaché un cousin de ma mère en plein souk et il l'a fouetté avec une chaîne métallique. Mon père réfléchit. Chez les Beni Boudouane, acquis au bachaga Boualem et à la France, il a cru qu'il pouvait rester neutre. Il comprend que c'est impossible : la force de la tribu aura le dernier mot. S'il n'est pas avec eux, ils le tueront. Ils le soupçonneront toujours d'être au FLN, il sera toujours en danger. Il prend sa décision en quelques secondes. « Je m'engage », dit-il à l'officier. « Tu es sûr ? » « Oui. » Il n'a pas le choix. On est en octobre 1960.

Cette fois, il entre dans l'armée. Il est affecté au 2/10e Rama, un régiment d'artillerie de marine, descendant du 10e régiment d'artillerie lourde à portée coloniale (RAC). Totalement anéanti à Diên Biên Phu en 1954, en Indochine, il est recréé en 1956 en Algérie. Mon père rejoint sa caserne, le camp 105. En discutant avec les autres membres de sa harka, il réalise que les raisons de leur engagement sont multiples : l'un a vu toute sa famille égorgée par le FLN, l'autre est un ancien militant du MNA traqué par l'ALN et s'est rallié à la France ; un troisième mourait de faim dans son douar, comme mon père ; un quatrième a suivi aveuglément les consignes du bachaga Boualem ; un cinquième, enfin, a été victime des regroupements de population. Privés des ressources de sa terre, lui et sa famille vivaient, affamés, derrière les grillages, et il s'est engagé pour la solde. Près de deux millions de paysans ont été ainsi enfermés dans des camps cernés de barbelés, pendant des mois. Des camps... Ainsi, pendant la guerre, la France avait déjà parqué des Algériens dans des camps. Comme elle le fera, plus tard, avec les harkis en France. Je comprends mieux. Pour le gouvernement, supplétifs et Algériens n'étaient que du bétail.

Malgré lui, mon père plonge à nouveau dans une guerre qui devient chaque jour plus intense et plus sanglante. Le FLN sème la terreur. Pour boycotter le tabac exporté vers la France et réimporté sous forme de cigarettes, les militants de l'ALN interdisent aux villageois de fumer : s'ils n'obéissent pas, ils leur tranchent sauvagement le nez. La population, exsangue, affamée par six années de conflit, n'en peut plus et refuse de payer l'impôt de guerre. Dans la forêt du Zaccar, proche des Beni Boudouane, des bûcherons du douar de Bou-Maad tuent à coups de hache des collecteurs du FLN ; non parce qu'ils leur sont farouchement hostiles, mais parce qu'ils refusent de payer le tribut.

Les fellagas terrorisent la population. Pour un rien, une remarque, un regard, une pointe d'agacement ou une discussion avec un soldat français, ils déciment des familles entières. Des chiens reviennent dans le douar de mes parents avec des bras ou des jambes dans la gueule. On retrouve des cadavres égorgés au fond des ravins... Les gens se terrent, terrorisés, surtout ceux qui, comme mes parents, habitent des maisons isolées dans le djebel. Les fellahs qui vivent à la frontière des douars souffrent davantage encore. Leurs maisons sont brûlées, leurs enfants égorgés, leurs femmes enlevées et violées. Certains parviennent à s'échapper, montent chez les Beni Boudouane et racontent les pires atrocités. Même les responsables du FLN constatent ces dérives sanguinaires et tentent de redresser la barre.

Inquiet, mon père ne quitte jamais son arme. Un jour qu'il patrouille dans la région avec sa harka, il aperçoit une silhouette qui glisse dans les bosquets et se cache derrière les arbres. Les harkis s'arrêtent, se positionnent et commencent à tirer. Il ajuste son fusil, vise et s'écrie : « Stop ! Arrêtez ! » Les soldats le regardent sans comprendre. « Ne tirez pas, ce n'est pas un fellaga... C'est mon frère, leur crie-t-il. M'Hamed ! N'aie pas peur ! C'est moi, Ali. » Une silhouette hirsute et à moitié nue sous un burnous marron terre s'extirpe des fourrés. « Ali ? Mon frère Ali ? » Ils tombent dans les bras l'un de l'autre. M'Hamed regarde son frère : « Tu as failli me tuer ! » « Tu ne peux pas mourir », lui répond mon père en riant. Ils se séparent et mon oncle reprend son chemin, parlant aux plantes, aux animaux et aux arbres, basculant dans un autre monde. Peut-être est-il le moins fou de tous...

Les coudes sur les genoux, j'écoute mon cousin avec attention. Je ne vois pas, dans son récit, comment mon père a pu aider le FLN. Je l'interroge : « Comment a-t-il changé de bord ? » « C'est son neveu qui m'a raconté, reprend Tayeb. Ce que ton père a vu à Dellys l'a choqué. Quand il est rentré, il avait changé. Il est devenu taciturne, il parlait peu alors qu'avant ton père était un joyeux gaillard, un boute-en-train qui chantait tout le temps – une belle voix, d'ailleurs. Après son accrochage avec le garde forestier, il s'est à nouveau engagé, mais à contrecœur. Il fréquentait beaucoup son neveu, le fils de ma tante Kheira. Il s'appelait Mohamed, il avait 25 ans et il a beaucoup étudié le Coran. Il est entré très jeune à la medersa. Ton père avait cinq ans de plus que lui et il lui rendait souvent visite dans son gourbi. Mohamed a commencé à lui parler de l'injustice de la colonisation, du massacre d'Algériens à Sétif et à Guelma, de Ferhat Abbas et de Messali Hadj, du combat des djounouds, de l'Algérie indépendante. Il a ouvert les yeux de ton père. "Tu ne peux pas nous rejoindre, parce que tu as une femme et des enfants, lui a-t-il dit. Mais tu peux nous aider autrement… Les moudjahidin ont besoin de munitions." A la caserne, le capitaine F. faisait confiance à ton père. Il l'emmenait au dépôt de munitions : "Vas-y, sers-toi !" Ton père cachait les cartouches dans les paniers de son âne, sous des glands et des graines de blé. Il traversait la colline ainsi, croisant des soldats français qui patrouillaient et qui le saluaient de la tête. Il rejoignait son neveu chez lui, à 2 kilomètres. Mohamed le rassurait : "N'aie pas peur. Tout ce que tu fais pour nous aider sera marqué. Désormais, tu es protégé par le FLN." Du coup, quand il rentrait chez lui en permission, il traversait toute la vallée sur 30 kilomètres environ, avec son uniforme de harki et son fusil à l'épaule, tout seul en plein djebel, sans être menacé un instant. Même si ton père était resté, il ne lui serait rien arrivé. » Betayeb s'arrête, essoufflé.

« Tu te souviens de Lakhdar, le harki que l'on a croisé en venant ici ? » reprend-il. Oui, c'est un cousin de mon père que j'ai salué sur le chemin, en montant au mausolée de Sidi Youcef. A 80 ans, il gratte encore sa terre en fouettant son âne. Je lui ai parlé quelques minutes, le temps qu'il me confie un message pour mon père en tapant du doigt contre mon épaule : « Dis-lui de venir, ma fille, je l'attends. Ou alors qu'il m'écrive une lettre. Qu'on se revoie au moins une fois avant de mourir. Va, ma fille… » Ce vieil homme m'a impressionnée. Cet ancien harki vit dans les montagnes depuis quarante ans sans être inquiété. Comment est-ce possible ? Je croyais les supplétifs rejetés et méprisés par les Algériens... « Il y a encore beaucoup de harkis ici, me confirme Tayeb, qui habitent à côté d'anciens moudjahidin. Tu sais, pas mal de harkis, pas tous malheureusement, protégeaient les civils contre l'armée française. Ceux-là, la population les aimait et les fellagas les respectaient. Pour Lakhdar, ce fut le cas. Mais surtout, il a jeté son uniforme bien avant le cessez-le-feu. Je vais te raconter pourquoi. »

Lakhdar était affecté dans la harka d'un jeune lieutenant, tout juste diplômé d'une école d'officiers et fraîchement venu de France. Quand il a pris ses quartiers dans la caserne, lors de ses premières sorties, il n'a pas trouvé trace de djounouds dans le coin. « Allons patrouiller dans le *aarch* [canton] voisin pour voir », dit-il à ces hommes. Ses harkis le lui déconseillent : « Ça pullule là-bas. Mieux vaut ne pas sortir des Beni Boudouane. » Il refuse de les écouter. Ils démarrent tôt le matin, avant le lever du soleil. Ils pénètrent dans une mechta et rassemblent la population sur la place du village. « Allez, brûlez-moi tout ça », dit-il à ses hommes. Les harkis se regardent, gênés, mais s'exécutent. Ils incendient les gourbis devant les yeux pétrifiés des habitants. Le soleil arrive au zénith, c'est l'heure du déjeuner. « Lâchez vos fusils et installez-vous pour le casse-croûte. » Six harkis, dont Lakhdar, refusent de poser leurs armes. Ils sont inquiets. Ils ont raison. Discrètement, sans qu'ils s'en rendent compte, un groupe de rebelles les encercle dans la forêt et les observe avec des jumelles.

Les supplétifs s'installent autour d'un feu et mangent en silence. Tout d'un coup, un cri résonne dans les bois : « *Allah Akbar !* En avant ! » Des dizaines d'hommes en uniformes de parachutistes lancent l'assaut sur eux et les mitraillent. Le jeune capitaine se lève, attrape son fusil et attache un tissu rouge au bout : « Cessez le feu, camarades ! » s'écrie-t-il, pensant qu'une compagnie de paras les a pris pour des rebelles. « Cessez le feu, camar... » Une balle l'atteint en plein cœur. Il s'effondre.

Lakhdar et ses cinq compagnons restés armés tirent et se replient dans la forêt. Ils courent entre les arbres, les fellagas à leurs trousses. Ils voient un ruisseau tout près, des troncs effondrés en travers. Ils sautent dans l'eau et se recouvrent le corps de branchages. Leurs ennemis les rejoignent, mais ne trouvent plus leur trace : ils leur marchent dessus sans les voir. Entre les feuilles, ils aperçoivent les moudjahidin qui ramassent les fusils, déshabillent les morts, prennent leurs uniformes ainsi que le bandeau rouge qu'ils se nouent à l'épaule. Ils mettent la radio sur le dos d'un survivant. Soudain, le bruit nasillard d'un avion se fait entendre et le poste crépite. « On a entendu une fusillade, que se passe-t-il ? » L'un des djounouds prend l'appareil et parle en français : « Rien à signaler, tout va bien. On est les harkis des Beni Boudouane. » Il agite son chiffon rouge, signe qu'il appartient à l'armée française. Tranquillisé, l'avion s'éloigne. La katiba se replie dans la forêt, emportant ses prisonniers.

Lakhdar sent l'eau qui lui ruisselle sur le visage. Les harkis restent cachés là pendant des heures. Puis ils se relèvent et rentrent au douar, où ils racontent leurs mésaventures. Tout le village est en deuil : de nombreuses familles ont perdu l'un des leurs dans la bataille. Un cousin de ma mère est mort. Lakhdar, écœuré, rend son arme et son uniforme : la guerre, pour lui, c'est fini.

C'est réellement la folie qui s'empare alors des hommes. Quelques semaines avant le cessez-le-feu, vers le mois de février 1962, sentant le vent tourner en leur défaveur, 300 pieds-noirs de l'OAS prennent d'assaut les casernes des Beni Boudouane. Ils défoncent le portail du camp où mon père est affecté ; par chance, il est en permission. Certains harkis se retournent alors contre les soldats et se joignent aux dissidents. Les militaires français sont jetés au cachot. Les autres camps, à Blida,

Alger et Orléansville, envoient des messages : pas de réponse. L'État-major soupçonne alors une mutinerie. Ils dépêchent des avions de reconnaissance. Mon père, occupé à rentrer ses bêtes, entend des explosions dans le lointain. Il met sa main devant ses yeux : stupéfait, il voit cinq avions français tourner dans le ciel et bombarder une caserne française ! Il n'y comprend plus rien... Ils sont tous devenus fous ! Finalement, les militants de l'OAS envoient un message radio : « Arrêtez les frappes, on se rend. » Je comprends, à ce récit, qu'il n'y eut pas une guerre d'Algérie, mais *des* guerres d'Algérie : l'une algéro-algérienne, et l'autre franco-française.

Le 19 mars 1962, le gouvernement du général de Gaulle et le FLN signent le cessez-le-feu et les accords d'Évian. Des avions distribuent des milliers de tracts, qui tombent sur le douar et le gourbi de mes parents. Mon père, encore vêtu de son uniforme militaire, en ramasse un sur le sol : il lit, en arabe, que la guerre est finie. Dans le village, des cris retentissent : « Vive l'Algérie ! », sur fond de youyous et de barouds. Mon père rejoint la caserne où le capitaine F. parle aux harkis. « Ceux qui veulent venir en France peuvent s'inscrire sur les listes. Les autres qui désirent rester doivent déposer leurs armes et rentrer chez eux. Ils ne risquent rien. » Les harkis se regardent, atterrés, paniqués. Ceux qui ont maltraité les civils sont livides. Mon père rend son fusil, enlève son uniforme et rentre chez lui. A l'intérieur du gourbi, ma mère s'alarme : « Il faut partir, ils vont nous tuer. » Lui reste serein : il n'a rien à se reprocher. « On ne craint rien, ne t'inquiète pas. »

Les premières rumeurs de massacres leur parviennent. Ahmed rentre un jour de l'école coranique ouverte depuis le cessez-le-feu. « Ils ont habillé des harkis en femmes et ils les promènent dans tout le village », s'écrie-t-il. Ma mère s'affole, mon père reste impassible. « Calmez-vous, il n'y a rien à craindre ! »

Avec d'autres Beni Boudouane, dont mon grand-père et mes grands-oncles, il est convoqué à une réunion d'information, organisée par le FLN dans la forêt. L'orateur, un certain Si Rachid, leur tient un long discours : « S'il ne tenait qu'à moi, vous, les Beni Boudouane qui vous êtes ralliés en masse du côté des colons, je vous tuerais tous. » Il lève sa mitraillette devant l'assistance terrifiée et fait mine de tirer. « Vous, les Beni Boudouane, n'oubliez jamais ce que vous avez fait. Dans les autres douars, les villageois nous hébergeaient, nous cachaient, nous nourrissaient. Chez vous, même les jeunes bergers couraient nous vendre aux Français lorsqu'ils nous voyaient ! Les Beni Boudouane sont des Beni Caouane – des peureux. Mais le pouvoir, à Alger, a décidé de vous épargner. Vous ne mourrez pas. C'est fini, *li fat met* – le passé est mort, désormais. L'Algérie a besoin de toutes ses forces pour se reconstruire... » Mon père n'écoute plus : il en a trop entendu. Son cœur s'est serré, la honte l'envahit. « Cet homme a raison », pense-t-il. Et il a dit : « *Tous* les Beni Boudouane. » Il décide, à cet instant, de partir en France. Il sait qu'ils sont condamnés. *Tous*.

L'exode commence. Le bachaga Boualem quitte le pays en mai, en avion privé, avec 66 membres de sa tribu. Il abandonne derrière lui la majorité de ceux qu'il a convaincus de s'engager. Les soldats français, eux aussi, plient bagage. Certains, par manque de courage, désarment les harkis en cachette, prétextant un nettoyage des fusils ou profitant de leur sommeil pour subtiliser leurs armes... Les camions démarrent, les harkis, paniqués, ne comprennent pas que l'armée française les abandonne à leur ennemi d'hier. Désespérés, ils courent derrière les véhicules et s'accrochent à la rambarde. Les militaires donnent des coups de crosse sur leurs doigts agrippés au rebord pour qu'ils lâchent prise.

Mes parents n'auraient jamais dû partir : leur nom n'est

pas sur les listes de départ. Ils ne doivent la vie qu'à un colonel qui a désobéi aux ordres et rapatrié presque un douar entier. Comme lui, de nombreux officiers déchirés et révoltés par les consignes de Louis Joxe, alors ministre des Affaires algériennes, ramènent leurs harkis, *leurs* hommes, avec eux, clandestinement.

« Elle t'a parlé de sa galette, ta mère ? » Mon cousin Tayeb me ramène à la réalité. A la veille de mon départ, mon attention se disperse, je n'arrive plus à écouter. Trop de choses se bousculent dans ma tête. J'ai mal au crâne : mon esprit fatigué peine après trois jours d'arabe intensif – depuis mon arrivée, je n'ai quasiment pas parlé français. Je me sens comme une éponge qui ne peut plus rien absorber. La galette... « Ah, oui, elle l'a laissée sur le feu en quittant l'Algérie. Elle n'a pas eu le temps de la prendre avec elle. Elle l'a beaucoup regrettée... » « Eh bien, c'est moi qui l'ai mangée ! m'annonce-t-il fièrement. Le jour du départ de tes parents, j'avais 11 ou 12 ans, et je suis allé les voir pour chercher ton frère Ahmed, qui était mon copain de classe à la medersa. Mais je n'ai trouvé qu'un gourbi vide avec une galette brûlée sur un feu de bois. J'ai compris que tes parents étaient partis. Je me suis assis et je l'ai mangée. Elle était à moitié calcinée mais j'étais affamé. » Je souris... Je me rappelle le début de mon voyage, cette galette oubliée sur le brasier qui m'a tant émue, qui cristallisait ce terrible sentiment de perte que ma mère a éprouvé en quittant son pays...

« Que sont devenus tes parents, quand ils sont partis ? » m'interroge Tayeb à son tour. Que lui répondre ? Comment lui raconter les camps, le dénuement, les jours sans rien manger, le harcèlement de l'administration ? « Ils ont beaucoup souffert. Ils ont erré de camp en camp, dans la neige, ils ont eu faim, ils ont eu froid, ma mère a fait une dépression nerveuse et mon père a voulu se suicider. Dans les camps, les pieds-noirs les ont traités comme des chiens. Un grand malheur les a frappés. » Troublé, Tayeb murmure : « Je ne savais pas… » Moi non plus, je ne savais pas avant d'écrire ce livre. « Mais au moins, ils sont vivants, ajoute-t-il. Dans le douar, beaucoup de harkis ont été massacrés. Ç'a été un véritable carnage. »

« "Eh bien, vous souffrirez", aurait répondu de Gaulle au député Larradji lorsque celui-ci l'interpella sur l'avenir des partisans algériens de l'Algérie française », écrit Michel Roux. Ils ont souffert. Beaucoup. Après le départ de mes parents, le 30 juin 1962, pour Bourg-Lastic et les sombres forêts d'Auvergne, une autre folie s'empare des Algériens. Les civils, notamment les ralliés de la dernière heure baptisés les « marsiens », s'en prennent sauvagement aux anciens harkis, avec une violence inouïe. Avides de se créer une légitimité dans l'Algérie indépendante, ils les font mourir dans d'atroces souffrances. Ils les enterrent vivants, avec la tête qui dépasse, recouverte de miel. Leur agonie, le visage mangé par les insectes, dure des heures. On leur inflige aussi le « sourire kabyle » : émasculés, égorgés, avec les testicules enfoncés dans la plaie béante… On les jette dans des puits, on les brûle vivants, on les enterre dans la chaux, on les crucifie sur des portes, on les dépèce longuement avec des tenailles, morceau après morceau, muscle après muscle. Parmi les photos des massacres de l'été 1962, celle où un harki égorgé a le bras accroché avec du barbelé qui forme le salut militaire est l'une des plus atroces… Le gouvernement français, encore une fois, a manqué à son devoir de protéger les hommes qu'il a engagés.

Mais non… Au lieu de sauver les harkis, l'armée française les a désarmés et livrés sans défense à la vindicte de la population et de leurs anciens adversaires. Les bourreaux sont devenus des victimes, et les victimes, des bourreaux. Beaucoup de harkis innocents ont péri aussi, des femmes, des enfants de supplétifs ont été massacrés.

Me revient en mémoire l'arrivée des harkis, à Bias, en 1968... Ces familles terrifiées qui sont entrées dans le camp et ont raconté les pires atrocités à ma mère. Le couscous arrosé du sang des Européens qu'on les obligeait à manger, la petite fille brûlée vive... L'horreur absolue...

Face à ces crimes, les soldats français encore présents n'interviennent pas, ou si peu, pour sauver leurs anciens supplétifs. Les ordres, encore... Cloîtrés à l'intérieur des casernes, ils entendent les hurlements des harkis torturés, sans bouger. La culpabilité les étouffera leur vie entière. Comble de l'ironie, ce sont d'anciens moudjahidin qui prennent la défense des supplétifs et les arrachent aux mains des marsiens. De nombreux harkis ont eu la vie sauve grâce à leurs ennemis d'hier.

Que serait-il advenu de mes parents, s'ils étaient restés en Algérie ? Ils auraient peut-être été tués, je ne serais pas née, je n'écrirais pas ces lignes... S'ils avaient survécu aux massacres, ils seraient toujours un fellah et une bergère grattant une terre ingrate. Moi, je serais enfermée, comme mes cousines, enterrée vivante entre quatre murs... Mais non. Mes parents ont été sauvés par la France. Par un Français, un militaire. Leur exil a été une chance. Une chance de survie pour mon père, qui a gagné quarante années de vie. Une chance d'émancipation pour ma mère, et une chance de liberté pour nous, ses filles.

Que dire de plus... Je suis déçue par la France autant que je le suis par l'Algérie. Les deux pays ont trahi leurs idéaux... Les traîtres ne sont pas ceux que l'on croit. Comme mon père, près de 40 % des supplétifs, selon Michel Roux, ont aidé les djounouds. Je commence à croire à la magie de Sidi Youcef... Mais une question me taraude : pourquoi mon père ne m'a-t-il rien dit ? Pourquoi ne s'est-il pas débarrassé de cette culpabilité qu'il traîne depuis quarante ans ? J'ai hâte de rentrer chez moi, en France. Pour parler, enfin, à mon père.

RETOUR DANS LE MIDI
Le secret de mon père

« Pourquoi tu ne m'as rien dit, *apa* ? » Assise dans la voiture, je scrute le visage impassible de mon père qui est venu me chercher à la gare, enneigée depuis deux jours. Il me coule un regard en biais, aussi froid que la température extérieure : « C'est à moi de te le reprocher, ma fille. Pourquoi tu ne m'as pas parlé de ton voyage en Algérie ? » « Je ne voulais pas que tu t'inquiètes… » Il marque un temps de silence. Et ne résiste pas : « Raconte-moi… Ils t'ont bien reçue ? » « Très bien. Pourquoi tu ne m'as rien dit ? » « Dit quoi, *benti* ? » « Tout… » Ses mains calleuses et ridées se crispent sur le volant.

Tellement avide de lui rapporter mon périple, je ne sais par où commencer. Il prend les devants, se ravise, hésite… « Ils… Ils t'ont parlé de moi ? » « Tout le monde ! Ils m'ont tous demandé pourquoi tu ne m'as pas accompagnée ! Ils t'attendent, là-bas. » « Ils ne m'en veulent pas ? » « Non, pas du tout, tu leur manques beaucoup. C'est le passé maintenant. *Li fat met…* » Je ne pensais pas, un jour, dire cela, surtout pas à mon père. Je lui annonce la bonne nouvelle. « J'ai retrouvé ton frère. » Son visage quitte la route et se tourne vers moi, soudain incrédule : « M'Hamed ? Tu as vu M'Hamed ? Ce n'est pas possible, il a disparu depuis longtemps, je le croyais mort ! » « Non, il a réapparu il y a quatre ans. Il a vécu pendant trente ans dans le désert, sans donner de nouvelles… Maintenant, il habite chez Djamel et Tayeb. Je l'ai rencontré. » Les yeux humides, il fixe à nouveau la route sans rien dire. Des spasmes minuscules courent sur sa joue droite. Je ne parviens pas à détacher mon regard de son visage tendu. La voix mal assurée, il reprend : « Que… Que t'a-t-il dit ? » « Que tu lui manques, qu'il veut te voir, qu'il parle aux avions dans le ciel pour leur demander de lui ramener son frère Ali. » Une larme solitaire coule sur sa joue brune. « *Benti*… » Le sanglot, dans sa voix, me bouleverse. Il ne peut plus parler. Les larmes me montent aux yeux à mon tour, je garde le silence.

La route est gelée. Je regarde sans voir ce paysage blanc, si innocent, comme je l'étais au début de mon livre… Mon père roule en première. J'aime ces instants privilégiés quand il m'emmène et me ramène à la gare. Depuis le début, ce sont quasiment nos seuls moments d'intimité et de confidence. Il gare la voiture devant notre maison et coupe le moteur.

— Alors tu as vu M'Hamed…

— Oui. Il a été adorable avec moi. Il m'a embrassée, bénie et m'a même offert des cacahuètes ! C'était tout ce qu'il avait…

— Tu as pris des photos, j'espère…

— Plein ! Je l'ai même filmé avec le caméscope d'Ahmed…

— Tu sais, *benti*, j'ai réfléchi depuis ton départ.

— A quoi ?

— J'ai envie de retourner en Algérie.

A moi d'être ébranlée. Jamais je n'aurais pensé entendre ces mots dans la bouche de mon père. Il y a six mois à peine, l'idée ne l'effleurait même pas.

— C'est vrai ? Tu es sérieux ?

— Oui. Mon pays me manque. Je me sens déraciné ici. J'ai envie de revoir ma terre.

— Tu… Tu veux être enterré là-bas ?

— Non, ça m'est égal. La France est aussi la terre de Dieu.

Il se ressaisit :

— Monte, tu vas attraper froid.
— Pourquoi tu ne m'as rien dit, *apa* ?
Je n'oublie pas ma question.
— Dit quoi ?
— Que ton frère Latrache travaillait avec le FLN…
— C'est faux, ils l'ont approché mais il a refusé.
— Tout le monde me l'a confirmé, là-bas. L'oncle d'Ahmed, Tayeb, Djamel… Et toi, est-ce que tu as travaillé avec eux ?
— Non, ils ne sont jamais venus me voir.
— Pourtant, ils m'ont tous dit que…
— Ils se trompent.
— De quoi tu as peur, *apa* ? Regarde, Lakhdar était harki et il vit en Algérie depuis quarante ans. Personne ne lui a fait aucun reproche. Et toi, tu me caches que tu as travaillé avec le FLN ! C'est fini, tout ça, parle-moi, maintenant.
— Je n'ai jamais travaillé avec le FLN.
— Pourtant, tu étais copain avec l'oncle d'Ahmed, qui collectait de l'argent pour eux. Et tu voyais souvent ton frère Latrache et ton neveu Mohamed. Tu leur ramenais des munitions. Tu les transportais sur ton âne, cachées dans des paniers d'osier, et Mohamed les donnait aux moudjahidin.
Il sourit, comme si une image oubliée lui passait devant les yeux, et son sourire ressemble à un aveu. Il se renferme.
— Ils t'ont raconté n'importe quoi, ma fille. Monte, tu vas attraper la mort.
De la buée sort de sa bouche.
— Dis-moi d'abord.
— Non.
Je fronce les sourcils :
— Ça me revient maintenant. Cette histoire, ce n'est pas la première fois que je l'entends. Tu l'avais dit à maman, il y a plusieurs années. Et tu sais comment elle est, elle répète tout…

– Rentre, on en reparlera au chaud, à l'intérieur.
– Non, je veux savoir maintenant. Dis-moi.
– Quoi ?
Je commence à perdre patience.
– Si tu leur as donné des munitions !
Pas de réponse.
– Oui ou non ? Je ne bougerai pas tant que tu ne me le diras pas.
– ...
– Oui ou non ?
Soupir.
– Oui... Oui, oui, oui, je leur ai donné des munitions. File maintenant.
– Attends... Pourquoi tu n'as jamais rien dit ?
– Je passais déjà pour un traître aux yeux des Algériens. Je n'allais pas encore l'être pour les Français ! Allez, descends maintenant...

Dans le salon, je relate à ma mère mes péripéties en Algérie, sans omettre les moindres détails. Puis je rejoins mon père dans sa chambre. Je m'assois sur son lit. Contre toute attente, lui, d'ordinaire si discret, commence à me parler : « J'ai hésité, après la dispute avec le garde champêtre, à devenir harki ou à monter dans le djebel avec le FLN. Mais j'avais des enfants. Comment les laisser ? Si je montais au maquis, je ne pouvais plus redescendre et j'abandonnais ma famille. Et j'aurais eu tous les Beni Boudouane contre moi.

« En devenant harki, je n'ai pas eu le sentiment d'avoir aidé les pieds-noirs. Je voulais juste défendre les civils qui étaient pris en otages entre le FLN et l'armée française. Mais dans d'autres régions, des harkis ont maltraité des civils. Ils n'avaient pas de cœur. Ça ne leur faisait rien que leurs frères se fassent tabasser, et même ils en rajoutaient. Parce qu'ils avaient choisi la France. Comme le bachaga Boualem, ils se considéraient comme français. Moi, je n'ai jamais choisi la France : je me suis toujours considéré comme algérien. »

« Pourtant moi, ta fille, je suis française, *apa*. Voilà le résultat. » « Peut-être. Mais au fond de ton cœur, je sais qu'il reste une petite part d'Algérie en toi. Tu es française et musulmane. Tu n'es pas obligée de choisir. Tu peux être les deux. Pour moi, c'est l'essentiel. » Il hoche la tête, son visage s'attriste : « Au fond, je ne cherchais qu'à protéger les miens des Français et du FLN. Aujourd'hui, je le regrette. J'aurais préféré me battre pour mon pays. » « *Apa*, pourquoi tu n'es pas monté au maquis ? » « Parce que j'ai manqué de courage. » Cet aveu me touche profondément. D'une voix douce, bouleversée, je lui murmure : « *Apa*, je trouve au contraire très courageux de me le dire à moi, ta fille. » Je réalise à quel point j'aime sa douceur, son humilité, son bon sens. Je sais, maintenant, pourquoi j'ai écrit ce livre : pour parler à mon père.

S'il regrette de ne pas avoir été moudjahid, en Algérie, j'ai rencontré un moudjahid, l'oncle d'Ahmed, qui aurait préféré devenir harki... Des harkis ont aidé le FLN et des combattants du FLN ont défendu les harkis pendant les massacres de l'été 1962. Il n'y a ni traîtres ni héros dans cette histoire, comme on a voulu me le faire croire... Mais des hommes, des *frères*, pris entre deux feux.

Ma mère ouvre brutalement la porte. Elle nous a entendus parler. Les poings sur les hanches, elle s'écrie : « T'as travaillé avec le FLN ? *Ya el fellag !* Espèce d'égorgeur, va ! C'est pour ça que tu traînais souvent avec ton neveu Mohamed et ton frère Latrache. Vous vous éloigniez de la maison pour que je n'entende pas et vous parliez à voix basse... » Mon père lève les yeux au ciel : « En France, personne ne m'a reproché d'être harki ou fellaga ! Sauf ta mère... »

J'éclate de rire et les abandonne à leurs éternelles chamailleries. La nuit tombe et, avec elle, toute la tension que j'ai accumulée pendant des mois. Je suis fourbue et ressens une fatigue extrême. Avant de sombrer dans le sommeil, un détail me revient, absurde, dérisoire, mais qui me donne brusquement envie de pleurer : j'ai oublié le couscoussier de ma mère en Algérie !

Un grand H, comme Honneur

Mon père n'a été ni un grand héros ni un traître infâme. Non, il était simplement un homme tourmenté par sa conscience, portant l'uniforme français mais dont le cœur penchait vers l'Algérie indépendante. J'ai beaucoup d'admiration pour lui, non pour ce qu'il a fait, non pour le soutien qu'il a apporté aux moudjahidin, mais parce qu'il s'est écouté, qu'il a agi en accord avec lui-même. Ces quelques cartouches glissées aux combattants du FLN furent une petite résistance à l'injustice, à l'ennemi, même si elle était intime. Un sursaut de conscience, comme les larmes de mon grand-père l'ont été devant les chardons de Bourg-Lastic ; comme le sourire de Juliette l'a été, pour les harkis de Lozère, contre une administration kafkaïenne ; comme le foulard de ma mère, qu'elle a gardé farouchement sur la tête, contre la dictature assimilatrice de A. B. ; comme la charrette de mon père, à Bias, avançant sur ses roues brinquebalantes contre le sort qui s'acharnait. Comme ce couscoussier ébréché que j'ai retrouvé, quarante ans après, à moitié enseveli dans la terre d'Algérie et qui a résisté au temps. Comme les yeux noisette de mon oncle d'Algérie, qui ont su, avec tant de tendresse, me mener à mon père… Et comme mon livre, enfin, une faille ouverte dans le passé, une petite résistance contre le rouleau compresseur de l'Histoire. Oui, je suis une fille de harkis. J'écris ce mot avec un grand H. Comme Honneur.

Remerciements

A ma mère, pour ses longs récits sur la table de la cuisine qui m'ont donné envie d'écrire

A mon père, pour ses longs silences éloquents qui m'ont, aussi, donné envie d'écrire

A mes sœurs Kheira, Fatima, Nacera et Aïcha

A mes frères Kader, Djill, Charles, Tayeb et Ahmed

A tous mes neveux et nièces, et ils sont nombreux, Sarah, Syrine, Samy, Yasmine, Damien, Inès, Célia, Sandrine...

A mes tantes, Kheira et Denya, et leurs enfants

A mes oncles et leurs enfants

A Anne Sastourné et Patrick Rotman, pour leur soutien attentif

A Jacques Duquesne et Denis Jeambar

A Thierry Gandillot, Marianne Payot

A Anne Beaujour et à toute l'équipe de *L'Expressmag*

A Marion Festraëts, Marie Huret, Julie Joly, Claire Chartier, Besma Lahouri, Arnaud Malherbe, Laurent Geneslay, Guillaume Grallet, Bruno Cot, Alain Louyot, Édith Blot, Michel Feltin, Stéphan Gladieu, et tous mes amis de *L'Express*

A Jean-Jacques Jordi

Au 92e Régiment d'infanterie de Clermont-Ferrand

A Mathilde et Jean-Michel Van de Voorde, de La Loubière

A Juliette Diet, ma chère fermière de Lozère

Aux habitants de Roussillon-en-Morvan

A Khatidja Djouari et ses enfants, Claudine, Ahmed, Françoise et les autres, et toute ma famille à Mouans-Sartoux

A M. et Mme Séby et leurs enfants

A la famille Chérifi, Kheira, Yamina, Sébastien et leurs enfants

A Akila Khelfoune et sa mère, Mme Khelfoune, Ahmed Benhamed, Boussad Azni, Madame Allem, et tous les habitants de Bias

A tous les Nemri

A M. et Mme Alis, et tous les habitants de Saint-Étienne-de-Fougères

A tous les habitants de la Cité du Réart, à Rivesaltes

A Aziz Smati et toute sa famille, Anissa, Moh, Yasmine, Djenina, Fatma et Mme Smati

A ma famille en Algérie

A toutes mes cousines d'Algérie

A M'Hamed, mon oncle d'Algérie

A tous les Beni Boudouane de France et d'Algérie

A Sid Rouis, Nora Meziani, Idir Amara, Malika Abdellatif et Abdelkrim Klech

A Rabah Zanoun, enfin, mon cher et tendre fils de harkis préféré.

Table

Préface *de Jacques Duquesne* 9

Un petit « h », comme « honte ». 13

1. France. La traversée des camps. 19

Midi
   Triste anniversaire 21

Marseille
   La galette oubliée 39

Bourg-Lastic
   Les larmes de mon grand-père 44

Rivesaltes
   Les ruines de mon passé. 57

Lozère
   Le sourire de Juliette 73

Roussillon-en-Morvan
   Le petit garçon qui avait peur des vaches. 89

Mouans-Sartoux
   Le foulard de ma mère 105

Bias
  Une fille du camp 128
  La charrette de mon père 135
  « Bias est comme ça » 159

Midi
  La lettre anonyme 182

Saint-Étienne-de-Fougères
  Un jambon à Noël 190

2. Algérie. La quête harkéologique 189 203

Chlef
  Au fond de l'oued asséché 205
  Le couscoussier ébréché 224
  Mon oncle d'Algérie 236
  Le wali de Sidi Youcef 255

Retour dans le Midi
  Le secret de mon père 271

Un grand H, comme Honneur 277

Remerciements 279

COMPOSITION : PAO ÉDITIONS DU SEUIL

Cet ouvrage a été imprimé en France par
CPI Bussière
à Saint-Amand-Montrond (Cher)
en mars 2010.
N° d'édition : 68539-3. - N° d'impression : 100317.
Dépôt légal : octobre 2004.

Collection Points

DERNIERS TITRES PARUS

P2313. Les Femelles, *Joyce Carol Oates*
P2314. Ce que je suis en réalité demeure inconnu
       Virginia Woolf
P2315. Luz ou le temps sauvage, *Elsa Osorio*
P2316. Le Voyage des grands hommes, *François Vallejo*
P2317. Black Bazar, *Alain Mabanckou*
P2318. Les Crapauds-brousse, *Tierno Monénembo*
P2319. L'Anté-peuple, *Sony Labou Tansi*
P2320. Anthologie de Poésie africaine,
       Six poètes d'Afrique francophone, *Alain Mabanckou (dir.)*
P2321. La Malédiction du lamantin, *Moussa Konaté*
P2322. Green Zone *Rajiv Chandrasekaran*
P2323. L'Histoire d'un mariage, *Andrew Sean Greer*
P2324. Gentlemen, *Klas Östergren*
P2325. La Belle aux oranges, *Jostein Gaarder*
P2326. Bienvenue à Egypt Farm, *Rachel Cusk*
P2327. Plage de Manacorra, 16 h 30, *Philippe Jaenada*
P2328. La Vie d'un homme inconnu, *Andreï Makine*
P2329. L'Invité, *Hwang Sok-yong*
P2330. Petit Abécédaire de culture générale
       40 mots-clés passés au microscope, *Albert Jacquard*
P2331. La Grande Histoire des codes secrets, *Laurent Joffrin*
P2332. La Fin de la folie, *Jorge Volpi*
P2333. Le Transfuge, *Robert Littell*
P2334. J'ai entendu pleurer la forêt, *Françoise Perriot*
P2335. Nos grand-mères savaient
       Petit dictionnaire des plantes qui guérissent, *Jean Palaiseul*
P2336. Journée d'un opritchnik, *Vladimir Sorokine*
P2337. Cette France qu'on oublie d'aimer, *Andreï Makine*
P2338. La Servante insoumise, *Jane Harris*
P2339. Le Vrai Canard, *Karl Laske, Laurent Valdiguié*
P2340. Vie de poète, *Robert Walser*
P2341. Sister Carrie, *Theodore Dreiser*
P2342. Le Fil du rasoir, *William Somerset Maugham*
P2343. Anthologie. Du rouge aux lèvres. Haïjin japonaises.
       Haïkus de poétesses japonaises du Moyen Age à nos jours
P2344. Poèmes choisis, *Marceline Desbordes-Valmore*
P2345. « Je souffre trop, je t'aime trop », Passions d'écrivains
       sous la direction de Patrick et Olivier Poivre d'Arvor
P2346. « Faut-il brûler ce livre ? », Écrivains en procès
       sous la direction de Patrick et Olivier Poivre d'Arvor

P2347.	A ciel ouvert, *Nelly Arcan*
P2348.	L'Hirondelle avant l'orage, *Robert Littell*
P2349.	Fuck America, *Edgar Hilsenrath*
P2350.	Départs anticipés, *Christopher Buckley*
P2351.	Zelda, *Jacques Tournier*
P2352.	Anesthésie locale, *Günter Grass*
P2353.	Les filles sont au café, *Geneviève Brisac*
P2354.	Comédies en tout genre, *Jonathan Kellerman*
P2355.	L'Athlète, *Knut Faldbakken*
P2356.	Le Diable de Blind River, *Steve Hamilton*
P2357.	Desproges, Christian Gonon. Étonnant, non ? *Pierre Desproges*
P2358.	La Lampe d'Aladino et autres histoires pour vaincre l'oubli *Luis Sepúlveda*
P2359.	Julius Winsome, *Gerard Donovan*
P2360.	Speed Queen, *Stewart O'Nan*
P2361.	Dope, *Sara Gran*
P2362.	De ma prison, *Taslima Nasreen*
P2363.	Les Ghettos du Gotha. Au cœur de la grande bourgeoisie *Michel Pinçon et Monique Pinçon-Charlot*
P2364.	Je dépasse mes peurs et mes angoisses *Christophe André et Muzo*
P2365.	Afriques, *Raymond Depardon*
P2366.	La Couleur du bonheur, *Wei-Wei*
P2367.	La Solitude des nombres premiers, *Paolo Giordano*
P2368.	Des histoires pour rien, *Lorrie Moore*
P2369.	Déroutes, *Lorrie Moore*
P2370.	Le Sang des Dalton, *Ron Hansen*
P2371.	La Décimation, *Rick Bass*
P2372.	La Rivière des Indiens, *Jeffrey Lent*
P2373.	L'Agent indien, *Dan O'Brien*
P2375.	Des héros ordinaires, *Eva Joly*
P2376.	Le Grand Voyage de la vie. Un père raconte à son fils *Tiziano Terzani*
P2377.	Naufrages, *Francisco Coloane*
P2378.	Le Remède et le Poison, *Dirk Wittenbork*
P2379.	Made in China, *J. M. Erre*
P2380.	Joséphine, *Jean Rolin*
P2381.	Un mort à l'Hôtel Koryo, *James Church*
P2382.	Ciels de foudre, *C.J. Box*
P2383.	Robin des bois, prince des voleurs, *Alexandre Dumas*
P2384.	Comment parler le belge / Dictionnaire franco-belge *Philippe Genion*
P2385.	Le Sottisier de l'école, *Philippe Mignaval*
P2388.	L'Île du lézard vert, *Eduardo Manet*